Anna Liebig
Frau Glück und die Winterlichter

Autorin

Anna Liebig ist das Pseudonym von Nicole Steyer, einer erfolgreichen Autorin historischer Romane. Sie lebt mit ihrem Mann und ihren zwei Töchtern im Taunus. Bereits mit acht Jahren begann sie, Geschichten zu erfinden und niederzuschreiben. Ihre Romane »Das Winterkarussell«, »Die Schneeflockenmelodie« und »Frau Glück und die Winterlichter« sind Liebeserklärungen an die schönste Zeit des Jahres: Weihnachten.

Weitere Informationen unter: www.literatur-steyer.de

Von Anna Liebig bereits erschienen

Das Winterkarussell · Die Schneeflockenmelodie

ANNA LIEBIG

Frau Glück und die Winterlichter

Roman

blanvalet

MIX
Papier | Fördert gute Waldnutzung
FSC® C014496

Penguin Random House Verlagsgruppe FSC® N001967

3. Auflage

Dieses Werk wurde vermittelt durch die Literarische Agentur Thomas Schlück GmbH, 30161 Hannover
Redaktion: Matthias Teiting
Umschlaggestaltung und -motiv: www.buerosued.de
DK · Herstellung: sam
Satz: Vornehm Mediengestaltung GmbH, München
Druck und Bindung: GGP Media GmbH, Pößneck
Printed in Germany
ISBN 978-3-7341-1215-7

www.blanvalet.de

Prolog

Wenn man älter wird, sammeln sich die Erinnerungen an. Viele von ihnen verblassen, und mit der Zeit hat man das Gefühl, dass die Jahre miteinander verschwimmen. Man vermag nicht mehr zu sagen, was am siebzehnten Februar eines bestimmten Jahres geschehen ist, denn es gab so oft einen siebzehnten Februar. Doch manche Erinnerungen bleiben, sie haben sich im Herzen festgesetzt, sie sorgen für ein Lächeln auf den Lippen – manchmal auch für Traurigkeit. Gerda Glück, die gerade jetzt, in diesem Augenblick, am Fenster ihres Waschsalons im Frankfurter Nordend steht und verträumt den Schneeflocken zusieht, umgeben von ihren bunten und funkelnden Weihnachtslichtern, bewahrt solch besondere Erinnerungen in ihrem Herzen. Sie kennt jeden Tag dieser wenigen Wochen ihres Lebens, in denen sie lieben durfte, das genaue Datum – nichts verschwimmt zwischen den Jahren. Und sie spürt die Wehmut, während sein Geschenk, das Kettchen mit dem Herzanhänger, durch ihre Finger gleitet. So viele Jahre, Erinnerungen haben sich angesammelt, verschwommen oder ganz klar. Eine ist jedoch ausgeblieben. Die, von der sie träumte, die sie sich immer wieder vorstellte, von der sie wünschte, sie hätte sie für immer in sich speichern können mit Datum, dem Wetter, diesem unendlich berauschenden Gefühl von Glück, dem Kribbeln, das bis in die Zehenspitzen geht – mit allem, was dazugehört. Die Erinnerung an seine Rückkehr. Doch bisher ist sie ihr verwehrt geblieben.

1. Kapitel

23. November 2008

Gerda stand verdrießlich dreinschauend neben ihrem Haus- und Hof-Elektromeister, Uwe Kossmann, der eben eines seiner Werkzeuge zur Seite gelegt und ihr verkündet hatte, dass Rock Hudson nicht mehr hinzubekommen sei.

»Der alte Knabe hat einfach zu viele Jahre auf dem Buckel«, sagte er und klopfte auf die Waschmaschine.

»Ich hab mir schon so etwas gedacht«, antwortete Gerda und stieß einen Seufzer aus. »Er hat eine Weile so komische Geräusche von sich gegeben, die denen von Bill Ramsey ähnelten, kurz bevor er das Zeitliche gesegnet hat.«

Ihr Blick wanderte zu einer der gegenüberstehenden Waschmaschinen, auf der ein hübsches Spitzendeckchen lag.

»Obwohl ich sagen muss, dass die alten Hausgeräte meist besser durchhalten als die neuen«, erwiderte Uwe und wischte sich seine schmutzigen Hände an einem Stofflappen ab. »Manchmal hab ich das Gefühl, die bauen die Dinger mit Absicht so, dass sie nach spätestens zehn Jahren den Geist aufgeben. Da lob ich mir deine alten Maschinen, das waren noch Qualitätsprodukte.«

»Obwohl durch den Tod von Rock jetzt nur noch eine

Maschine funktionstüchtig ist«, erwiderte Gerda. »Elvis scheint unverwüstlich. Allerdings muss man ihm inzwischen ab und zu eins auf den Deckel geben, sonst bleibt er im Vorwaschgang hängen.«

»Hauptsache, Elvis lebt«, antwortete Uwe und grinste.

Die beiden befanden sich in Gerda Glücks Waschsalon, der, im Oeder Weg gelegen, als Institution im Frankfurter Nordend galt. Eröffnet hatten Gerda und ihre Mutter den Laden im Sommer dreiundsechzig. Gerdas Vater war im Krieg gefallen, also hatten sich die beiden allein durchschlagen müssen. Durch eine Erbschaft hatten sie das heruntergekommene Haus erwerben können, und da Roswitha Glück zuvor lange Zeit in einer Wäscherei tätig gewesen war, hatte sie die Gelegenheit beim Schopf gepackt und einen für jene Zeiten modernen Waschsalon eröffnet. Gerda, damals gerade achtzehn Jahre alt und den Kopf voller Träume, war auf die Idee gekommen, den Waschmaschinen, es waren zehn Stück an der Zahl, Namen von berühmten Persönlichkeiten zu geben. Elvis Presley, Rock Hudson und Bill Ramsey leisteten Udo Jürgens, Peter Kraus, Marilyn Monroe, Trude Herr, Connie Francis, Peter Alexander und Heidi Brühl Gesellschaft. Von Letzterer liebte Gerda das Lied *Wir wollen niemals auseinandergehen* ganz besonders. Wenn sie diesen Hit aus dem Jahr 1960 hörte, dann fühlte sie sich wieder wie das junge Mädchen, das von der großen Liebe geträumt hatte.

»Gibt es noch Kaffee? Wo steckt Karl denn heute?« Uwes Blick wanderte zu einem kleinen runden Tisch, an dem ein blauer und ein grüner Caféhausstuhl standen, der sich direkt neben Udo Jürgens befand, auf den Gerda eine

Dattelpalme gestellt hatte. »Sonst ist er um diese Zeit doch immer hier.«

»Ich verstehe auch nicht, wo er heute abgeblieben ist«, antwortete Gerda und zuckte ratlos die Schultern, während sie hinter ihren kleinen Verkaufstresen trat.

Karl Reiter war seit vielen Jahren Gerdas fester Stammkunde und wusch als einer der wenigen Besucher ihres Waschsalons sogar noch seine Wäsche bei ihr. Er wohnte oberhalb eines türkischen Gemüsehändlers in einer nahe gelegenen Seitenstraße und hatte bis vor fünf Jahren als Finanzbeamter seinen Lebensunterhalt verdient. Jetzt genoss er seinen Ruhestand. Man konnte ihn als ewigen Junggesellen bezeichnen, obwohl er nach Gerdas Meinung gar nicht so schlecht aussah, weshalb es sie verwunderte, dass er übrig geblieben war. Inzwischen waren seine noch immer vollen Haare vollständig ergraut, und er hatte am Bauch etwas zugelegt. Der Zahn der Zeit nagte jedoch an ihnen allen: Auch Gerda war weit von dem jungen Mädchen entfernt, das es auf der einen oder anderen Schwarz-Weiß-Fotografie im Salon zu bewundern gab. Sie fand, dass sie mit jedem Jahr etwas mehr einer alternden Trude Herr ähnelte, besonders was die Zunahme ihrer Rundungen anging. Gerda war ein großer Fan der pummeligen Ulknudel aus Köln gewesen. Noch immer hörte sie gern ihre Lieder. Ihr Lieblingslied der Sängerin war: *Ich will keine Schokolade, ich will lieber einen Mann*.

Gerda holte Kaffeepulver aus einer bunt gestrichenen Anrichte und hielt nach den vermaledeiten Kaffeefiltern Ausschau, die sich mal wieder in Luft aufgelöst hatten. Sie fanden sich schließlich in einer der Schubladen des alten Küchenbüfetts, das sie ebenfalls farbenprächtig angemalt hatte, denn der schnöde weiße Anstrich, den das gute Stück zuvor gehabt hatte, war ihr zu langweilig gewesen. Auf der Anrichte stand eine orange Kaffeemaschine, die es vom Alter her mit den Seniorenwaschmaschinen im Raum durchaus aufnehmen konnte. Doch solange das gute Stück funktionierte, sah Gerda keinen Grund, sie durch ein neueres Modell zu ersetzen. Wobei sie manchmal mit einer von diesen Gastro-Kaffeemaschinen liebäugelte, wie es sie in dem italienischen Café die Straße runter gab, das erst im letzten Jahr neu eröffnet hatte, nachdem der Grieche vom Gesundheitsamt zugemacht worden war. Aber so eine große Maschine war teuer, und sie war ja kein Kaffeehaus, sondern ein Waschsalon, auch wenn nur Elvis noch funktionierte.

Vanessa Kilian betrat den Waschsalon. Die Wasserstoffblondine arbeitete im Friseurladen von Günter Wiedemann und gehörte ebenfalls zu Gerdas Stammkundinnen. Obwohl sie nur selten Wäsche wusch, sondern meist Kaffee trank. Aktuell hatte sie mal wieder Liebeskummer, weshalb sie häufiger erschien, um sich bei Gerda auszuheulen. Ihre neueste Eroberung, ein gewisser Dennis, Gerda kannte den jungen Mann nicht persönlich, hatte sie wegen einer Claudia sitzen lassen, was Vanessa so gar nicht verstehen konnte, denn Claudia hatte einen Hintern wie ein Brauereigaul und eine Hakennase.

»Tagchen, zusammen«, grüßte Vanessa, die, wie gewohnt, kräftig geschminkt war und extrem enge Skinny-Jeans trug. Ihre Haare, die nach Gerdas Meinung durch das viele Blondieren komplett ruiniert waren und wie ein Haufen Stroh aussahen, hatte sie zusammengebunden. Gerda konnte gar nicht so recht sagen, weshalb Vanessa ständig bei ihr im Laden auftauchte. Ihr Altersunterschied lag bei über vierzig Jahren, auch äußerlich trennten sie Welten. Doch aus irgendeinem unerfindlichen Grund hatten sie einander von Beginn an gemocht.

»Schon Pause?«, fragte Gerda und blickte auf die billige Fake-Kuckucksuhr an der Wand, die zehn Uhr morgens anzeigte.

»Nur fünf Minuten. Aber ich wollte dir unbedingt erzählen, dass mir Timo gestern über den Weg gelaufen ist. Er hat mich gefragt, ob ich mal wieder Zeit hätte.« Ihre Augen strahlten.

Timo, den Ex aus der Zeit vor dem aktuellen Ex, kannte Gerda ebenfalls nur aus Erzählungen und von einigen Automatenfotos, die er und Vanessa miteinander gemacht hatten, als sie noch ein glückliches Paar gewesen waren. Timo arbeitete als Fitness- und Personal-Trainer, letzteres Tätigkeitsfeld brachte ihm den stetigen Umgang mit hübschen, meist wohlhabenden Damen ein, die gern auch intimere Dienste ihres Trainers in Anspruch nahmen, was der Trennungsgrund gewesen war.

»Bist du nicht noch wegen Dennis traurig?«, erkundigte sich Gerda und schmierte für Uwe ein Mettbrötchen, ohne dass er es bestellt hatte. Er aß immer eins, wenn er bei ihr war. Wieso sollte es heute anders sein? »Gestern Vormittag warst du noch der Meinung, dass alle Männer Idioten sind und du erst einmal Single bleiben möchtest. Und Timo hat dich doch gleich mehrfach mit den reichen Schicksen betrogen.« Sie beförderte eine große Portion Zwiebeln auf das Mett und stellte Uwe den Teller hin. »Kaffee kommt gleich. Die alte Maschine ist fast fertig.« Sie deutete hinter sich, wo das orangefarbene Koffeinwunder aus den Siebzigern zu knattern und zu dampfen begonnen hatte, was ein untrügliches Zeichen dafür war, dass sie sich im Endstadium der Kaffeezubereitung befand.

»Ja, das mit den Schicksen war blöd von Timo«, räumte Vanessa ein und nahm sich einen der Schokoladen-Cookies, die sich stets in einer Keksdose auf dem Tresen befanden. »Aber Timo hat mir erzählt, dass er jetzt nicht mehr als Personal Trainer arbeitet. Er hat sich an der Uni für ein Sportstudium eingeschrieben. Er will Sportlehrer werden.«

»Hm«, gab Gerda mit skeptischer Miene zur Antwort. »Ich weiß nicht recht. Eine aufgewärmte Suppe hat noch nie sonderlich gut geschmeckt.« Ihr tat Vanessa leid. Das arme Ding hatte das Talent dazu, sich mit Männern einzulassen, die ihr innerhalb kürzester Zeit das Herz brachen.

»Also wenn ich mich dazu auch zu Wort melden darf«, sagte Uwe mit vollem Mund. »Ich muss Gerda recht geben. Aus Erfahrungen aus meinem Umfeld kann ich sagen, dass ein Zweitversuch meist schiefgeht. Gibt es da nicht dieses Sprichwort? Ich hab's gleich, Moment. Richtig: Wer einmal lügt, dem glaubt man nicht.«

»Ihr denkt, es gibt die Schicksen noch?«, zog Vanessa die richtigen Schlüsse.

»Könnte sein«, konstatierte Gerda.

»Das hat Franzi auch gesagt. Die hat leicht reden. Ihr Kai hält ihr schon seit acht Monaten die Treue, und neuerdings reden die beiden sogar vom Zusammenziehen. Auf so eine

Idee ist bei mir noch kein Typ gekommen.« Sie stieß einen Seufzer aus und nahm sich einen weiteren Keks.

»Lass den Kopf nicht hängen«, antwortete Gerda und berührte Vanessa tröstend an der Schulter. »Du bist doch erst neunzehn. Da findet sich bestimmt noch der Richtige.«

Ein weiterer altbekannter Besucher des Waschsalons erschien. Mustafa Yilmaz, ein ebenfalls im Oeder Weg ansässiger Geschäftsmann, der, anders konnte man es nicht nennen, einen Ramschladen betrieb. Mustafa war Anfang der Sechzigerjahre als Gastarbeiter nach Frankfurt gekommen, Witwer und hatte sechs Töchter, die er, bis auf seine jüngste, die fleißig im Laden half, inzwischen alle erfolgreich verheiratet hatte.

»Morsche, zusammen«, grüßte Mustafa freundlich in die Runde und lüpfte kurz seine Schiebermütze. Sein schwarzes Haar und seinen stets etwas struppigen Bart durchzogen graue Strähnen, und auf seiner Nase lag eine Brille Marke Kassengestell der Achtzigerjahre. »Ich hab heute Morgen frische Ware reinbekommen, und bei dieser herrlichen Lichterkette musste ich sogleich an dich denken. Das wird in diesem Jahr bestimmt der letzte Schrei.« Er hielt Gerda einen Verpackungskarton hin, auf dem sich das Bild einer Lichterkette mit kleinen Sternen befand, die bunt leuchteten. »Die Sterne können sogar blinken«, fügte er hinzu. »Ich würde dir auch einen Sonderpreis unter Nachbarn machen. Sagen wir: acht fünfzig.« Er sah Gerda abwartend an, wissend, dass sie nicht ablehnen würde, denn bei weihnachtlichen Lichterketten aller Art konnte sie nie widerstehen.

Zu Mustafas Bedauern griff nicht Gerda, sondern Uwe nach dem Karton, drehte ihn um und las vor: »Made in China.« Er öffnete den Karton und zog die Kette heraus. Sie hatte dreißig Lampen, die Sternchen waren aus Kunststoff und konnten abgenommen werden. Eines von ihnen fiel sogleich ab, landete auf dem blauen Linoleumfußboden und zerbrach in zwei Teile.

»Ein Qualitätsprodukt«, merkte Vanessa an. »Also den billigen Mist würde ich nicht kaufen.«

Mustafas Miene verfinsterte sich, und er grapschte sogleich nach dem Karton. »Was glaubt ihr eigentlich, wo der sonstige Dekoplunder hergestellt wird, den ihr jedes Jahr in eure Buden stellt? Das meiste kommt aus China, oder könnt ihr euch neuerdings den teuren Kram vom Weihnachtsmarkt leisten? Handgeblasene Kugeln und Lichterbogen aus dem Erzgebirge für horrende Summen das Stück? Nur weil etwas aus Fernost kommt, bedeutet es noch lange nicht, dass es schlecht ist. In der Packung gibt es auch Ersatzsternchen«, fügte er hinzu und holte einen kleinen Plastikbeutel heraus. Er sah zu Gerda. Deren Miene war immer noch skeptisch. »Weil du es bist, fünf Euro«, bot er einen Rabatt an. »Aber weiter kann ich wirklich nicht mit dem Preis runtergehen.«

»Dann kauf ich die Lichterkette eben«, antwortete Gerda, die es mal wieder nicht fertigbrachte, Mustafas Angebot abzulehnen. Sie fischte einen Fünfeuroschein aus ihrer Kasse. »Wird sowieso Zeit, dass ich den Laden dekoriere. Sonst war ich in der Woche vor Weihnachten längst fertig. Aber die letzten Tage hat mich mal wieder mein Ischiasnerv gepiesackt.« Sie griff sich ins Kreuz. »Da hatte ich keine Lust darauf, die Kisten aus dem Keller zu holen.«

Uwes Tasche begann zu läuten. Er fischte ein Handy heraus und verkündete nach einem kurzen Telefonat, dass er losmusste. Der nächste Elektronotfall stand an. Er bezahlte flott sein Mettbrötchen und entschuldigte sich dafür, dass er den Kaffee jetzt nicht mehr trinken konnte.

»Ich müsste dann auch«, meinte Vanessa. »Meine Pause ist längst um.« Sie folgte dem Elektriker aus dem Laden und blieb Gerda, im Gegensatz zu Uwe, das Geld für die Kekse schuldig. Auch Mustafa verabschiedete sich.

Gerda stand allein im Laden, was ihr in diesem Moment so gar nicht gefiel. Erneut fiel ihr Blick auf den leeren Kaffeehausstuhl neben Udo Jürgens. Wo Karl nur abgeblieben war? Hoffentlich steckte er nicht wieder beim Zahnarzt, da hatte er neulich eine scheußliche Wurzelbehandlung durchstehen müssen, seine ganze Backe war geschwollen und er selbst äußerst unleidig gewesen.

Die Tür öffnete sich erneut, und ein Mann um die vierzig in einem grauen Wintermantel trat ein, den Gerda bereits kannte und der sie aufgrund seiner Funktion als Immobilienmakler daran erinnerte, wie schlecht ihre finanzielle Lage war. Der Zahn der Zeit nagte an ihrem Waschsalon, Geld für Renovierungen, auch an dem alten dreistöckigen Haus, hatte stets gefehlt. Sie lebte von einer schmalen Rente, wenigen Ersparnissen und vermietete zudem die Dachwohnung.

»Guten Tag, Frau Glück«, grüßte der Mann in diesem schleimig klingenden Tonfall, den Gerda so gar nicht leiden konnte. Diesem Fuzzi ging es nur ums Geld, sonst nichts. Karl hatte ihr erst neulich erzählt, dass man sich besonders vor Immobilienmaklern in Acht nehmen sollte. Die würden ganze Stadtviertel gewinnbringend an korrupte Bauunternehmen weiterverschachern, und am Ende könnten sich die normalen Bürger gar keine Wohnungen mehr leisten. Halsabschneider seien das, hatte er gesagt. Mit entsprechend finsterer Miene begrüßte Gerda den Mann, dessen Visitenkarte seit seinem letzten Besuch in der Schublade hinter dem Tresen lag. Warum hatte sie die überhaupt aufgehoben? Sie konnte sich die Frage selbst beantworten. Weil das Angebot, trotz all der Vorbehalte gegen solche Geschäftsmänner, verlockend klang. Sollte sie es annehmen, wäre sie mit einem Schlag sämtliche Geldsorgen los.

»Wie geht es Ihnen heute?«, fragte er. »Ich dachte, ich komme noch einmal vorbei und erkundige mich, ob Sie über mein Angebot von neulich nachgedacht haben?«

Na, der ist ja flott bei der Sache, dachte Gerda. Neulich war letzten Freitag gewesen. Dieser Mann schien nicht zu begreifen, um was es, trotz all ihrer existenziellen Probleme, ging. Der Waschsalon und die sich im ersten Stock darüber befindliche Wohnung, dieses alte Haus mit all seinen Macken war ihr Zuhause. Es ging doch hier nicht um den belanglosen Verkauf eines Gegenstandes.

»Also wenn ich ehrlich sein soll …«, antwortete sie und ärgerte sich über die Unsicherheit, die in ihrer Stimme mitschwang. Solche Leute in teurer Kleidung, sein Mantel war bestimmt aus Kaschmir, brachten sie immer etwas durcheinander. »Ich bin im Moment noch nicht bereit dazu, mein Haus zu verkaufen. Aber sollte ich mich irgendwann dazu entschließen, werde ich mich selbstverständlich zuerst bei Ihnen melden.« Sie schenkte dem Mann ein Lächeln und fügte hinzu: »Ich habe ja noch Ihre Karte.« Sie atmete erleichtert auf. Das war gut, sie hatte ganz direkt eine Entscheidung getroffen.

»Ja, meine Karte haben Sie«, antwortete der Immobilienmakler. Er wollte noch etwas hinzufügen, doch plötzlich begann sein Mantel zu klingeln. »Sie entschuldigen mich«, sagte er und holte ein Handy hervor. Das Gespräch schien wichtig zu sein und Gerda als Zuhörerin nicht willkommen . Er verließ den Laden und war im nächsten Moment aus ihrem Blickfeld verschwunden.

»Unhöflich ist er auch noch«, murmelte Gerda und zuckte mit den Schultern. »Aber zum Glück ist er weg, und ich muss ihm nicht auch noch einen Kaffee anbieten.«

Sie schenkte sich selbst ein Tässchen ein, rührte Kaffeesahne hinein, dann folgten drei Löffel Zucker. Gerda würde nie verstehen, wie Menschen ihren Kaffee schwarz trinken konnten. So wie ihre Mutter. Eine Fotografie von ihr hing noch immer an der Wand, direkt über Marilyn Monroe, die als eine der ersten ihrer Waschmaschinen den Geist aufgegeben hatte. Was, so dachte jedenfalls Gerda, vielleicht an der Namensgebung lag. Der echten Marilyn war bedauerlicherweise auch kein langes Leben beschieden worden.

Die Porträtaufnahme ihrer Mutter war am Eröffnungstag des Waschsalons im Jahr 1963 entstanden. Voller Stolz hatten sie an jenem warmen Augusttag die ersten Gäste in Empfang genommen und sogar für einen Zeitungsreporter posiert. Ein Artikel aus der *Frankfurter Neuen Presse* hing ebenfalls gerahmt an der Wand. *Neueröffnung Waschsalon Glück im Oeder Weg* stand über einer Fotografie ihres Ladens. Der Eingang war aufwendig mit Luftballons geschmückt gewesen, doch das junge Mädchen, das auf dem Bild in dem Zeitungsartikel mit einer Sechzigerjahre-Föhnfrisur vor dem Eingang neben seiner Mutter stand, hatte anderes im Sinn gehabt. Es hatte ungeduldig auf die große Liebe gewartet und nur wenige Monate später von einer Zukunft an der Seite des Mannes geträumt, der versprochen hatte wiederzukommen, es jedoch bis heute nicht getan hatte. Gerda umfasste das Kettchen mit dem Herzanhänger an ihrem Hals, und wie so oft wünschte sie sich in diesem Augenblick, sie könnte die Zeit zurückdrehen …

November 1963

Du denkst daran, die Tür ordentlich abzusperren«, sagte Roswitha wie jeden Abend zu Gerda, wenn sie um Punkt fünf Uhr den Waschsalon verließ und in die Wohnung hinaufging, um sich um den Haushalt zu kümmern. Manchmal erledigte sie auch noch Besorgungen, so hatte es sich eingebürgert. Gerda hatte den Spätdienst allein zu erledigen. Dann waren die meisten Hausfrauen nach Hause gegangen, und Roswitha konnte nicht mehr die üblichen Schwätzchen halten. Hie und da tauchte noch ein Junggeselle auf, oder es kamen Studenten, die ihre Nasen meist in Bücher steckten. Ansonsten war es ruhig im Laden. Jedenfalls an Kundschaft. Denn kaum hatte sich die Tür zum Treppenhaus hinter ihrer Mutter geschlossen, schaltete Gerda das Radio ein und drehte es lauter. So tat sie es auch an diesem Abend, und es erklang eines ihrer Lieblingslieder. Schuld war nur der Bossanova. *Sogleich begann Gerda, im Takt zu wippen, und weil sich gerade niemand im Geschäft befand, wagte sie sogar ein Tänzchen und sang lautstark den Text mit. Ihr schwingender Rock drehte sich im Kreis, sie wirbelte durch den Raum. Dann stand plötzlich ein junger Mann mit einem Wäschekorb in der Tür und sah sie verwundernd lächelnd an. Er sah gut aus, blond, mit unfassbar leuchtend blauen Augen, er überragte Gerda um fast zwei Köpfe und hatte weiche, freundliche Züge und breite Schultern. So einen attraktiven Mann hatte Gerda im Oeder Weg noch nie gesehen. Gerda sah ihn mit großen Augen an. Er grüßte freundlich und meinte: »Ich dachte, das hier wäre ein Waschsalon und kein Dancingclub. Da habe ich mich wohl in der Tür geirrt.« Sein Akzent verriet sogleich, dass er Amerikaner war. Er schenkte ihr ein charmantes Lächeln. Gerdas Herz schlug plötzlich wie verrückt, und ihre Hände begannen sogar zu zittern. Eine Antwort fiel ihr nicht ein. Was sagte man zu jemandem, der aussah wie der Mann, von dem man schon immer geträumt hatte, gefühlt sein gesamtes Leben lang, auch wenn dieses Leben noch sehr jung war?*

Es war die Türglocke, die Gerda aus ihrem Tagtraum zurück in die Gegenwart holte. Ihr Stammkunde Karl betrat den Laden, und sein Anblick erleichterte sie.

»Ei Gude, Gerda«, grüßte er auf Hessisch. Wie gewohnt trug er einen abgetragenen grauen Anorak, auf seinem Kopf ruhte eine schwarze Strickmütze.

»Da bist du ja endlich«, sagte Gerda ohne ein Grußwort. »Wo hast du gesteckt? Kaffee?«

»Gern«, nahm Karl ihr Angebot an und beantwortete, während er den Anorak auszog und über die Stuhllehne seines Stammplatzes hängte, ihre Frage: »Das weißt du doch. Heute war der Klempner da wegen dem ständig tropfenden Wasserhahn. Ich dachte schon, der kommt gar nicht mehr.« Er legte die aktuelle Tageszeitung auf den Tisch.

»Ach ja, richtig«, entsann sich Gerda und stellte Karl seinen Kaffee hin, den er stets aus derselben bauchigen Tasse mit der Aufschrift »Bester Kunde« trank. Gerda setzte sich zu ihm und berichtete von den Vorkommnissen des Morgens.

»Jetzt läuft also nur noch der gute alte Elvis«, kommentierte Karl das Ableben von Rock Hudson.

Gerda nickte. Sie wusste, was Karl dachte, was alle im Oeder Weg dachten, nur niemand sprach es laut aus. Als Waschsalon konnte man ihren Laden längst nicht mehr bezeichnen. Aber als was sonst? Sie war kein Café, verkaufte keine Waren und war keine Kneipe. Ging man zu ihr, ging man zu Gerda. So war das eben. Der Immobilienfuzzi und sein Angebot, ihr Haus zu verkaufen, kamen ihr wieder in den Sinn. Aber wo sollte sie dann wohnen? Und vielleicht, ja, der Gedanke war dumm, das wusste sie selbst, aber vielleicht würde Jason eines Tages zurückkehren und so wie an jenem nasskalten Novemberabend 1963 einfach in der Tür stehen. Er musste sie doch finden können. Wenn sie fortging, würde es dieses Wiedersehen niemals geben.

2. Kapitel

28. November 2008

Gerda ließ ihren Blick über die unzähligen Kisten und Kartons schweifen, die sie gemeinsam mit ihrem Mieter Thorsten aus dem Keller hochgeschleppt hatte, der sich, nachdem er den letzten Karton abgestellt hatte, sogleich aus dem Staub gemacht hatte. Thorsten war Student, irgendwas mit Computern, Gerda konnte sich das nicht merken. Der Dreiundzwanzigjährige, der von irgendwoher einen asiatischen Einschlag hatte, wohnte seit einem halben Jahr in ihrer Dachgeschosswohnung und war ein recht umgänglicher junger Mann. Zur Uni fuhr er immer mit dem Fahrrad, das er im Hinterhof in den Schuppen stellte. Attraktiv war er nicht, Vanessa hatte ihn als Nerd bezeichnet, was in der heutigen Sprache der jungen Leute so viel wie »unansehnlich« bedeutete. Gerda vermietete bereits seit Längerem die Wohnung unter dem Dach, um ihr monatliches Einkommen aufzustocken. Bevorzugt nahm sie Studenten, an die sie stets befristet vermietete. Unbefristete Mietverträge wollte sie nicht vergeben, denn man wusste ja nie, wen man sich ins Haus holte. Ihr Nachbar, der alte Weidemann – er hatte die achtzig bereits überschritten, war aber noch immer recht rüstig – konnte ihr da eine Menge unschöne Geschichten von unordentlichen Chaoten und Mietprellern erzählen. Er hatte den ein oder anderen schon rausklagen müssen. Auf solche Scherereien konnte sie verzichten.

Gerda öffnete die erste Kiste und beförderte ein Knäuel an Lichterketten heraus, das es zu entwirren galt.

»Alle Jahre wieder verpack ich die Dinger so dämlich«, schalt sie sich selbst. Sie öffnete weitere Kisten, und innerhalb weniger Minuten war deren Inhalt überall im Raum verteilt. Gerda hatte ein Faible für amerikanischen Kitsch, es konnte ihr gar nicht genug in allen Farben blinken und leuchten. Sie besaß singende Weihnachtsmänner und mit den Hüften wackelnde Rentiere. Unzählige Lichterketten, die sie überall im Raum und im Schaufenster verteilte, wo in jedem Jahr der große aufblasbare Schneemann neben einem Plastikweihnachtsbaum stand, von dem man vor lauter Schmuck und Lichtern eigentlich gar nichts mehr sah. Doch bis es so weit war, dass der Laden in seinem bunten Lichterglanz erstrahlte, würde es mal wieder ein langer Weg werden. Gerda beschloss, sich zur Stärkung einen Kaffee zu gönnen.

Karl betrat den Laden mit einem mitgenommen aussehenden Klappschirm, von dem das Wasser auf den Fußboden tropfte. Der Schirm landete in dem neben der Tür stehenden Schirmständer.

»Also, bei dem Wetter jagt man keinen Hund vor die Tür«, bekundete er. »Das gesamte Trottoir ist eine einzige Pfütze. Da werden die Aussteller auf dem Weihnachtsmarkt wieder lange Gesichter ziehen. Wer geht bei Dauerregen schon da hin?«

»Ach, ein paar verrückte Touristen gibt es immer«, antwortete Gerda und winkte ab. Sie freute sich, dass Karl gekommen war. Die letzten Tage hatte er sich etwas rargemacht, er habe Erledigungen machen müssen, hatte er sich geheimnisvoll ausgedrückt. Gerda hatte diese Aussage verwundert. So verschlossen kannte sie Karl gar nicht. Irgendetwas stimmte nicht, und ein seltsames Gefühl von Sorge hatte sich in ihr ausgebreitet. In ihrem Alter konnten geheimnisvolle Erledigungen auch etwas mit unliebsamen Arztterminen zu tun haben. Aber daran wollte Gerda lieber nicht denken, außerdem sah Karl gar nicht krank aus. Sie würde die Wahrheit schon noch aus ihm herausbekommen.

»Kaffee? Ich hab auch Lebkuchen.«

»Hm«, antwortete Karl und ließ seinen Blick über das Weihnachtsdeko-Sammelsurium schweifen. »Kann es sein, dass das schon wieder mehr Kisten geworden sind?«, erkundigte er sich grinsend.

Gerda fühlte sich ertappt.

»Vielleicht eine Kiste«, gab sie zu. »Okay, zwei. Ich hatte unterschätzt, wie viel Platz die an der Hauswand hinaufkrabbelnden Weihnachtsmänner benötigen. Außerdem hab ich endlich mal wieder neuen Schmuck für den Baum im Schaufenster gekauft. Die rot-weißen Kugeln mit den Winterlandschaften darauf sehen so bezaubernd aus, und sie funkeln.« Ihre Augen begannen zu leuchten. »Hach, das wird dieses Jahr wieder wunderhübsch aussehen. Du hilfst mir doch beim Dekorieren, oder? Ich geb auch ein Mittagessen aus. Pizza von Luigi? Die können wir liefern lassen. Dann müssen wir bei dem doofen Wetter nicht vor die

Tür.« Sie deutete nach draußen, wo der Regen von einer heftigen Windböe gegen die Scheiben eines vorüberfahrenden Busses geschleudert wurde.

Karl fügte sich seufzend in sein Schicksal, und ehe er sichs versah, hatte er den Lichterketten-Kuddelmuddel vor sich liegen und begann, das Durcheinander zu entwirren. Gerda schmiss inzwischen ihren CD-Player an, und es ertönte zur Dekoaktion passend *Last Christmas* von Wham. Die Melodie mitsummend, erneuerte sie die Batterien der singenden Rentiere-Truppe, die, nach einem Funktionstest, ihren Stammplatz auf Connie Francis einnehmen würden. Sie funktionierten mit einem Bewegungsmelder. Jedes Mal wenn jemand an ihnen vorbeiging, begannen sie fröhlich *Jingle Bells* zu dudeln und die Hüften zu schwingen. Nachdem sämtliche Batterien in den singenden Weihnachtsfiguren ausgetauscht waren, räumte Gerda die Weihnachtstassen auf das Regal über der alten Kaffeemaschine. Wer in der Adventszeit bei ihr einen Kaffee bestellte, bekam diesen stets in einer Schneemanntasse serviert, die sogar eine orange Plüschnase hatte. Es folgte ein Stapel weihnachtlicher Tischdecken, die für die Waschmaschinen gedacht waren.

Das Bimmeln der Türglocke erklang. Es war die aus Hamburg stammende Angelika Martin, die, einen Wäschekorb unter dem Arm, den Raum betrat und mit einer hochgezogenen Augenbraue ihren Blick durch den Raum schweifen ließ.

»Moin zusammen«, grüßte sie. Angelika war Mitte vierzig und hatte bis zur Taille reichendes schwarzes Haar, das Gerda stets voller Neid bewunderte. Sie arbeitete die

Straße runter im Eintracht-Frankfurt-Fanshop, führte eine komplizierte Ehe und hatte stets Probleme mit ihrer frühreifen Teenagertochter. »Na, das nenn ich aber mal viel Tüddelkram. Vor lauter Kisten gibt es ja gar kein Durchkommen mehr. Da habt ihr noch ordentlich zu tun, würde ich sagen. Ich müsste meine Wäsche bei dir waschen, Gerda. Unsere alte Miele hat heute Früh keinen Ton mehr von sich gegeben. Ich hab Uwe schon angerufen, aber der schafft es erst morgen. Wenn er sie überhaupt wieder hinbekommt, immerhin ist sie Baujahr siebzig.«

»Könnte eng werden«, antwortete Gerda. »Für die alten Maschinen bekommt er kaum noch Ersatzteile. Aber vielleicht hast du ja Glück. Warte, ich räume rasch den Platz vor Elvis frei.« Sie schob eine der Kisten zur Seite und öffnete die Waschmaschinentür.

»Hab nur ich das Gefühl, dass das hier mit jedem Jahr mehr Weihnachten wird?«, fragte Angelika, während sie über die Kisten stieg, was mit ihren schwindelerregend hohen Absätzen kein einfaches Unterfangen darstellte. Wie Angelika es den ganzen Tag in den Mördertretern aushielt, würde Gerda für immer ein Rätsel bleiben. Ihr taten nach einem Tag im Waschsalon die Füße selbst in ihren Gesundheitslatschen weh.

»Du kennst mich doch«, antwortete Gerda. »Ich muss jedes Jahr was Neues haben, und wegwerfen kann ich auch nix. Magst du einen Kaffee? Ich hab auch Lebkuchen, die guten Nürnberger. Geht heute ausnahmsweise aufs Haus.«

»Ich würde schrecklich gern bleiben«, antwortete Angelika, während sie ihre Buntwäsche in die Maschine verfrachtete. »Aber ich bin heute allein im Laden. Unser neuer

Mitarbeiter Torben hat angeblich schon wieder eine Erkältung.« Sie rollte die Augen. »Wer's glaubt. Erst neulich hab ich ihn an einem seiner angeblichen Krankentage in einer Kneipe im Bahnhofsviertel gesehen. Wenn das mit ihm so weitergeht, muss ich ihn wohl beim Chef hinhängen. Wer saufen kann, kann auch arbeiten, so war das zu unseren Zeiten. Die jungen Leute von heute sind allesamt verweichlicht.«

Sie kippte Waschpulver und Weichspüler in die Maschine und stellte sie an. »Aber später komme ich gern noch auf ein Schwätzchen vorbei«, sagte sie. »Ich brauch nämlich dringend deinen Rat. Johannes hat sich gemeldet. Er will es doch tatsächlich noch einmal versuchen, und er hat mir vorgeschlagen, dass wir zur Eheberatung gehen.« Sie betrachtete Elvis mit skeptischer Miene, denn er gab keinen Mucks von sich. »Geht der auch?«, fragte sie.

»Gib ihm etwas Zeit«, antwortete Gerda. »Er ist nicht mehr der Jüngste.«

Im nächsten Moment begann sich die Trommel zu drehen. »Sollte er wieder im Vorwaschgang hängen bleiben, hau ich für dich obendrauf«, meinte Gerda.

Angelika bedankte und verabschiedete sich.

Nachdem sich die Ladentür hinter ihr geschlossen hatte, fragte Karl: »Denkst du, das wird noch mal was mit den beiden? Ich meine, ich würde es ihnen ja wünschen, aber wie oft ist er ihr inzwischen fremdgegangen?«

»Dreimal«, antwortete Gerda und seufzte besorgt. »Aber Angelika liebt ihn, also wird sie ihm auch dieses Mal verzeihen und ihn zurücknehmen. Das Herz und der Verstand sind sich eben nicht immer einig.«

Der letzte Satz passte zu ihrem eigenen Gefühlsleben, und ihre Gedanken wanderten zu dem einzigen Mann, den sie jemals im Leben wirklich geliebt hatte. Dem Mann, der der Grund dafür war, weshalb sie jedes Jahr aufs Neue ihren Waschsalon in eine bunte und blinkende Weihnachtswunderwelt verwandelte. Weil sie wusste, dass er die Lichter zur Weihnachtszeit gernhatte. Und weil sie hoffte, dass er sie eines Tages sehen würde.

Frankfurt, Ende November 1963

»Wieso habt ihr keine Christmas-Lichter?«, fragte Jason und ließ seine blauen Augen durch den trostlos erscheinenden Waschsalon schweifen. Nur ein von Roswitha lieblos dekorierter Adventskranz mit vier roten Kerzen und Schleifen erinnerte daran, dass die Adventszeit begonnen hatte. »Zu Weihnachten gehören sie doch ebenso wie der Truthahn und die Christmas Singers. In Amerika leuchtet jedes Haus in bunten Farben. Und der schönste Christmas-Baum von allen, der alles überstrahlt, befindet sich am Rockefeller Center in New York City. Früher bin ich mit meinem Großvater jedes Jahr dort gewesen, wenn zum ersten Mal die Lichter eingeschaltet wurden. Es war wie ein Wunder, so schön.«

»Mama hält nichts von Lichterketten«, antwortete Gerda. »Für sie zählen nur echte Kerzen, auch am Baum.«

»Das klingt traurig«, entgegnete er. »Ich mag die Lichter zu dieser Zeit so gern, denn sie erhellen die Dunkelheit und wärmen die Herzen.« Er zwinkerte ihr zu, und Gerda schmolz dahin. Jason hatte keine Vorstellung davon, wie sehr er ihr

Innerstes bereits mit seiner bloßen Anwesenheit im Salon durcheinanderwirbelte. Er war so anders als die Jungen, die sie bisher kennengelernt hatte, charmanter, seine Ausstrahlung war umwerfend. Er war kein einfacher Frankfurter Bub, sondern ein Mann von Welt, der den von Gerda so vergötterten Filmschauspielern ähnelte. Seitdem er sie an jenem Novemberabend beim Tanzen ertappt hatte, kam er beinahe jeden Abend um dieselbe Zeit in den Waschsalon, und er hatte tatsächlich immer Schmutzwäsche dabei, die er bevorzugt in Marilyn wusch. Wo er die Wäsche ständig herzauberte, war Gerda ein Rätsel. Extra für ihn putzte sie sich jeden Tag heraus. Sie toupierte ihr Haar noch etwas mehr, übertrieb es mit dem Parfüm und trug die einzigen Pumps in ihrem Besitz, obwohl sie an den Fersen scheuerten. Sobald ihre Mama am Nachmittag die Treppe nach oben gegangen war, begann das Hoffen darauf, dass er kommen und sie im Laden allein sein würden. Bedauerlicherweise hatte dies nur an ihrem ersten Abend für wenige Minuten funktioniert. Immerhin kannte sie schon seinen Namen und wusste, dass er aus New York City kam und in Frankfurt studierte. Diese Dinge hatte sie jedoch nur deshalb erfahren, weil er sich neulich mit einem Kommilitonen während des Wartens auf die Wäsche unterhalten hatte. Aber vielleicht wären sie ja bald noch einmal ungestört zu zweit, und vielleicht würde er sie dann fragen, ob sie mit ihm ausgehen würde. Zum Tanz oder ins Kino. Er musste sie einfach fragen.

»Die Maschine ist fertig«, meldete sich Annette Langner zu Wort, eine ihrer Stammkundinnen, die bereits seit dem Eröffnungstag ihre Wäsche bei ihnen wusch. Sie wohnte schräg gegenüber vom Waschsalon im ersten Stock und hatte im Som-

mer einen ehemaligen Schulkameraden von Gerda, Thomas, den Klassenclown, geheiratet. Er arbeitete jetzt als Klempner und sie in dem Kurzwarengeschäft der alten Drießbach, die bereits halb blind und taub war und irgendwann noch mal an ihrem eigenen Geiz ersticken würde, so drückte sich Annette jedenfalls aus. »Was macht das?« Sie öffnete die Maschine und beförderte die nasse Wäsche in ihren Korb.

Gerda kassierte ab, und nachdem Annette gegangen war, war endlich der ersehnte Moment gekommen. Sie und Jason waren allein im Salon. Er saß vor Marilyn und hatte die Nase in ein Buch gesteckt. Selbst im Sitzen sah er elegant aus, lässig hatte er die Beine übereinandergeschlagen. Was er las, konnte sie nicht sehen, aber allein die Tatsache, dass er es tat, gefiel ihr, denn sie las ebenfalls ganz gern. Zwar keine hohe Literatur, sondern schmalzige Liebesromane, aber der Inhalt des Buches war ja nicht so wichtig. Das Lesen war eine Gemeinsamkeit, und darauf kam es an.

Gerda überlegte, ob sie fragen sollte, was er las, entschied sich jedoch dagegen. Was war, wenn sie damit nichts anfangen konnte? Dann würde sie am Ende dumm dastehen.

Es fiel ihr mit jeder vergehenden Minute schwerer, ihre Ungeduld im Zaum zu halten. Jetzt wäre der perfekte Zeitpunkt für ihn gewesen, sie nach einer Verabredung zu fragen. Bestimmt war er ein guter Tänzer. So elegant, wie er sich allein schon beim Gehen bewegte. Sie schloss die Augen und gab sich einen Moment dem Tagtraum hin, in seinen kräftigen Armen zu einer romantischen Melodie durch den Waschsalon zu schweben. Es war das laute Poltern eines am Salon vorüberfahrenden Lastwagens, das ihre Fantasie rasch beendete.

Jason war immer noch in sein Buch vertieft, und Gerda

hatte das Gefühl, dass eine seltsame Form von Anspannung im Raum hing. Sie begann zu zweifeln. Vielleicht wollte er ja doch nichts von ihr? Vielleicht hatte er tatsächlich viel Schmutzwäsche und kam deshalb täglich in den Salon. Gerda bebte innerlich. Am Ende würde er gar nicht mehr kommen, weil all seine Wäsche sauber war. Und dann würde sie ihn niemals im Leben wiedersehen. Das durfte nicht sein! Gerda fiel ein Spruch einer ehemaligen Nachbarin wieder ein. Der alten Rosi, bei der Gerda häufig als Kind gewesen war, wenn ihre Mama in der Wäscherei hatte arbeiten müssen. »Mädchen«, hatte sie gesagt. »Nimm dein Glück selbst in die Hand. Wer zu lange wartet, wartet am Ende umsonst.« Also nahm sie all ihren Mut zusammen und sagte: »Auf dem Weihnachtsmarkt gibt es viele Lichter. Sie sind zwar nicht bunt, und der Baum am Römer ist bestimmt nicht so schön wie der, von dem du erzählt hast, aber es ist nett dort. Wenn du magst, können wir nachher zusammen hingehen. In einer halben Stunde hab ich Feierabend.« Sie sah ihm in seine wunderschönen Augen und flehte innerlich, dass er zusagen würde.

»Da hatten wir dieselbe Idee«, antwortete er und schenkte ihr erneut dieses umwerfende Lächeln, das Gerda alles andere um sich herum vergessen ließ. »Ich gehe gern mit dir auf den Christmas Market. In einer halben Stunde ist auch meine Wäsche fertig.« Er deutete lächelnd auf Marilyn, die sich bereits am Ende des Hauptwaschgangs befand.

»Ja, das ist sie«, antwortete Gerda innerlich jubilierend. Jetzt musste sie nur noch planen, wie sie von Zeugen ungesehen mit Jason auf den Weihnachtsmarkt kam. Denn es wäre nicht auszudenken, was passieren würde, sollte ihre Mutter von diesem Ausflug erfahren.

3. Kapitel

30. November 2008

Die weiteren Aussichten«, tönte die Stimme des Moderators aus dem Radio: »In den nächsten Tagen erwarten wir Höchstwerte von fünf bis sieben Grad und immer wieder leichte Regenfälle, Schnee ist bedauerlicherweise nicht in Sicht.«

»Der wird auch nicht mehr kommen«, kommentierte Vanessa den Wetterbericht. »Langsam habe ich das Gefühl, dass wir uns in Frankfurt endgültig von der Vorstellung eines kalten und schneereichen Winters verabschieden müssen. Und derweil hab ich es so gern, wenn es schneit. Vielleicht sollte ich doch irgendwann umziehen. Nach Bayern, oder besser gleich nach Österreich. Da liegen ja immer Unmengen von Schnee in den Bergen.«

»Hm«, gab Gerda zur Antwort, die sich damit beschäftigte, die Kaffeebecher zu spülen. Eigentlich hatte sie für heute den Laden längst schließen wollen, denn es stand ihr traditioneller Besuch des Weihnachtsmarkts an, und sie wollte sich längst fertig machen. Bedauerlicherweise machte Vanessa jedoch keine Anstalten zu gehen. Es schien irgendetwas im Busch zu sein. Vanessa nahm sich einen weiteren Keks.

»Was ist los?«, fragte Gerda freiheraus.

»Timo will mich tatsächlich zurückhaben, und ich weiß nicht, was ich tun soll«, rückte Vanessa mit der Sprache heraus.

Gerda versuchte, sich nichts anmerken zu lassen. Sie hatte geahnt, dass der Wind aus dieser Richtung wehte. Vanessa und Männer, das war und blieb kompliziert.

»War Timo nicht der mit den reichen Schicksen?«, hakte sie vorsichtshalber noch einmal nach.

Vanessa nickte. »Aber er hat mir fest versprochen, dass er sich bessern will. Neben seinem Studium arbeitet er jetzt in so einer Jugendeinrichtung in Offenbach.«

»Das hört sich solide an«, meinte Gerda. »Obwohl es schon bitter ist, dass er ausgerechnet in Offenbach arbeitet. Da geht ein anständiger Frankfurter doch nicht hin. Aber wir wollen mal nicht ganz so kleinlich sein. Was denkst du? Lügt er dich an, oder sagt er die Wahrheit? Und was noch wichtiger ist: Liebst du ihn?«

»Ich glaub schon, dass er die Wahrheit sagt«, antwortete Vanessa. »Und natürlich lieb ich ihn, das weißt du doch. Aber ich frage mich, ob ich es noch ein weiteres Mal ertragen kann, betrogen zu werden. Er hat mir schon einmal das Herz gebrochen.« In ihre Augen traten Tränen, und Gerda seufzte innerlich. Es war schon seltsam, dass so viele Frauen aus der Nachbarschaft ausgerechnet zu ihr kamen mit ihren Fragen zu Beziehungen und ihrem Liebeskummer. Eigentlich müssten sie doch alle wissen, dass Gerda in solchen Dingen keine gute Ratgeberin war. Immerhin war sie alleinstehend, nie verheiratet gewesen, und der einzige Mann, für den sie jemals im Leben etwas empfunden hatte, war nach einem vierwöchigen weihnachtlichen Liebestraum auf Nimmerwiedersehen aus ihrem Leben verschwunden. Erst neulich hatte sie mit Karl über die Thematik »Liebesberatung« gesprochen, und er meinte, dass es vielleicht ihre mütterliche Ausstrahlung war, die die Frauen zu ihr lockte. Und sie konnte gut zuhören. Zudem funktionierten ihre Ratschläge meist. Über die Jahrzehnte hinweg hatte sie durch ihre Tipps einigen Paaren zum Liebesglück verholfen. Vielleicht sollte sie für ihre Beratungen Geld nehmen. Das taten Psychiater schließlich auch. Sie verwarf den Gedanken als allzu geschäftstüchtig und richtete ihre Aufmerksamkeit auf Vanessa, die sich gerade mit einem Taschentuch die Augen abtupfte. Ihr Make-up war nun ganz verwischt.

»Herzchen«, sagte Gerda in einem milden Tonfall. »Du hast dir die Antwort doch gerade selbst gegeben. Du kannst es kein weiteres Mal ertragen, das Herz gebrochen zu bekommen. Also solltest du bei einem Mann wie diesem Timo auf der Hut sein, Liebe hin oder her.«

»Das weiß ich doch«, antwortete Vanessa. »Aber du weißt ja, wie das ist. Er will mir nicht aus dem Kopf gehen. Allein schon deshalb nicht, weil er mir ständig Nachrichten schickt.« Als wollte Timo sich nun ebenfalls zu Wort melden, piepte in diesem Augenblick Vanessas Handy in ihrer Tasche. »Das ist er bestimmt. Er fragt ständig, ob wir uns heute Abend sehen könnten. Was soll ich ihm denn jetzt antworten?« Fragend sah Vanessa Gerda an.

In diesem Moment verfluchte Gerda mal wieder die überall herumschleppbaren Telefone. Sie wusste schon, warum sie sich so eine Fessel nicht ans Bein band. Diese dauerhafte Erreichbarkeit war in ihren Augen nicht gesund. Aber ihre Meinung zu den Errungenschaften moderner Technik war in diesem Moment nicht gefragt. Es benötigte Fingerspitzengefühl. Gerda ahnte, dass, sollte Vanessa sich mit diesem Timo einlassen, sie in wenigen Wochen als Betrogene wieder heulend in ihrem Salon sitzen würde, und dann bräuchte es eine ganze Menge mehr Schoko-Cookies, um sie zu trösten. Aber ein einfacher Rat ihrerseits half vermutlich auch nicht weiter. Sie überlegte kurz, dann fragte sie: »Was schreibt er denn?«

Vanessa zückte das Handy und zeigte Gerda die Nachricht. Er fragte, ob sie zu ihm nach Hause kommen wolle, er wollte für sie kochen. Ihr Lieblingsgericht. Spaghetti Carbonara. Sogleich gingen bei Gerda sämtliche Alarmglocken an.

»Also das würde ich ihm absagen«, sagte sie mit Bestimmtheit in der Stimme. »Wir wissen beide, wonach das riecht.«

»Ich weiß«, antwortete Vanessa.

»Wenn du ihn unbedingt wiedersehen möchtest«, schlug Gerda vor, »dann würde ich mich eher auf neutralem Boden mit ihm treffen. Spaghetti gibt es auch bei Carlos, und er hat als anständiger Italiener auch Ahnung davon, wie man diese Soße richtig zubereitet. Außerdem besteht dann nicht gleich die Gefahr von …« Gerda geriet kurz ins Stocken. »Na, du weißt schon, von was.«

Im nächsten Moment gingen im Laden sämtliche Lichter aus, und Gerda begann zu fluchen.

»Verdammte Sicherung aber auch«, schimpfte sie. »Jedes Jahr ist es dasselbe, und derweil hat Uwe mir versprochen, dass es jetzt einwandfrei laufen würde. Gottverdammte, alte Leitungen.« Gerda machte sich auf die Suche nach ihrer Taschenlampe. Als sie sie gefunden hatte, schaltete sie sie ein und leuchtete kurz zu Vanessa. »Lauf nicht weg, Liebes. Ich bin gleich zurück.«

Gerda eilte in den Keller. Zum Glück schien Thorsten gerade nicht zu Hause zu sein. Stromausfälle dieser Sorte konnte er mit seinem Technikberuf so gar nicht leiden. Sie musste wirklich noch mal mit Uwe reden. Es musste doch eine funktionierende Lösung für das Problem geben, ohne gleich das ganze Haus umzubauen. Sie öffnete den Sicherheitskasten, legte den Schalter um, und es wurde Licht.

Als sie den Laden wieder betrat, war Vanessa zu ihrem Erstaunen verschwunden. Sie hatte Gerda jedoch einen Zettel hinterlassen: »Danke für deinen Rat. Aber ich liebe ihn.«

»Dummes Mädchen«, sagte Gerda kopfschüttelnd. »Hoffentlich läufst du nicht wieder in dein Unglück.«

Sie legte den Zettel zurück auf den Tisch, und ihr Blick fiel auf die Kuckucksuhr. Es war schon nach acht, also längst Feierabendzeit. Sie ging zur Tür, schloss ab und blickte kurz die Straße hinunter. Zu regnen hatte es inzwischen aufgehört, bis auf den Kiosk von Andi an der Ecke hatten jetzt sämtliche Geschäfte geschlossen. Sollte sie ihren Plan, auf den Weihnachtsmarkt zu gehen, jetzt überhaupt noch in die Tat umsetzen? Wieso nicht? Sie ging schließlich jedes Jahr an diesem Tag auf den Weihnachtsmarkt. Warum sollte sie es heute lassen? Vielleicht weil es dumm war, sich ihrer Sentimentalität hinzugeben. Weil sie sich erschöpft fühlte? Weil sie auch morgen oder übermorgen gehen konnte?

Sie wusste, dass das nicht ging. Es musste heute sein. Ihre Hand wanderte zu dem Herzanhänger an ihrem Hals, und sie sagte leise zu sich selbst: »Und du glaubst tatsächlich, du wärst eine gute Beraterin in Liebesdingen, Gerda Glück. Zufall war das alles, nicht mehr und nicht weniger.«

Eine Weile darauf schlenderte Gerda die Neue Kräme in Richtung Römerberg hinunter, und das bunte weihnachtliche Treiben um sie herum sorgte dafür, dass ihr wehmütiges Gefühl verschwand. Gerda liebte den Frankfurter Weihnachtsmarkt mit all seinen Lichtern, Geräuschen und Gerüchen, und sie tauchte gern auch allein mit sich und ihren Erinnerungen in diese funkelnde Zauberwelt ein. In ihren Augen war der Frankfurter Weihnachtsmarkt der schönste von ganz Deutschland. Allerdings hatte sie noch nie einen anderen Markt gesehen. Angeblich sollte ja der berühmte Markt in Nürnberg auch ganz toll sein. In den in Südhessen gelegenen Ort Michelstadt fuhren sogar Busse. Aber was sollte sie in diesem Nest? Gerda war noch nie aus Frankfurt rausgekommen, und dafür schämte sie sich so gar nicht. Obwohl sie so manches Mal von einer Reise in den Süden träumte. Ein Urlaub in Italien wäre bestimmt hübsch. In dem Reisebüro von Silke Kaumann, es lag gleich neben dem Eintracht-Frankfurt-Fanshop, hingen immer so hübsche Bilder im Schaufenster. Da konnte man schon mal Fernweh bekommen. Doch Gerda wusste nicht, mit wem sie so einen Urlaub verbringen sollte, außerdem hatte sie gar kein Geld für Reisen. Ihr Budget war begrenzt. Mit ihrer Rente, der Mieteinnahme und dem bisschen Geld aus dem Waschsalon waren keine großen Sprünge möglich. Es war kein Leben im Luxus, aber wer brauchte den schon? Hier auf dem Weihnachtsmarkt gönnte sie sich nur wenig. Sie schlenderte nur deshalb darüber, um zu gucken und sich an die Vergangenheit zu erinnern. Alle Jahre kaufte sie dasselbe. Eine Packung gebrannte Mandeln und heiße Maronen.

Sie erreichte den Römerberg und schob sich durch die Menge zu dem Ort, den sie von ihrer inneren Sehnsucht nach einem der herausragendsten Glücksmomente ihres Lebens getrieben jedes Jahr aufs Neue aufsuchte. Das doppelstöckige nostalgische Karussell, das in der Mitte des Römerbergs stand und Kinderaugen zum Strahlen brachte. Als sie es erreichte, drehte es sich gerade zu der Melodie von *Jingle Bells* im Kreis, und die hübschen Pferdchen wippten auf und ab, jedes einzelne von ihnen war besetzt. Gerdas Blick wanderte in den oberen Bereich des Karussells. Dort hatte sie damals mit Jason auf einer der Schaukelbänke gesessen und sich so unsagbar glücklich gefühlt. Heute nieselte es etwas, damals hatte es geschneit, und es war bitterkalt gewesen. Doch Gerda hatte nicht gefroren.

Dezember 1963

»Wenn das mein Großvater sehen könnte«, sagte Jason. »Er würde es lieben. So wunderbare Christmas Markets haben wir in Amerika nicht. Es ist herrlich, und dazu schneit es auch noch. Es sieht aus wie in einem Märchen.«

Gerda hatte mit Jason gerade den Römerberg betreten, auf dem die vielen Holzbuden des Weihnachtsmarktes verteilt standen. Überragt von einer aus dem Frankfurter Stadtwald stammenden, mit roten Schleifen und Lichtern dekorierten Fichte, die, wie gewohnt, etwas schief war. Jason störte sich nicht daran, seine Augen strahlten vor Begeisterung.

»Sieh nur, die vielen bunten Kugeln an den Ständen, und dort gibt es niedliche Herzen.« Er deutet auf einen Stand, an dem Lebkuchenherzen und andere Süßigkeiten verkauft wurden. »Und was ist denn das dort vorn Drolliges? Da steht ja ein Leierkastenmann mit einem Donkey.«

Gerda konnte kein Englisch, doch dass dieses Wort Esel bedeutete, erschloss sich von selbst. Zu ihrer Verwunderung stand direkt neben dem Maronenverkaufsstand tatsächlich ein alter Leierkastenmann mit einem kleinen Eselchen, das von unzähligen Kindern gestreichelt wurde. Die beiden hatte Gerda noch niemals zuvor auf dem Markt gesehen.

Jason und Gerda liefen an dem lustigen Duo vorüber und steuerten das doppelstöckige Karussell an, das in der Mitte des Römerbergs stand und sich gerade zu den Klängen von Ihr Kinderlein kommet im Kreis drehte.

»Oh, was ist dieses Carousel hübsch. Sieh nur die vielen auf und ab wippenden Pferdchen, dazu die herrlichen Lichter. Wollen wir damit fahren?«, fragte Jason.

Gerda stimmte zu, und er zog sie mit sich zum Kassenhäuschen, in dem eine griesgrämig dreinblickende alte Frau saß, die ihnen für eine Mark zwei Fahrscheine verkaufte. Pferdchen eroberten sie keine mehr, doch es fand sich ein Plätzchen auf einer der Schaukelbänke im oberen Bereich. Dort saßen sie ganz nah beieinander, und als wäre es selbstverständlich, nahm Jason, während sich das Karussell zur Melodie von O Tannenbaum zu drehen begann, Gerdas Hand. Ihr Herz *begann höher zu schlagen. Während der Weihnachtsmarkt an ihnen vorüberflog, wünschte sie sich, dass diese Fahrt niemals enden würde.*

»Gerda, du bist ja auch hier«, sprach plötzlich eine vertraute Stimme und riss sie aus ihren Erinnerungen. Gerda wandte sich um. Es war Karl, der vor ihr stand.

Gerda sah ihn verwundert an. Karl auf dem Weihnachtsmarkt zu treffen irritierte sie, denn er hielt nicht viel von dem Markt, der seiner Meinung nach mit den Jahren viel zu kommerziell geworden war.

Als hätte Karl erraten, was Gerda durch den Kopf ging, sagte er: »Da hinten links gibt es die beste Bratwurst von ganz Frankfurt. Da kann ich nicht widerstehen, auch wenn es mir hier eigentlich zu voll ist. Einmal im Jahr gönne ich mir das Vergnügen.« Er zwinkerte Gerda zu und deutete auf einen unweit des Karussells stehenden Bratwurststand, vor dem sich eine beachtlich lange Schlange hungriger Kunden befand.

»Das ist dann wohl so ähnlich wie bei mir mit den heißen Maronen und den gebrannten Mandeln«, antwortete Gerda.

Karl stimmte ihr zu, und sein Blick wanderte zu dem Karussell, das sich just in diesem Moment erneut zu drehen begann.

»Ich weiß noch, wie ich als kleiner Junge mit meiner Mutter und meiner Schwester hier gewesen bin. Wir durften immer exakt drei Runden mit dem Karussell drehen. Jedes Jahr hab ich mich darauf gefreut. Es war ein solcher Spaß.« In seiner Stimme schwang Wehmut mit, und in seinem Blick lag plötzlich ein verträumter Ausdruck, der Gerda rührte. Jeder von ihnen hatte seine eigene Erinnerung zu diesem Karussell, die schön und schmerzhaft zugleich war. Sowohl Karls Mutter als auch seine zwei Jahre ältere Schwester waren nicht mehr am Leben. Letztere war Anfang der Neunzigerjahre an Brustkrebs verstorben, und Gerda hatte Karl während dieser schweren Zeit zu trösten versucht, was nicht immer leicht gewesen war.

»Wollen wir eine Runde mit dem Karussell fahren?«, fragte Karl plötzlich.

»Wir zwei alten Leute?«, erwiderte Gerda verdutzt.

»Wieso nicht?«, entgegnete Karl. »Es fahren viele Erwachsene mit. Komm schon. Um der alten Zeiten willen! Ich lade dich ein.«

Gerda gab nach. Karl hatte zwar keine Ahnung, wie bei ihr die alten Zeiten aussahen, denn von ihrer Karussellfahrt damals mit Jason hatte sie ihm nicht erzählt. Aber das war in diesem Moment nicht wichtig. Sein Vorschlag gefiel ihr. Es war eine kleine Verrücktheit, die sie sich gönnten. So fühlte es sich für Gerda in diesem Moment jedenfalls an, auch wenn es nur eine Karussellfahrt war.

Die beiden ergatterten einen Platz in einem der Rondelle. Zu ihrem Bedauern gesellte sich ein kleiner Junge zu ihnen, der Spaß daran hatte, das Ding im Kreis drehen zu lassen. Obwohl Karl und Gerda ihn aufforderten, dieses Tun zu unterlassen, machte der Rotzbengel damit weiter, und Gerda wurde schwindelig und übel. Das Karussell drehte sich ihrem Gefühl nach unerbittlich lange. Hoffentlich kam es bald zu einem Ende, sonst würde sie sich übergeben müssen. Als es endlich anhielt, verließen Gerda und Karl das Fahrgeschäft leicht schwankend.

»Ich habe dir gleich gesagt, dass das nur was für Kinder ist«, schalt Gerda Karl sogleich.

»Was für eine Plage dieser Junge«, entgegnete Karl, ohne auf Gerdas Worte einzugehen. »Früher hätte so einer was hinter die Löffel bekommen. Das Wort Rücksicht scheint für die Kinder von heute ein Fremdwort zu sein. Eines steht fest: Sollte ich jemals wieder ein Karussell betreten, setze ich mich in kein Rondell mehr. Es tut mir leid Gerda. Ich wollte dich nicht in eine so unschöne Situation bringen.«

»Ach, schon gut«, antwortete sie. »Es ist ja nicht wirklich etwas Schlimmes passiert. Meinem Magen geht es auch schon wieder besser.«

»Das freut mich«, antwortete Karl. »Dann darf ich dich als Entschädigung für die Karussellfahrt hoffentlich noch auf eine Bratwurst einladen. Du wirst es nicht bereuen.« Hoffnungsfroh sah er sie an.

Gerda wollte sogleich ablehnen, denn sie war sich nicht sicher, ob ihr durchgeschaukelter Magen jetzt tatsächlich eine fettige Bratwurst vertrug, doch sie brachte es nicht fertig. Karl hatte so eine Freude daran. Also stimmte sie zu und während des kurzen Wegs Richtung Bratwurststand hängte sie sich sogar bei ihm ein.

Eine Weile darauf ließen Gerda und Karl den Weihnachtsmarkt hinter sich und steuerten auf eine nahe Straßenbahnhaltestelle zu. Gerda hatte, wider Erwarten, die Bratwurst gut vertragen, und sie hatte ihr auch gut geschmeckt.

Da sie allerdings nur selten Bratwürste aß, konnte sie Karls überschwängliches Qualitätsurteil nicht beurteilen. Zu ihrem Bedauern war das Essen nicht ganz ohne Unfall vonstattengegangen, und auf ihrem Mantel befand sich ein Senffleck, den sie nur leidig mit der Serviette hatte entfernen können.

In der voll besetzten Straßenbahn konnten sie nicht nebeneinandersitzen, Karl saß ein Stück von Gerda entfernt. Der alte Mann neben Gerda war eingeschlafen und schnarchte leise. Gerda fragte sich, wie lange er schon mit dem Verkehrsmittel fuhr. Wer sagte dem armen Kerl, wann er aussteigen musste? Sie überlegte, ihn zu wecken, doch sie tat es nicht, denn er sah seltsam friedlich aus.

An ihrer Haltestelle angekommen, verließ sie gemeinsam mit Karl die Straßenbahn, und sie taperten nebeneinander in Richtung Waschsalon. In Pfützen auf dem Gehweg spiegelten sich die Lichter der Häuser. Karl schien es nichts auszumachen, dass erneut Nieselregen eingesetzt hatte. Er wirkte vergnügt wie lange nicht und summte die Melodie von *Ihr Kinderlein kommet*.

Als sie am Waschsalon ankamen, blieben sie voreinander stehen, und keiner schien so recht die passenden Worte für diese Situation zu finden.

»Es war nett heute«, war es Karl, der als Erster etwas sagte.

»Ja, das war es«, antwortete Gerda, der in diesem Augenblick bewusst wurde, dass sie zum ersten Mal in ihrem Leben Karl außerhalb des Oeder Wegs und ihres Waschsalons erlebt hatte. Konnte das wirklich sein? Das war doch verrückt. So viele Jahrzehnte hatten ins Land gehen müssen, bis sie sich an einem anderen Ort dieser Stadt begegnet waren. Der Moment fühlte sich seltsam an. Gerda konnte nicht sagen, was es war. Aber plötzlich hatte sie das Gefühl, Karl nicht gehen lassen, nicht allein sein zu wollen. Das war doch verrückt. Es war doch bloß Karl, der vor ihr stand. Sie verdrängte den Gedanken wieder. Was für ein Unsinn das doch war.

»Dann also bis morgen«, meinte Karl.

»Ja, bis morgen«, antwortete Gerda. Hatte sein Tonfall enttäuscht geklungen? Oder hatte sie sich das nur eingebildet? Vielleicht hätte sie ihm doch noch einen Tee anbieten sollen, überlegte Gerda.

Als Karl ging, sah Gerda ihm noch einen Moment nach. Mit den Jahren war sein Gang langsamer geworden, er schlurfte ein wenig. Der Anblick sorgte dafür, dass erneut eine Erinnerung an Jason zurückkam. Er hatte es sich damals nicht nehmen lassen, sie nach ihrem gemeinsamen Weihnachtsmarktbesuch nach Hause zu bringen. Obwohl Gerda schreckliche Angst gehabt hatte, dass sie beobachtet werden könnten. Und Jason hatte sie ebenfalls nachgeblickt. Seine Gestalt war im Schneetreiben immer kleiner geworden. Sie hatte sich so glücklich gefühlt wie lange nicht. Ein junges Mädchen mit dem Kopf voller Träume und einem herrlichen Kribbeln in ihrem Inneren war sie gewesen, das sie nicht in den Schlaf hatte finden lassen. Dieses Gefühl war Wehmut und Zweifeln gewichen. Lediglich der Wunsch auf ein Wiedersehen und die Hoffnung, dass Jason irgendwann zurückkehren würde, waren geblieben. Karl verschwand aus ihrem Blickfeld, und Gerda ging seufzend zum Hintereingang ihres Hauses.

4. Kapitel

01. Dezember 2008

Gerda drückte fest auf den Einschaltknopf der Fernbedienung, doch der kleine, in einer Ecke ihres Waschsalons hängende Fernseher blieb dunkel.

»Das darf doch jetzt nicht wahr sein«, fluchte sie und drückte erneut auf den Einschaltknopf, als könnte doch noch ein Wunder geschehen. »Bis gestern lief das Ding problemlos. In einer halben Stunde fängt doch die Sause in New York an. Ich darf das Einschalten des Baumes auf gar keinen Fall verpassen.«

Karl, der Gerda zu dieser vorgerückten Stunde, es war schon nach Mitternacht, in ihrem von unzähligen Lichtern erhellten Waschsalon Gesellschaft leistete, erhob sich ächzend von seinem Stuhl und ging zum Fernseher. Er kam dabei an den Rentieren vorbei, die sogleich ihr lustiges Lied zu trällern begannen und mit den Hüften wackelten, was ihn jedes Jahr aufs Neue nervte. Er rollte die Augen.

»Diese Dinger sind wirklich abscheulich. Die Lichter sind ganz hübsch, aber das Gejaule alle Nase lang kann einen wahnsinnig machen.«

»Also, ich hab meine Rentiere gern«, verteidigte Gerda sogleich die drei Dudelgesellen, die bereits zehn Jahre auf dem Buckel hatten und die sie im Ausverkauf bei Karstadt nach dem Fest günstig erworben hatte. Viele der Lichterketten und Dekoartikel in ihrem Laden waren solche Schnäppchen. Pünktlich nach den Feiertagen machte sich Gerda jedes Jahr zu früher Stunde auf den Weg ins Sale-Wunderland, damit ihr auch ja niemand die besten Sachen wegschnappte. Im letzten Jahr hatte sie den neuen und täuschend echt aussehenden Plastikweihnachtsbaum für das Schaufenster erworben. Er war der Letzte seiner Art bei Galeria gewesen und um siebzig Prozent reduziert worden. Seinen Vorgänger, ein Modell aus den Achtzigerjahren, besaß sie natürlich auch noch, auch wenn man dem guten Stück natürlich seine Künstlichkeit um einiges mehr ansah und er inzwischen etwas krumm geworden war. Er stand mit bunten Lichtern, lustigen Schneemannanhängern, Schleifen und Glitzerkugeln dekoriert in der Ecke neben Bill Ramsey. Der neue Weihnachtsbaumtraum im Schaufenster hatte die rot-weißen Funkelkugeln erhalten, die Gerda ausnahmsweise für teuer Geld in einem Internetshop bestellt hatte. Sie hatte einfach nicht widerstehen können. Dazu hingen Zuckerstangen in den Zweigen, eine Lichterkette mit hundert Lämpchen, Karl hatte das Entwirren übernommen und geschlagene drei Stunden dafür gebraucht, und rote Glöckchen, die sie bei Mustafa im Laden entdeckt hatte. Dem Weihnachtsbaum leistete bedauerlicherweise in diesem Jahr nicht mehr der aufblasbare Schneemann Gesellschaft, denn das gute Stück hatte irgendwo ein Loch gehabt. Da musste sie beim nächsten Sale unbedingt nach einem Ersatz Ausschau halten. Nun befanden sich hübsch verpackte Geschenkkartons auf einem weißen und glitzernden Weihnachtsstoff aufgestapelt neben dem Baum, auf denen natürlich, wie sollte es auch anders sein, bunte Lichter verstreut lagen. An der Tür hing das übliche Merry-Christmas-Schild, das ebenfalls leuchtete und blinkte, dass es eine Freude war. Selbst an der Decke des Waschsalons befanden sich Lichtlein, die in ein Netz eingearbeitet waren, das Gerda, wie in jedem Jahr, mit der Hilfe einiger Nachbarn befestigt hatte. Schließlich musste alles perfekt sein. Und jetzt ging der depperte Fernseher nicht. Das durfte doch nicht wahr sein. Es gehörte für sie definitiv zur Weihnachtszeit dazu, dass sie sich ansah, wie der Baum am Rockefeller Center in New York zum ersten Mal angemacht wurde. Enttäuscht starrte Gerda auf den dunklen Fernseher, den Karl gerade genauer unter die Lupe nahm. Gerda konnte sich noch genau an den Moment erinnern, als sie zum ersten Mal dieses besondere Schauspiel bewundert hatte. An der Seite ihres Jasons, in einem gefühlt anderen Leben …

Dezember 1963

»Wir gehen wohin?«, fragte Gerda noch mal. Sie musste sich Mühe geben, dass sie auf dem glatten Untergrund mit ihren für das Winterwetter vollkommen ungeeigneten Pumps nicht ins Rutschen kam. Es schneite in dicken weißen Flocken, und auf dem Eisernen Steg, einer über den Main führenden Fußgängerbrücke, war die Nässe überfroren.

»Ich habe doch gesagt, dass es eine Überraschung ist«, ant-

wortete Jason, der sie an die Hand genommen hatte und mit sich zog. »Wir müssen uns beeilen, sonst kommen wir zu spät.«

Für Gerda fühlte sich dieser spontane Ausflug wie ein Abenteuer an, und sie hoffte, dass er nicht mit einem Donnerwetter enden würde, denn sie hatte sich heimlich aus dem Haus geschlichen. Es war schon nach Mitternacht, und zu dieser späten Stunde war sie noch nie auf Frankfurts Straßen unterwegs gewesen. In dieser Hinsicht war ihre Mutter streng. Ihre minderjährige Tochter trieb sich nicht des Nachts in den Kneipen und Bars der Stadt herum. Was sollten denn da die Leute denken!

Sie erreichten das Ende der Brücke, und Jason achtete, ganz Gentleman, darauf, dass sie auf den Stufen nicht stolperte. Er reichte ihr die Hand, hielt sie ganz fest und beobachtete wachsam jeden ihrer Schritte. In seinem hellen Wintermantel sah er auch an diesem Abend äußerst elegant aus. Sie befanden sich jetzt im Stadtteil Sachsenhausen, wo es viele Kneipen und Apfelweinwirtschaften gab. Eines dieser Etablissements steuerte Jason an. Als Gerda die überschaubar große Kneipe betrat, glaubte sie, eine neue Welt zu erkunden. Hier war alles mit Lichterketten dekoriert, es dudelten amerikanische Weihnachtslieder über ihre Köpfe, und um sie herum wurde nur Englisch gesprochen. Sie fühlte sich, als wäre sie in einem Wunderland angekommen. Im hinteren Bereich war ein Fernseher aufgebaut worden, ein junger GI richtete gerade die Antenne aus und wurde fröhlich von den anderen Gästen angefeuert, so klang es zumindest in Gerdas Ohren, die kein Wort Englisch verstand. Als dann endlich das Rockefeller Center auf dem Bildschirm erschien, in Schwarz-Weiß, ein bisschen krisselig war das Bild auch, gab es Beifall und Jubelrufe.

Und plötzlich legte Jason seine Arme von hinten um Gerda

und flüsterte ihr ins Ohr: »Es ist nicht ganz so schön wie in New York City, und mein Großvater fehlt, aber ich wollte, dass du es mit eigenen Augen siehst und erlebst.«

Der Duft seines Rasierwassers zog Gerda in die Nase, sie spürte die Wärme seines Körpers und seinen Atem am Hals. Ihre Haut begann an dieser Stelle zu kribbeln. Das Gefühl breitete sich über ihren gesamten Körper aus, und sie fühlte sich in diesem Moment so unbegreifbar glücklich, sie glaubte, beinahe zerspringen zu müssen. Um sie herum wurde nun der Countdown heruntergezählt, und auf dem krisseligen Bildschirm gingen die Lichter des Baumes an.

»Also mal ehrlich: Wer kommt denn darauf, einfach so den Fernseher auszustecken«, sagte Karl und riss Gerda damit aus ihrer Erinnerung. Er stand auf einem Stuhl und hielt Gerda missbilligend den Stecker hin. »So kann der Kasten ja nicht funktionieren.«

»Ach du je«, antwortete Gerda mit kleinlautem Blick. »Das muss ich gewesen sein. Da hab ich doch prompt den Fernseher aus- und das neue Lichternetz für den vorderen Deckenbereich eingesteckt. Und was machen wir nun? Also die Lichter können wir auf gar keinen Fall wieder ausmachen, das Netz war teuer.«

»Du willst doch diesen Baum in New York sehen, oder? Also jetzt gleich, in …«, Karl sah auf seine Armbanduhr, »… fünf Minuten.«

»Ja, das will ich.«

»Fein«, antwortete er. »Dann finde dich damit ab, dass dein Lichternetz heute Abend ausnahmsweise mal nicht leuchtet. Morgen früh bekommen wir das Steckerproblem bestimmt gelöst.« Ohne eine Antwort von Gerda abzuwarten, zog er den Stecker des Lichternetzes aus der Dose, und der vordere Bereich der Decke versank in Dunkelheit. Gerda fügte sich. Wenn Karl in diesem resoluten Tonfall mit ihr redete, brachte es nichts, Widerworte zu geben. Das hatte sie irgendwann in den letzten zwanzig Jahren begriffen, die sie einander nun kannten.

Sie konnte sich noch gut daran erinnern, wie er zum ersten Mal mit einem Wäschekorb bei ihr im Laden auftauchte. An einem strahlend sonnigen Augusttag, die Hitze hatte im Geschäft gestanden, und er hatte ihr gefallen, obwohl er ein peinliches Hawaiihemd und Socken in den Sandalen trug. Gerda konnte bis heute nicht sagen, was es gewesen war. Es hatte an jenem Tag nur kurze Blickwechsel zwischen ihnen gegeben, sie hatte ihm der Hitze wegen ein Glas Wasser angeboten. Es hatte wohl einfach die Chemie gestimmt. Die Gemeinschaftswaschmaschine in Karls Mietshaus war damals kaputtgegangen, und der Vermieter wollte sie nicht mehr ersetzen. Dieser Umstand führte dazu, dass Karl von nun an einmal die Woche erschien, manchmal auch zweimal, wenn es zusätzlich noch eine Sechzig-Grad-Wäsche gab. Anfangs war er recht schüchtern gewesen, er hatte meist, während er auf seine Wäsche wartete, seine Nase in eine Zeitung gesteckt. Mit der Zeit war er offener geworden, und Gerda hatte erfahren, dass er in der Finanzdirektion tätig war. Und irgendwann, an einem verregneten Abend, als sie mal wieder ganz allein vor Elvis gesessen hatten und darauf warteten, dass er endlich mit der Buntwäsche fertig wurde, hatten sie persönlichere Dinge ausgetauscht, und Gerda hatte ihm von Jason erzählt. Er war der Erste und Einzige, dem sie bis heute von dieser einen, für sie magischen Adventszeit erzählt hatte, die sie mit dem Mann verbrachte, den sie bis heute liebte. Es hatte sich nach all den Jahren des Schweigens gut angefühlt, sich jemandem anzuvertrauen. Karl hatte so reagiert, wie er stets reagierte, wenn sie ihm etwas erzählte. Er hatte kommentarlos und mit diesem besonderen Blick zugehört, den sie so an ihm mochte. Es hatte gutgetan, sich endlich alles von der Seele zu reden, und Gerda wusste, dass ihr großes Liebesgeheimnis bei ihm gut aufgehoben war und nicht zum Straßenklatsch werden würde.

Karl hatte an diesem Abend auch von sich erzählt, von seiner Jugend in Bockenheim und davon, dass auch er einmal verliebt gewesen war. In Inge Bader, sie wohnte im Nachbarhaus, und sie waren zusammen auf die Handelsschule gegangen. Kurz nach dem Schulabschluss war sie jedoch mit ihren Eltern fortgezogen, nach Hannover, was für ihn, er war damals achtzehn Jahre alt, so gewesen war, als wäre sie auf einen anderen Planeten ausgewandert.

Karl kletterte wieder vom Stuhl, und Gerda schaltete den Fernseher an und stellte CNN ein, wo die Erstbeleuchtung des weltberühmten Weihnachtsbaums am Rockefeller Center live übertragen wurde. Die englischen Worte des Moderators verstand Gerda nicht. Alles war voller Menschen in warmen Winterjacken, es schneite sogar. Die Kamera glitt über die Menschenmenge hinweg, und wie in jedem Jahr suchte Gerda instinktiv nach Jasons Gesicht. Obwohl das eigentlich der totale Unsinn war, denn er sah heute gewiss nicht mehr so aus wie damals. Erst neulich hatte sie auf der Zeil einen Mann gesehen, den sie tatsächlich für Jason gehalten hatte. Er war groß gewesen, sein silbergraues Haar noch immer dicht, feine Gesichtszüge hatte der Mann gehabt und ähnlich schöne blaue Augen. Als er jedoch den Mund aufgemacht hatte, war Gerda hart in der Realität aufgeschlagen, denn der gealterte Jason hatte breiten sächsischen Dialekt gesprochen.

»Ich weiß, ich sag das jedes Jahr wieder«, meinte Karl, während er sich neben Gerda setzte. »Aber ich finde, der Baum sieht unecht aus.« Just in diesem Moment trat auf dem Bildschirm Mariah Carey winkend und in einen roten Mantel gehüllt neben den New Yorker Bürgermeister, um die Beleuchtung des Baumes feierlich einzuschalten. Gerda mochte Careys beliebtes Weihnachtslied, von dem sie sich allerdings den Titel nicht merken konnte. Das konnte sie nur bei ganz wenigen der englischen Lieder. *White Christmas* ging noch, auch *Last Christmas* von Wham kannte sie natürlich auch. Dann hörte es aber schon auf. Auch sang sie die Texte in ihrem ganz eigenen Englisch mit. Aber natürlich nur, wenn sie allein im Laden war, sonst war es zu peinlich.

»Und ich sage dir jedes Jahr aufs Neue, dass er echt und eine Fichte ist«, entgegnete Gerda. »Die Amerikaner sind eben besser darin, anständige Christbäume zu organisieren und nicht so schiefe und schäbige Bäume wie die Frankfurter, die es vermutlich niemals hinbekommen werden, vor dem Römer einen anständigen Baum aufzustellen.«

»Da ist was dran«, gab Karl ihr in letzterem Punkt recht. »Vielleicht liegt es bei dem Baum im Fernsehen aber auch an den vielen bunten Lichtern, mit denen sie den alle Jahre zuhängen. Da sieht man ja gar nix mehr von den Zweigen.«

»Also von anständigen Weihnachtsbäumen hast du wirklich keine Ahnung«, entgegnete Gerda und rollte lachend die Augen. »Sie müssen voller bunter Lichter und Schmuck sein, sonst sehen sie doch traurig aus.«

»Wenn du meinst«, antwortete Karl, ebenso lachend, und nippte an seiner heißen Schokolade mit Marshmallows, die Gerda extra für den feierlichen Anlass bereitgestellt hatte.

In New York wurde nun der Countdown runtergezählt, und in diesem Augenblick fühlte sich Gerda wieder wie die junge Frau von damals. Auch sie zählte mit. Als sie bei null angekommen waren, drückte Mariah mit einem breiten Grinsen auf ihrem runden und mit viel zu viel Make-up zugekleisterten Gesicht auf einen roten Knopf, und der Baum erstrahlte in seinem Lichterkleid. Jubel brandete in New York auf, und über Gerdas Wangen begannen Tränen zu laufen. Sie stellte die Frage, die sie jedes Jahr in diesem Moment stellte, und Karl beantwortete sie ihr auch heute wieder, obwohl ihre Worte ihm jedes Mal wieder das Herz schwer werden ließen – denn er liebte Gerda. Er liebte sie seit dem Moment, als er zum ersten Mal den Waschsalon betreten hatte. Doch was halfen all seine Liebe und diese dummen Gefühle, wenn ihr Herz an einem anderen hing? Also gab er sich mit dem zufrieden, was er hatte. Mit ihrer Freundschaft. So eine Freundschaft war ja auch eine ganze Menge.

»Denkst du, Jason ist dort gewesen?«

»Könnte sein«, antwortete Karl.

Seine Schultern sackten ein Stück nach unten, während Mariah Carey im Schneetreiben von New York ihr Weihnachtslied zu singen begann.

5. Kapitel

02. Dezember 2008

Gerda wühlte in einem ihrer Schränke. »Das kann nicht sein«, sagte sie zu sich selbst. »Ich bin mir sicher, ich hatte noch Kaffee. Ich bin doch nicht senil.« Sie schob zwei Packungen Würfelzucker nach links. »Da ist nur der ohne Koffein. Den muss ich längst wegwerfen.« Sie beförderte das angebrochene Kaffeepäckchen auf die Arbeitsplatte. »Das gefärbte Wasser trinkt bei mir sowieso keiner.« Sie schob zwei Packungen Weihnachtstee zur Seite und entdeckte eine weitere, angebrochene Kaffeepackung, auf der allerdings Espresso stand. »Wo kommst du denn her?«, fragte sie den Espresso, als könnte er ihr Antwort geben. Sie nahm ihn näher in Augenschein. Ablaufdatum: 5. Oktober 2006. Gerda stieß einen Seufzer aus. Es half alles nichts. Wenn sie heute ihrer Kundschaft Kaffee anbieten wollte, würde sie wohl oder übel einkaufen gehen müssen, und das bei diesem fürchterlichen Regen. Ihr Blick wanderte nach draußen, wo es kräftig schüttete. Der eine oder andere Frühaufsteher huschte mit einem Schirm bewaffnet an ihrem Schaufenster vorüber. Weiter die Straße hinunter befand sich ein Supermarkt, der erst in einer Stunde öffnete. Vielleicht hatte sie ja Glück, und der dumme Regen würde bis dahin etwas nachlassen.

Es waren nicht nur der fehlende Kaffee und das schlechte Wetter, die dafür sorgten, dass Gerda sich heute nicht gut fühlte. Sie hatte bereits seit dem Aufstehen leichte Kopfschmerzen. So ein ungutes Druckgefühl über den Augen, das am Ende einen Schnupfen mit sich bringen konnte. Vielleicht sollte ich statt Kaffee besser Ingwertee kochen, dachte sie. Mustafa schwor darauf. Der trank das scheußliche Zeug ständig, und Gerda konnte sich nicht entsinnen, ihn jemals krank erlebt zu haben. Allerdings verabscheute Gerda Ingwer wegen seiner Schärfe.

Nach kurzer Überlegung beschloss sie, sich einen ihrer Weihnachtstees aufzubrühen, Bratapfeltee war immerhin gut für die Seele. Sie füllte den Wasserkocher, stellte ihn an und schaltete das Radio ein, denn gleich kamen die Nachrichten und der Wetterbericht. Vielleicht gab es ja an dieser Front endlich mal gute Nachrichten in Form von Schnee.

Gerda nahm sich einen Schoko-Cookie und ließ, während der Nachrichtensprecher eine endlos lange Liste von Verkehrsmeldungen herunterleierte, ihren Blick durch den Raum schweifen. Ihre Lichterketten leuchteten und blinkten, auf sämtlichen Waschmaschinen lagen die Weihnachtstischdecken, auf jeder eine andere, weil Gerda es bunt und abwechslungsreich mochte. Einheitlich und unpersönlich hatte es im Laden zu Lebzeiten ihrer Mutter lange genug ausgesehen. Anfang Januar jährte sich der Todestag von Roswitha Glück zum dreiunddreißigsten Mal. Sie war an Krebs gestorben. Als die Krankheit entdeckt worden war,

war es bereits zu spät gewesen, und ihr Leiden hatte nur wenige Wochen gedauert. Gerda konnte sich noch gut an den Tag ihrer Beerdigung erinnern. Es war damals bitterkalt und sonnig gewesen. Eine frostige Schicht hatte über allem gelegen, und sie waren froh gewesen, als der Pfarrer auf dem Friedhof mit seiner Rede zum Ende gekommen war und sie dem eisigen Ostwind entfliehen konnte. Nach dem Leichenschmaus, Roswitha hatte gewollt, dass dieser im kleinen Kreis im Wirtshaus Hufschmied zwei Querstraßen weiter stattfand, hatte Gerda lange im Waschsalon gesessen und die trostlos weiß gestrichenen Wände angestarrt. An jenem Abend war ihr klar geworden, dass sie nun tun und lassen konnte, was sie wollte. Sie würde niemals wieder die gängelnde Stimme ihrer Mutter hören, die ihr ständig vorschrieb, wie sie zu sein hatte und was man tun musste, weil sonst die Leute reden würden. Roswitha hatte stets darauf bestanden, dass der Waschsalon nüchtern eingerichtet blieb, denn so gehörte sich das ihrer Meinung nach. Andere Waschsalons sahen auch so aus. Roswitha Glück war ihr gesamtes Leben darauf bedacht gewesen, nicht aufzufallen. Es galt, mit dem Strom zu schwimmen, egal, was es kostete. Und ihre Tochter Gerda hatte mit ihr zu schwimmen, ob es ihr nun gefiel oder nicht. Und Gerda hatte gefolgt. Weil es von ihr verlangt worden war, weil sie nicht anders konnte. Weil es nach dem Krieg nur sie beide gegeben hatte und sie ihrer Mutter dankbar sein musste, dass sie ihnen diese Existenz aufgebaut hatte. Am Tag ihrer Beerdigung hatte sich in Gerda zum ersten Mal Widerstand geregt, und von dem Wunsch nach Veränderung getrieben, hatte sie am nächsten Morgen damit begonnen, den Waschsalon in den bunten Laden zu verwandeln, der er heute noch war. Sie hatte ihn über die Jahre hinweg zu einem Ort gemacht, an dem man sich gern aufhielt, der nicht wie andere Läden dieser Sorte ein Mittel zum Zweck darstellte. Dieser Ort war ihr Zuhause und nicht bloß ein Platz zum Wäsche waschen. Und doch war all die Jahre die Hoffnung geblieben, dass sie ihn doch noch verlassen würde, dass Jason zu ihr zurückkehren und sie mit nach New York nehmen würde. Dorthin, wo die Straßen voller bunter Lichter waren, wo sie gemeinsam vor dem tollen Baum am Rockefeller Center Schlittschuh laufen würden, wie in den kitschigen Weihnachtsfilmen, die Gerda so gern hatte. Allerdings konnte sie gar nicht Schlittschuh laufen. Aber bunte Lichter mochte sie!

Und so waren es mit jedem Jahr mehr Lichter im Waschsalon geworden, und sie legte jeden Monat etwas von ihrem wenigen Geld zurück, um die schwindelerregend hohe Stromrechnung des Dezembers bezahlen zu können. Weil ihr dummes Herz einfach nicht loslassen konnte. Und als ob der Radiomoderator es gewusst hätte, spielte er genau in diesem Augenblick das Lied *White Christmas*, und Gerda begann mit Tränen in den Augen an ihrer Kette mit dem Herzanhänger zu spielen. Vielleicht hätte sich damals doch ein Weg gefunden, mit ihm zu gehen. Mit dem einzigen Mann, den sie je geliebt hatte. Sie seufzte und zog die Nase hoch. Solche Gedanken brachten sie jetzt auch nicht weiter.

Das Rad der Zeit ließ sich nicht zurückdrehen.

Just in diesem Moment geschah ein kleines Wunder. Der Regen vor Gerdas Fenster ging in Schnee über. Gerda betrachtete das Schauspiel mit großen Augen, sie konnte es kaum glauben. Dicke weiße Flocken wirbelten durch die Lichtkegel der noch immer leuchtenden Straßenlaternen und durch die Scheinwerfer der vorüberfahrenden Autos.

»Du hättest diesen Moment ebenso geliebt. Das weiß ich«, murmelte sie und umfasst erneut das Kettchen an ihrem Hals.

Dezember 1963

Gerda und Jason schlenderten die Frankfurter Zeil hinunter. Die bereits im Dunkeln liegende Frankfurter Einkaufsstraße war von Leuchtreklamen, dekorierten Schaufenstern und weihnachtlichem Lichterglanz erhellt. Es hatte am frühen Nachmittag zu schneien begonnen, und auch jetzt wirbelten unzählige Schneeflocken um sie herum. Gerda hatte ihren freien Nachmittag, und Jason hatte sie spontan ins Kino eingeladen. Sie kamen an einem Straßenmusiker mit einer Gitarre vorbei, der gerade das Lied White Christmas *zum Besten gab.*

»Weißt du, wer das Lied White Christmas *geschrieben hat?«, fragte Jason.*

Sie schüttelte den Kopf.

»Es war ein Mann namens Irvin Berlin. Ich habe irgendwo gelesen, dass er den Titel schon einige Jahre, bevor ihn Bill Cosby zum ersten Mal sang, an einem Weihnachtsabend im warmen Beverly Hills verfasst hat. Ich kann gut nachvollziehen, dass er sich damals nach einer weißen Weihnacht gesehnt

hat. Ich könnte mir niemals im Leben vorstellen, Weihnachten an einem warmen Ort mit hellem Sonnenschein und Palmen zu verbringen.«

»Ich mir auch nicht«, murmelte Gerda, die beeindruckte, was Jason alles wusste. Sie kannte natürlich das berühmte Weihnachtslied, und auch Bill Cosby war ihr ein Begriff. Doch wer das Lied geschrieben hatte, wusste sie nicht. Der Straßenmusiker sang die letzten Zeilen, und Gerda war beinahe traurig darüber. Er hatte die Melodie hübsch gespielt, es hatte ihr gefallen, ihm zuzuhören. Zu Gerdas Überraschung trat Jason nun näher an den Mann heran und bat ihn, das Lied noch einmal zu spielen. Er warf ihm zur Ermunterung einige Münzen in seinen Hut. Der Musiker nickte. Sein Blick wanderte kurz zu Gerda und er zwinkerte ihr zu. Dann spielte er erneut diese wunderbare Melodie, die bereits so viele Millionen Herzen auf der ganzen Welt berührt und von einer weißen Weihnacht hatte träumen lassen. Zu Gerdas Überraschung forderte Jason sie nun zum Tanz auf. Es war verrückt, doch sie stimmte zu. Und so zog er sie in seine Arme, und sie tanzten zur Melodie von White Christmas *im Flockenwirbel über die Frankfurter Zeil. Sein Griff war fest, und er hatte sie so nah an sich herangezogen, dass sie seinen Atem auf ihre Wange spüren konnte. Sein Mantel fühlte sich weich an, der Geruch seines herben Rasierwassers zog ihr in die Nase, und plötzlich näherten sich seine Lippen den ihren. Gerda bebte innerlich, er würde sie jetzt küssen. Doch kurz bevor sich ihre Lippen berührten, zuckte sie doch zurück. Die Sorge, dass sie jemand sehen könnte, der sie kannte, ließ sie zögern – auch wenn sie sich innerlich dafür verfluchte.*

Jason ließ sich dadurch den romantischen Moment nicht

nehmen und hauchte ihr den Kuss einfach sanft auf die Wange, die sofort ganz fürchterlich zu kribbeln begann. In diesem Moment wünschte sich Gerda, dass der Musiker für immer weiterspielen würde, solange, bis sie ganz allein auf der Straße wären und sich ungestört doch so richtig würden küssen können.

Es war die Türglocke, die Gerda aus ihrer Erinnerung riss, und sie blickte auf. Zu ihre Verwunderung war es Anke Bruns, eine ihrer Nachbarinnen, die den Raum betrat.

»Guten Morgen, Anke«, grüßte Gerda, verdutzt dreinblickend. »Was treibt dich denn zu so früher Stunde zu mir?«

»Ich komme gerade vom Nachtdienst und hab gesehen, dass du schon wach bist. Also dachte ich, ich schau mal rein.«

Gerda nickte, ahnend, dass Anke etwas auf dem Herzen hatte. Sie erhob sich und trat hinter ihren kleinen Verkaufstresen, das Wasser für den Tee war jetzt heiß, und sie bot Anke eine Tasse an. Anke legte ihren Mantel ab. Sie trug noch immer ihre Schwesternuniform. Anke arbeitete als Krankenschwester im Höchster Krankenhaus, Gerda wusste nicht, in welcher Abteilung, aber das war nicht so wichtig. Anke setzte sich auf einen der Kaffeehausstühle. Sie sah müde aus, und Gerda fragte: »Einen Cookie zum Tee?«

»Gern«, nahm Anke das Angebot an und schenkte Gerda ein müdes Lächeln. Gerda beförderte einen Schoko-Cookie auf einen Weihnachtsteller und stellte diesen und den duftenden Bratapfeltee vor Anke mit den Worten: »Geht aufs Haus.«

»Aber Gerda«, entgegnete Anke. »Es kann doch nicht immer alles aufs Haus gehen. Du musst doch Geld einnehmen.«

»Ach, heute geht das schon mal«, antwortete Gerda, während sie für sich selbst ebenfalls einen der Cookies aus der Keksdose holte. Die Cookies backte Gerda nicht selbst, denn sie war eine fürchterliche Bäckerin. Vor Jahren hatte sie versucht, die Kekse für den Laden zu backen, doch sie waren gruselig geworden. Entweder waren sie auf dem Blech zu einem riesengroßen Keks zusammengebacken oder sie waren so hart geworden, dass man jemanden damit hätte erschlagen können. Mustafa, der einmal die Woche zum Großhandel fuhr, brachte ihr deshalb immer Cookies mit. Sie waren gekauft, schmeckten nach Gerdas Meinung aber beinahe so gut wie selbst gemacht. Und sie wurden im Laden mit Liebe serviert.

Gerda gesellte sich zu Anke an den Tisch, und eine Weile lang sagte keine von beiden etwas. Vor dem Fenster schneite es noch immer in dicken weißen Flocken, und im Radio lief das wunderschöne Weihnachtslied von der Sängerin, die bei diesem Flugzeugunglück vor ein paar Jahren ums Leben gekommen war und von der sich Gerda den Namen nicht merken konnte.

»Ich überlege, wieder zu meinen Eltern nach Rennerod zurückzukehren«, sagte Anke irgendwann.

Verdutzt sah Gerda sie an.

»Aber wieso das denn?«, fragte Gerda verdutzt. »Wollten du und Yusuf nicht diesen Monat heiraten und nach Sossenheim ziehen? Hattet ihr da nicht sogar eine Eigentumswohnung im Auge?«

»Ja, schon«, antwortete Anke mit gedehnt klingender Stimme. »Aber wir hatten gestern einen schlimmen Streit, und jetzt bin ich mir nicht mehr sicher, ob er wirklich der Richtige ist. Aber ich hab schon meine Wohnung gekündigt und muss Ende Dezember raus. Wo soll ich denn dann hin?«

»Wegen eines Streits willst du jetzt alles hinwerfen?«, hakte Gerda nach. »Findest du nicht, dass du das gerade etwas zu dramatisch siehst? Gestritten wird überall mal. Aber deswegen ist die Liebe doch nicht gleich vorbei.«

»Aber es war ein ganz fürchterlicher Streit. Es ging mal wieder um Yusufs dumme Eifersucht. Er wird nie begreifen, dass ich auch männliche Freunde und Kollegen habe. Neulich hat er einen alten Schulkameraden von mir auf der Straße dumm angemacht und ihm Prügel angedroht, sollte er mir noch einmal zu nahekommen. Ich habe ihm schon so oft gesagt, dass er mir vertrauen kann und dass ich ihm treu sein werde. Er hat mir auch fest versprochen, dass er nicht mehr so eifersüchtig sein wird, aber dann rastet er doch wieder aus. Ich weiß nicht, ob ich das mein gesamtes Leben lang ertragen will.«

»Verstehe«, antwortete Gerda und beförderte ihren Teebeutel auf einen bereitstehenden Unterteller. »Da meldet sich vermutlich das südländische Blut zu Wort.«

»So ist es wohl«, antwortete Anke, und in ihren Augen schwammen jetzt Tränen. »Vielleicht hat meine Mama ja doch recht mit dem, was sie immer sagt. Wir sind einfach aus zwei verschiedenen Kulturkreisen und können gar nicht zusammenpassen.«

»Wie viele Einwohner hat noch einmal das Dorf im

Westerwald, in dem du aufgewachsen bist und aus dem deine Mutter ihr gesamtes Leben nicht rausgekommen ist?«, hakte Gerda nach.

»Hundertfünfzig«, antwortete Anke.

»Und wie viele von denen stammen aus einem anderen Kulturkreis?«

»Keiner«, erwiderte Anke.

»Und du denkst, dass deine Mama die richtige Ansprechpartnerin in Sachen Kulturkreise ist?«

»Nein, das ist sie nicht«, antwortete Anke.

»Gut, dann wäre das geklärt«, meinte Gerda. »Und die Sache mit deinem Yusuf bekommen wir auch in den Griff. Ich kenne einen Fachmann für eure Situation. Wenn du magst, kann ich ihn gern bitten, mal mit Yusuf zu reden.«

»Du meinst doch nicht etwa Mustafa?«, hakte Anke nach.

»Wen denn sonst?«, erwiderte Gerda. »Ihm wird Yusuf zuhören. Da kannst du dir sicher sein.«

Im nächsten Moment öffnete sich die Ladentür, und es war tatsächlich Yusuf, der eintrat. Gerda sah den jungen Mann verdutzt an. Wenn man vom Teufel sprach. Wo kam der denn nun so unverhofft her?

»Morgen zusammen«, grüßte er. Auf seiner dunkelblauen Mütze schmolzen Schneeflocken, er hatte einen Dreitagebart, und sein dunkelgrüner Parker sah abgetragen aus.

»Ich konnte nicht schlafen und bin ein bisschen rumgelaufen«, entschuldigte er sein Auftauchen zu dieser frühen Zeit im Waschsalon. »Können wir reden?« Er sah Anke mit einem flehenden Ausdruck in den Augen an, und

Gerda fühlte sich schlagartig komplett überflüssig. Vielleicht klappte die Versöhnung ja auch ohne Mustafa. Diesem Dackelblick zu widerstehen würde Anke womöglich schwerfallen. Doch Gerda wusste, dass das grundlegende Problem nicht aus der Welt geschafft war, wenn jetzt spontan hier eine Versöhnung stattfand. Was sollte es, dachte sie plötzlich. Warum sollte sie unbedingt auf Mustafa warten. Auch sie war durchaus in der Lage, die Dinge beim Namen zu nennen.

»Anke hat mir gesagt, du wärst immer recht eifersüchtig«, sprach sie das Thema unverblümt an.

Überrascht sah Yusuf auf.

»Da brauchst du nicht so zu gucken«, sagte Gerda. »Du musst deine Eifersucht in den Griff bekommen, wenn du Anke behalten willst. Du musst ihr vertrauen! Anke liebt dich. Sie würde dir niemals fremdgehen, Junge, sie will dich heiraten!« Gerdas Stimme war eindringlich geworden. »Also hör verdammt noch mal damit auf, ihr irgendwelche Szenen zu machen. Haben wir uns verstanden?!«

Yusuf schaute Gerda mit großen Augen an. Einen Moment schien es so, als wollte er Kontra geben, dann ließ er seine Schultern sinken und nickte reumütig.

»Ja, wir haben uns verstanden, Gerda. Anke. Ich schwöre, ich bessere mich. Ich werde das in den Griff bekommen. Aber bitte, sei mir nicht mehr böse. Ich hab halt immer Angst, irgendeiner könnte dich mir wegnehmen.« Er richtete seinen Blick auf Anke, und sie antwortete: »Das wird niemals passieren, du Dummerchen.« Sie stand auf und trat näher an ihn heran. »Zum Wegnehmen gehören doch immer zwei. Ich lass nicht zu, dass das passieren wird. Ich will dich heiraten. Ich liebe dich und sonst niemanden.«

Sie legte die Arme um seinen Hals, und Gerda stiegen vor Rührung Tränen in die Augen. Die beiden küssten sich, und Gerda hoffte, dass nun alles gut werden würde. Ach, sie waren so ein hübsches Paar. Da machte es auch gar nichts aus, dass just in diesem Moment der Schneefall vor dem Fenster wieder in Regen überging.

6. Kapitel

05. Dezember 2008

Karl stand, noch seinen dunkelbraunen Morgenmantel tragend, in seiner Wohnung im ersten Stock am Fenster und beobachtete, wie der Gemüsehändler unter ihm frische Waren geliefert bekam. Die Söhne des Inhabers, der Jüngere ging noch zur Schule, er machte im nächsten Jahr Abitur, trugen die mit Gemüse gefüllten Kisten durch das dichte Schneetreiben in den Laden. Ihre Stimmen waren bis zu ihm zu hören, sie unterhielten sich wie gewohnt auf Türkisch. Karl kaufte öfter bei dem als Gastarbeiter in den Sechzigerjahren nach Frankfurt gekommenen Ali ein und hielt gern mal ein Schwätzchen. Alis Tomaten waren die besten weit und breit, und er bot Karl als Stammkunden immer einen kleinen Rabatt an. An guten Tagen bekam er von Alis Frau mit Schafskäse gefüllte Frikadellen geschenkt, die köstlich schmeckten. Nur für diesen orientalischen Süßkram konnte er sich nicht begeistern, da klebte ihm der Mund zusammen. Karl konnte sich noch gut daran erinnern, wie das damals gewesen war, als die ersten Gastarbeiter ins Land gekommen waren. Das Miteinander hatte sich zunächst wegen der Sprachbarriere schwierig gestaltet. Aber nach und nach hatte man sich aneinander gewöhnt, und nun gehörten Geschäfte wie Alis Gemüseladen, die vielen Pizzerien oder Dönerläden längst zum Frankfurter Stadtbild wie der Römer oder die immer weiter in den Himmel wachsenden Bankentürme, die es vor dem Krieg ja auch nicht gegeben hatte. So war das eben mit den Zeiten. Sie veränderten sich, und nichts blieb, wie es einmal war.

So war es auch mit Karls Leben. Früher hätte er sich jetzt langsam für seine Arbeit fertig gemacht. Den Kaffee ausgetrunken, die Blechdose mit seinen geschmierten Broten und die Zeitung in seine Aktentasche verfrachtet, Letztere las er gern in der Mittagspause, die er stets in der Kantine verbracht hatte. Er hätte seinen Mantel angezogen und wäre zu der nur wenige Meter von seiner Haustür entfernten Straßenbahnhaltestelle gelaufen, wo sich die alte Frau Glauberg jeden Tag über das Wetter aufregte. Welche Wetterlage diese Frau mochte, würde vermutlich für immer ein Geheimnis bleiben. Im Amt hatte er sich zum Ende hin ein Büro mit so einem jungen Schnösel teilen müssen, der die Weisheit mit Löffeln gefressen zu haben schien und ständig private Nachrichten auf seinem Handy beantwortete. Diese Dinger hatten die jungen Leute heutzutage alle, aber Karl weigerte sich noch immer, sich den modernen Plunder zuzulegen. Obwohl er den Schnösel, sein Name war Benjamin Großhaupt gewesen, nicht hatte leiden können, vermisste er seine Gegenwart ein wenig. Benjamin hatte viel geredet, wenn auch oft nur Blödsinn, zum Ende hin war es ständig um die Planungen für seine Hochzeit gegangen. Seine Verlobte, Claudia, hatte gefühlt zwanzigmal am Tag deshalb angerufen. Auch in der Kaffeeküche hatte man immer mal einen Schwatz halten können, oder er hatte Inge von der Postabteilung einen Besuch abgestattet. Die war jetzt auch schon in Rente und zu ihrer Tochter nach Köln umgezogen, weil sie da die Enkelkinder in der Nähe hatte. Karl hatte keine Enkelkinder, und eine Verlobte hatte er auch nie gehabt. Aber er hatte Gerda. Wenn er bei ihr im Laden war, war alles gut. Sie hatten einander, auch wenn sie meist nicht viel miteinander redeten. Gerda war so herrlich lebendig und ihr Laden so wunderbar altmodisch und kunterbunt wie ihre Kundschaft. Gerda und ihr Waschsalon waren, seitdem er zu Hause war, noch viel mehr zu seinem Lebensmittelpunkt geworden als zuvor. Manchmal wünschte er sich, er könnte den Mut aufbringen und Gerda endlich sagen, was er für sie empfand. Dass er sich jedes Mal freute, wenn er sie sah. Dass er für nichts auf der Welt auf ihre Gegenwart verzichten würde. Und dass er sie, obwohl sie kein junges Mädchen mehr war, für die hübscheste Frau der Welt hielt. Doch das ging nicht, denn er hatte Sorge, dass sie ihn dann fortschicken und fortan für einen verrückten Narren halten würde.

Unter ihm waren die Gemüsekisten jetzt in den Laden getragen worden, und der Lieferwagen war fort. Es schneite noch immer dicke weiße Flocken, die jedoch auf den Gehwegen und der Straße nicht liegen blieben. Karl wusste, dass Gerda in diesem Moment ebenso wie er am Fenster stehen und dem winterlichen Zauber zusehen würde, den es in Frankfurt nicht allzu häufig zu bewundern gab. Von so etwas wie weißer Weihnacht konnten sie nur träumen. Er dachte daran, wie sie neulich Abend gemeinsam vor dem Fernseher gesessen und wie Gerda geweint hatte.

Er wusste, um wen sie weinte. Um den Mann, auf den er eifersüchtig sein sollte, um den Mann, der sie vor vielen Jahren glücklich gemacht und ihr dann das Herz gestohlen hatte. Hin und wieder wünschte Karl sich, dieser Jason hätte wenigstens mal etwas von sich hören lassen. Ein Brief hätte gereicht, vielleicht auch ein Telefonanruf. Irgendetwas, damit sie nicht mehr im Ungewissen war. Doch es kam nichts. Wieso nur hatte er sein Versprechen gebrochen und war nicht zurückgekehrt? Diese Frage würde wohl für immer unbeantwortet bleiben.

Unten auf der Straße trat nun Thorsten aus dem Bäckerladen. Der Junge mit dem asiatischen Einschlag überquerte die Straße und eilte zurück zu Gerdas Haus. Bestimmt würde er sich wieder den ganzen Tag in seiner Dachgeschosswohnung hinter seinem Computer verkriechen. Er studierte Informatik und verdiente angeblich schon ganz gutes Geld mit dem Programmieren von Videospielen. Der Anblick des Jungen brachte Karl plötzlich auf eine Idee. Mit diesem Internet waren viele Dinge möglich. Neulich hatte er im Radio gehört, wie sich darüber eine Mutter und ihre Tochter nach vierzig Jahren Trennung wiedergefunden hatten. Vielleicht war es ja möglich, dass man über diesen Weg auch Gerdas Jason ausfindig machen könnte?

Aber wollte er das überhaupt? Schließlich sah er diesen Jason eigentlich doch als Konkurrenten an. Andererseits würde Gerda unglaublich glücklich sein, wenn sie erfuhr, wie es Jason in all den Jahren ergangen war. Und vielleicht, ja vielleicht würde es durch seine Nachforschungen nach der langen Zeit ein Wiedersehen für die beiden geben. Er sah Gerda vor sich, wie ihre Augen vor Glück strahlten. Und wenn Gerda glücklich war, dann war er es auch.

Aber was würde er tun, wenn er etwas Unschönes über Jason herausfand? Am Ende war er straffällig geworden oder schon tot. Sollte er Gerda auch solche Dinge erzählen? Dann wäre sie traurig, und das wiederum könnte Karl nur schwer ertragen. Vielleicht sollte er auf die Suchaktion doch besser verzichten. Was sollte es nach all den Jahren bringen, diesen Mann ausfindig zu machen?

Er trat vom Fenster weg und setzte sich an seinen kleinen Küchentisch, der in der winzigen Küche gegenüber der altmodischen Küchenzeile stand. Er schlug die Zeitung auf und begann, einen Artikel aus dem Sportteil zu lesen, schaffte es jedoch nicht, sich auf das Geschriebene zu konzentrieren. Immer wieder musste er die ersten Sätze von vorn beginnen. Seine Gedanken wanderten ständig zu Jason und zu der Idee, ihn ausfindig zu machen. Irgendwann gab er es auf und schlug die Zeitung zu.

»Nun ist der Plan in die Welt gesetzt, und er wird nicht mehr verschwinden«, sagte er zu sich selbst und erhob sich seufzend. Er schlurfte ins Schlafzimmer, nahm die dunkelblaue Cordhose von dem Stuhl neben seinem Bett und öffnete den Gürtel seines Morgenmantels. Er würde zu Thorsten gehen und mit ihm darüber reden. Mal sehen, was der Junge zu seiner Idee sagte. Wenn Thorsten es für sinnlos hielt nachzuforschen, dann konnte er den Gedanken ja immer noch verwerfen.

Eine Weile darauf betrat er den Hof hinter Gerdas Waschsalon mit gemischten Gefühlen. Wie jemand, der etwas ausgefressen hat, hatte er sich an Gerdas Waschsalon mit der Zeitung vor dem Gesicht auf der anderen Straßenseite vorbeigestohlen. Schon dieses Tun hatte sich falsch angefühlt. Aber es musste sein, denn wenn sie ihn gesehen hätte, hätte sie gefragt, wohin er ging, und er wollte sie nicht belügen. Oder tat er das nicht sowieso schon? Ach, diese dumme Idee war wirklich verzwickt. Im Hinterhof empfing ihn der üble Geruch der Mülltonnen. Eine grau-weiß getigerte Katze floh vor ihm und sprang über eine halbhohe Mauer in den Nachbarhof. Karl straffte die Schultern, ging zur Eingangstür und drückte auf den Klingelknopf von Thorsten. Es dauerte einen Moment, bis dessen Stimme aus der Sprechanlage kam.

»Ja bitte?«, fragte er.

Karl wusste nicht so recht, was er antworten sollte. Womöglich hörte Gerda ihn, immerhin lag am Ende des Flurs die Hintertür zu ihrem Laden. Oder sie befand sich gerade im Treppenhaus. Sein Herzschlag beschleunigte sich, während er nach einer Antwort suchte. Auch wurde ihm erst jetzt bewusst, dass es noch nicht einmal acht Uhr war. Klingelte man zu dieser Zeit einfach so bei irgendwelchen Leuten? So etwas taten doch nur die Zeugen Jehovas.

»Wer ist denn da?«, fragte Thorsten.

»Ich bin es, Karl«, brachte Karl nun heraus. »Ich hätte da eine Frage. Wenn es recht wäre, also ich meine, nur wenn du Zeit hättest.«

Einen Moment herrschte Stille, dann ging der Türsummer. Karl betrat erleichtert das Treppenhaus und huschte die Stufen ins Obergeschoss hinauf.

Thorsten nahm ihn an der Tür in Empfang. Er trug eine

graue Jogginghose und ein grünes Sweatshirt. Kaffeeduft lag in der Luft. Der Flur war klein und eng, Turnschuhe standen unter drei Haken, die als Garderobe dienten und voller Jacken hingen. Die Tapete zeigte ein grün-gelbes Rautenmuster und verbreitete damit den Charme der Siebziger. Im Wohnzimmer empfing Karl ein heilloses Durcheinander. Überall stapelten sich Computerzeitungen, auf dem Fußboden, auf dem Sofa, auf dem Tisch. Eine komplette Raumhälfte nahm ein großer Schreibtisch ein. Thorsten hatte gleich drei riesige Bildschirme, die allesamt denselben Bildschirmschoner, schwimmende Fische, anzeigten. Neben einer Tastatur standen vier benutzte Kaffeebecher und ein Teller, auf dem ein halbes Croissant lag. Vor dem Schreibtisch stand ein schwarzer Lederbürostuhl. Schnell räumte Thorsten einen Stapel Zeitungen von einem abgewetzt aussehenden alten Ledersessel.

»Entschuldige die Unordnung«, sagte er. »Gäste hab ich nur selten. Kaffee?«

Karl stimmte zu und bat um etwas Milch. Thorsten verschwand in der Küche und kam wenig später mit einem Kaffeebecher in der Hand zurück, der von den Größenausmaßen einer Müslischüssel glich.

Karl nahm ihn vorsichtig entgegen.

»Also«, sagte Thorsten und setzte sich auf seinen Bürostuhl. »Was führt dich zu mir?«

Karl stellte den bis zum Rand gefüllten Kaffeebecher vorsichtig auf dem Tisch ab und räusperte sich. Wie sollte er anfangen? Thorsten sah ihn erwartungsvoll an.

»Also, es ist so«, begann er. »Wie du ja weißt, hat Gerda Weihnachten gern.«

»Ja, das weiß ich«, antwortete Thorsten. »Sogar sehr gern. Meiner Meinung nach übertreibt sie es ein wenig mit dem ganzen Plunder, vor allen Dingen mit den Lichtern. Mich würde mal interessieren, wie sich das auf ihrer Stromrechnung bemerkbar macht.«

»Ja, das ist bestimmt nicht billig«, kommentierte Karl die Vermutung. »Aber darauf wollte ich jetzt nicht hinaus. Ich weiß, weshalb sie Weihnachten so gernhat und ständig neue Lichter aufhängt. Es gibt dafür nämlich einen Grund aus ihrer Vergangenheit.«

»Verstehe«, antwortete Thorsten. »Jetzt hast du mich neugierig gemacht. Ich dachte bisher, es wäre einfach ein Hang zum Kitsch.« Er biss von seinem Croissant ab und sah Karl abwartend an.

Karl wusste, dass er nun etwas tat, das Gerda gar nicht gefallen würde. Doch nun gab es kein Zurück mehr.

»Sie tut es, weil sie verliebt ist.«

Verdutzt schaute Thorsten Karl an.

»Verliebt«, wiederholte er. »Unsere Gerda.«

»Ja, das ist sie«, antwortete er, »und zwar seit vielen Jahrzehnten. In einen Mann namens Jason. Er ist Amerikaner, und sie hat ihn 1963 kennengelernt und sich unsterblich in ihn verguckt. Weihnachten war das. Er musste dann aber zurück in die USA und ist nicht wiedergekommen, obwohl er ihr versprochen hatte, sie zu sich zu holen.«

»Dreiundsechzig«, wiederholte Thorsten. »Ist ein paar Jahre her. Und in den ist sie noch immer verliebt?«

»Ja, das ist sie«, antwortete Karl und stieß einen Seufzer aus. »Und weil dieser Jason die Lichter zu Weihnachten so sehr liebte, hängt sie jedes Jahr noch ein paar mehr Lichterketten in der Hoffnung auf, dass er doch eines Tages wieder bei ihr auftauchen und sie sehen könnte.«

»Verstehe«, antwortete Thorsten. »Das klingt nach einer bittersüßen Liebesgeschichte, aber ehrlich gesagt, frage ich mich, weshalb du damit zu mir kommst?«

»Weil ich mir gedacht habe, dass wir beide diesen Jason vielleicht für Gerda ausfindig machen könnten«, rückte Karl nun mit der Sprache heraus. »Ich denke, es könnte Gerda glücklich machen, wenn sie wieder Kontakt zueinander hätten. Und vielleicht erfährt sie dann auch endlich, wieso er damals nicht zurückgekommen ist, wie er es versprochen hatte. Du kennst dich doch mit diesem ganzen Internetzeugs so gut aus. Da gibt es doch vielleicht Möglichkeiten.«

»Hm«, antwortete Thorsten. »Das klingt romantisch. Aber könnte schwierig werden. Ist ja schon ein paar Jährchen her. Und was ist, wenn der Grund für sein Nichtmehrauftauchen eine andere Frau gewesen ist? Vielleicht hat er die ganze Sache nur als einen kleinen Flirt betrachtet. Ein nettes Techtelmechtel in Germany, das er rasch vergessen hat. Das würde Gerda bestimmt nicht gefallen.«

»In eine ähnliche Richtung dachte ich auch schon«, antwortete Karl. »Wenn wir so etwas herausfinden, dann müssen wir es ihr ja nicht auf die Nase binden. Nur wenn es gut ausgeht, sollten wir ihr davon erzählen.«

»Wenn wir diesen Jason überhaupt finden«, gab Thorsten zu bedenken. »In diesem Alter sind die Menschen nicht gerade besonders freigiebig mit ihren Daten im Internet.« Er zwinkerte Karl zu. »Außerdem bräuchten wir ein paar mehr Informationen als nur den Namen Jason, denn davon gibt es in Amerika gewiss so viele wie Sand am Meer, und wir hätten unzählige Suchergebnisse, die uns nicht weiterbringen.«

»Das stimmt«, räumte Karl ein und schalt sich innerlich für seine eigene Dummheit. Er hätte sich auf dieses Gespräch besser vorbereiten müssen. Er wusste von Gerdas Jason nicht viel. Er war Amerikaner und hatte damals in Frankfurt studiert. Einen Nachnamen kannte er nicht.

»Dann werde ich Gerda wohl noch ein wenig aushorchen müssen«, meinte er.

»Das wäre sinnvoll«, antwortete Thorsten. »Und ich will gleich ehrlich zu dir sein: Ich glaube nicht, dass ich der richtige Ansprechpartner für diese Suche bin. Ich habe aktuell wenig Zeit für die Suche nach einer verflossenen Liebe im Internet. Die ständigen Stromausfälle im Haus haben dafür gesorgt, dass ich mit der Programmierung für einen Kunden sehr hinterherhänge. Es tut mir leid, wenn ich dir deshalb nicht so helfen kann, wie du das gern hättest. Vielleicht solltest du dir überlegen, dafür einen Privatdetektiv zu organisieren. Es gibt bestimmt Leute, die genau auf solche Fälle spezialisiert sind. Wenn du magst, such ich danach gleich im Internet für dich und gebe dir dann die Kontakte.«

»Ein Privatdetektiv«, entgegnete Karl. »Aber das ist ja dann wie im Krimi.«

»Na ja«, erwiderte Thorsten und grinste belustigt. »Ich glaube, im wirklichen Leben haben es die Detekteien mit nicht ganz so spektakulären Fällen zu tun wie im Fernsehen.«

»Da hast du vermutlich recht«, antwortete Karl, und in

seiner Stimme schwang nun ein leicht missmutiger Unterton mit. Er hatte auf einen anderen Ausgang des Gesprächs gehofft. Er war wohl doch zu blauäugig an die Sache rangegangen. Ein Privatdetektiv kostete bestimmt Geld. Und was war, wenn der Mann am Ende nichts finden würde? Aber was, wenn doch? Er sah Gerda vor Augen, wie sie vor Freude strahlte, wie sie ihm um den Hals fiel, wie sie endlich so glücklich war, wie sie es schon seit vielen Jahren verdiente. Was war gegen ihr Glück schon ein Teil seines Ersparten. Ins Grab konnte man das Geld sowieso nicht mitnehmen.

»Wie lange dauert es, bis du eine passende Detektei gefunden hast?«, fragte er.

»Das dürfte flott gehen«, antwortete Thorsten, wandte sich um und öffnete eine Suchmaschine.

Während seine Finger über die Tastatur flogen, begann Karls Herz erneut vor Aufregung schneller zu schlagen, und plötzlich war er guten Mutes. Der Entschluss war gefasst. Er würde Jason finden und Gerda damit glücklich machen. Einen anderen Gedanken wollte er nicht mehr zulassen. Jetzt musste er nur noch überlegen, wie er sie am besten aushorchte, damit sie keinen Verdacht schöpfte.

7. Kapitel

08. Dezember 2008

»Ich soll bitte was machen?«, hakte Gerda nach.

»Du sollst das Überraschungs-Hochzeitsfest von Yusuf und Anke bei dir im Salon ausrichten«, wiederholte Angelika das, was sie gerade schon einmal gesagt hatte.

»Aber wie komme ich denn dazu?«, fragte Gerda verdutzt und ließ ihren halb fertigen Schal sinken.

In Gerdas Laden hatte sich, wie jeden Mittwoch, der nachmittägliche Stricktreff eingefunden. Pünktlich um fünfzehn Uhr stand eine Frauengruppe aus der Nachbarschaft mit Körben und Taschen voller Handarbeitssachen im Salon, und es wurde bei Kaffee, Keksen und Kuchen getratscht. Der Stricktreff hatte sich mit den Jahren entwickelt. Wenn man vor einer Waschmaschine saß und darauf wartete, dass sie fertig wurde, vertrieb man sich die Zeit häufig mit Stricken. Auf die Wäsche wartete heute keine der Damen mehr, das Stricken war jedoch geblieben. Angelika Martin war dabei, außerdem Birgit Klostermann, eine hagere Frau mit braunen Locken, die zwei Querstraßen weiter zusammen mit ihrer Tochter in einer kleinen Wohnung im dritten Stock wohnte und alleinerziehend war, da ihr Ehemann, Klaus, vor vier Jahren mit einer Jüngeren nach Spanien abgehauen war. Die rundliche Jutta Maier strickte neuerdings Babysachen für ihr erstes Enkelkind, das im März erwartet wurde. Bedauerlicherweise konnte sie mit der Schwiegertochter so gar nicht, was befürchten ließ, dass das Baby die Ergebnisse ihrer Bemühungen nur selten tragen würde. Inge Bruch war mit fünfundsiebzig Jahren die Älteste im Bunde und von allen am geschicktesten in der Handarbeit. Sie fertigte meist Strickwaren mit Norwegermuster an, die sie dann auf verschiedenen Basaren in der Gegend anbot, um ihre magere Rente aufzubessern. Ihr Eduard, den sie bis zum letzten Tag geliebt und hingebungsvoll gepflegt hatte, war bedauerlicherweise ein Nichtsnutz gewesen, weshalb ihre Witwenrente überschaubar war. Die Letzte im Bunde war mit ihren achtunddreißig Jahren das Küken. Marion Ilsner war erst vor wenigen Monaten in den Oeder Weg gezogen, zusammen mit ihrem Lebenspartner, der ganz gut verdiente, weshalb sie im Augenblick ihren Beruf als Einzelhandelskauffrau nicht ausübte.

»Na, weil du die beiden doch wieder zusammengebracht hast, nachdem sie neulich diesen fürchterlichen Streit hatten«, entgegnete Jutta und wendete ihre Strickarbeit. »Anke hat es mir doch erzählt. Sie waren bei dir, und du hast Yusuf den Kopf zurechtgerückt.«

»Aber nur weil ich zur Versöhnung beigetragen habe, muss ich doch nicht gleich die Hochzeitsfeier ausrichten«, meinte Gerda, denn der Gedanke, eine Party zu schmeißen, wollte ihr so gar nicht schmecken.

»Es soll ja keine große Sache werden«, sagte Jutta. »Nur ein nettes Beisammensein mit ein bisschen Fingerfood. Die beiden haben kein Geld, weil sie all ihr Erspartes in die neue Wohnung stecken, und deswegen wollen sie nach dem Standesamt nur eine Pizza mit den Trauzeugen und Yusufs Eltern bei Luigi essen gehen. Die Eltern von Anke kommen gar nicht zur Trauung, weil sie wegen Yusufs muslimischen Glauben gegen die Hochzeit sind. Das muss man sich mal vorstellen: Die eigenen Eltern benehmen sich so schäbig. Es ist eine Schande!«

Gerda nickte zustimmend. Juttas Worte sorgten dafür, dass ihr das Herz schwer wurde, und sie musste erneut an das Jahr 1963 denken …

Dezember 1963

»Also mit so einem bräuchte mir meine Dagmar nicht ins Haus zu kommen«, sagte Lydia Krawuttke, die mit Lockenwicklern auf dem Kopf darauf wartete, dass ihre Sechzig-Grad-Wäsche fertig wurde. »Da würde ich sie prompt rauswerfen. Und mein Albert erst. Meine Güte, ich will gar nicht darüber nachdenken, wie er reagieren würde. Ins Pensionat würde er Dagmar stecken, vielleicht sogar zu den Nonnen, damit sie zur Vernunft kommt. Ich meine, da ist doch der ganze Ruf ruiniert, wenn die eigene Tochter eine Ami-Schlampe ist.«

»Also wenn meine Gerda mit so einem Amerikaner tändeln würde, dann würde ich sie vermutlich in ihrem Zimmer einschließen und niemals wieder rauslassen«, kommentierte Roswitha das Geplauder ihrer Kundschaft und warf dabei Gerda einen scharfen Blick zu, der dafür sorgte, dass sich ihr

Herzschlag sogleich beschleunigte und ihre Hände zu zittern begannen. Das Gespräch der Kundinnen drehte sich um eine ehemalige Schulkameradin von Gerda. Monika Wimmer, die mit einem amerikanischen GI angeblich durchgebrannt war. Und es wurde sogar gemunkelt, dass er ein Schwarzer sei, was es noch viel schlimmer machte. Gerda und viele andere junge Frauen verstanden nicht, weshalb sich ihre Mütter so sehr darüber aufregten, wenn sie eine Beziehung mit einem Amerikaner eingingen, schließlich waren die GIs und Studenten wie Jason in der Stadt am Main und in ganz Deutschland zu vertrauten Freunden geworden. Doch die Generation ihrer Mütter schien weiterhin von Denkmustern geprägt zu sein, die noch aus den Zeiten stammten, in denen das Fraternisierungsverbot gegolten und sich die Amerikaner strikt von der deutschen Bevölkerung abgegrenzt hatten. Es war den jungen Männern sogar verboten gewesen, mit den deutschen Frauen auch nur zu sprechen. Lange hatte dieses Verbot nicht Bestand gehabt, und der Männermangel nach dem Krieg hatte rasch dafür gesorgt, dass es die ersten sogenannten Soldatenfrauen gegeben hatte, die von der allgemeinen Gesellschaft als Ami-Schlampen bezeichnet worden waren. Ihre Mutter und viele Frauen ihrer Generation waren in der Denkweise aus jenen Zeiten hängen geblieben, und sie verbanden die Amerikaner mit dem Verfall der guten Sitten. In den Augen dieser Frauen konnte einer Familie nichts Schlimmeres passieren als eine Liebschaft der Tochter mit einem Amerikaner.

»Kommt nicht neuerdings so ein amerikanischer Student zu euch in den Salon«, war es die verflixte alte Habersack, die das Gespräch plötzlich auf Jason lenkte. Sogleich weiteten sich Gerdas Augen alarmiert. Sie war doch extra vorsichtig gewe-

sen, und wenn sie zusammen unterwegs waren, hatte sie ihn immer an der Litfaßsäule zwei Querstraßen weiter getroffen. »Er kommt immer abends, wenn du oben in der Wohnung bist. So ein Blonder«, sagte die Habersack zu Roswitha.

»Den hab ich auch schon bemerkt«, erklärte Regina Bartels, sie arbeitete am Zeitungskiosk die Straße runter. »Der läuft neuerdings immer an mir vorbei. Ist der Amerikaner? Er sieht gar nicht so aus. Sag du doch mal was dazu, Gerda. Kennst du den?«

»Also, es kommt neuerdings öfter ein Student«, antwortete Gerda und entschuldigte sich im selben Atemzug beim Herrgott für ihre Notlüge. »Aber der ist kein Amerikaner. Jedenfalls redet er normal. Also wenn er überhaupt redet. Der liest immer irgendein Buch.« Sie senkte den Blick in der Hoffnung, dass ihre Mutter den Schwindel nicht bemerkte. Roswitha war äußerst gut darin zu erkennen, wenn ihre Tochter log. Doch dieses Mal hatte Gerda Glück.

»Also wenn so ein dahergelaufener Ami meinen Waschsalon betritt, dann werde ich den gleich wieder hochkant rauswerfen«, zeterte Roswitha los. »Die mögen uns zwar von Hitler befreit haben, aber trotzdem brauch ich von denen keinen in meinem Geschäft. Ich meine, die sind doch gar nicht unser Kulturkreis. Und dann diese abscheuliche Musik. Dieser Elvis Presley mit seiner Schmalzlocke. Schrecklich ist das.«

Gerda stieß innerlich einen Seufzer aus. Was sollte nun werden? Sie musste unbedingt mit Jason reden, wenn er das nächste Mal käme. Aber was sollte sie ihm sagen? Am Ende vergraulte sie ihn noch. Dabei wünschte sie sich den ganzen Tag nichts anderes, als ihn wiederzusehen …

»Also gut«, gab Gerda mit dem Gedanken an die Vergangenheit und die damaligen dummen Vorurteile nach. Anke und Yusuf waren ein hübsches Paar, und sie hatten eine Hochzeitsüberraschung verdient. »Aber das Fingerfood müsst ihr mitbringen.«

»Ach, das wird herrlich werden«, freute sich Birgit und klatschte freudig in die Hände. »Dann ist in unserem Oeder Weg endlich mal wieder richtig was los. Gebt es doch zu, Mädels. In der letzten Zeit versinken wir regelrecht in Langeweile, und das in einer Stadt wie Frankfurt. Das will man doch gar nicht meinen.«

»Und es wird so romantisch werden«, schwärmte Inge mit strahlenden Augen. »Wegen deiner vielen Lichter, Gerda.«

»Ja, aber denkt ihr denn, dass der Yusuf das gut finden wird?«, warf Marion ein. »Immerhin feiert der ja gar kein Weihnachten.«

Sogleich herrschte einen Moment Stille im Raum. Gerda war diejenige, die die Zweifel zerstreute.

»Das hier ist ein Waschsalon und keine Kirche, auch wenn er gerade im Lichterglanz der Weihnachtszeit erstrahlt. Ich denke, Yusuf kann das verkraften.«

»Sagt mal, hat der Vater von Yusuf nicht diese Crêperie auf dem Weihnachtsmarkt?«

»Richtig, davon hatte Anke erzählt«, erwiderte Gerda. »Da seht ihr mal. Das ist eben Frankfurt, da herrscht Multikulti.«

»Jetzt müssen das nur noch die Schwiegereltern vom Dorf aus dem Westerwald verstehen«, erwiderte Marion und stieß einen Seufzer aus.

Ihr wurde beigepflichtet, und Zweifel wurden geäußert, dass es jemals so kommen würde.

Am Abend desselben Tages saß Gerda umgeben von ihrem weihnachtlichen Lichterglanz mit einer Tasse Bratapfeltee allein neben Marilyn in ihrem Salon und beobachtete das Treiben auf der Straße. Zu ihrem Bedauern regnete es wieder. Die Winter waren längst nicht mehr das, was sie einmal waren. Da musste Gerda den ganzen Experten, die vom Klimawandel redeten, schon recht geben. Wieder einmal wanderten ihre Gedanken ins Jahr 1963, und das Herz wurde ihr schwer. Damals hatte es ständig geschneit, und es war eiskalt gewesen. Jason hatte gesagt, es fühle sich durch die Kälte für ihn an wie in seiner Heimat.

In New York bekamen sie bestimmt auch heute noch weiße Weihnachten. Da war es ja immer kalt, nahm Gerda jedenfalls an. Ob Jason wie sie irgendwo saß und nach draußen blickte? Vielleicht sah er ja Schneeflocken, vielleicht dachte er in diesem Moment an sie. Gerdas Hand wanderte zu ihrem Hals und berührte die Herzkette, sie strich mit den Fingern über den glatten Anhänger. Sein Weihnachtsgeschenk, das sie jedes Jahr zu dieser Zeit aus der Schatulle holte und anlegte. Oder war es eher ein Abschiedsgeschenk gewesen? Aber er hatte doch versprochen, dass er wiederkommen würde. Ein Versprechen, gegeben vor Jahrzehnten.

»Ach, du dummes, altes Mädchen«, schalt sie sich selbst und ließ die Hand sinken. »Hör endlich auf mit den Sentimentalitäten. Er wird niemals wiederkommen. Das weißt du doch.« Sie seufzte, wissend, dass sie niemals aufhören würde zu glauben, dass er eines Tages zurückkam. Sie nahm einen Schluck ihres Tees, der inzwischen nur noch lauwarm war.

Karl kam des Weges und betrat den Laden. Gerda fühlte sich ertappt. Obwohl Karl gar nicht wissen konnte, woran sie eben gedacht hatte. Sie erhob sich, strich eine Falte in ihrer Kittelschürze glatt und fragte: »Karl. Was tust du denn um diese Zeit noch hier? Ich sperr doch gleich zu.«

»Ich suche meine Lesebrille«, antwortete er. »In der Wohnung kann ich sie nirgendwo finden. Da dachte ich, guck ich mal, ob ich sie bei Gerda liegen gelassen habe.« Sein Blick wanderte zu seinem Stammplatz neben Udo Jürgens, doch auf dem Tisch befand sich nur das übliche, weihnachtliche Teelichtarrangement, liebevoll von Gerda mit einem handgehäkelten Weihnachtssterntischdeckchen dekoriert, das sie im vergangenen Jahr von Jutta geschenkt bekommen hatte.

»Also ich hab sie nicht gesehen«, antwortete Gerda. Sie erhob sich, um auch auf ihrem Tresen nachzusehen, doch dort fand sich ebenfalls kein Brillenetui.

»Irgendwann vergesse ich noch irgendwo meinen Kopf«, antwortete Karl und setzte sich auf einen der Stühle.

»Ach, die Brille wird sich bestimmt bald finden«, tröstete Gerda, die sich freute, dass er noch aufgetaucht war und sie von ihren trüben Gedanken ablenkte. »Magst du noch einen Tee? Für eine Tasse reicht es noch. Ich hab auch Vanillekipferl, die hat Birgit heute zum Stricktreff mitgebracht.«

Karl nahm das Angebot an, und Gerda gesellte sich zu ihm.

»Ist heute so still hier«, merkte Karl irgendwann an. »Normalerweise hast du doch immer diese amerikanischen Weihnachtslieder laufen.«

»Ich habe sie am Nachmittag ausgemacht«, antwortete Gerda. »Es waren doch die Strickmädels da, und Inge mag die Musik nicht, weil sie dadurch Probleme mit ihrem Hörgerät bekommt.«

»Verstehe«, erwiderte Karl und nahm sich ein Plätzchen. »War es nett? Gibt es Neuigkeiten?«

Gerda erzählte ihm von der Idee mit der Hochzeitsfeier im Waschsalon, und Karl fand sie nett.

»Da werden sich die beiden freuen. Sie haben es ja nicht leicht mit Ankes Eltern. Wenn du magst, kann ich auch etwas beisteuern. Getränke vielleicht?«

»Das wäre lieb von dir«, antwortete Gerda.

Es entstand ein seltsamer Moment der Stille. Gerda spürte plötzlich Unbehagen. Normalerweise gab es solche Momente zwischen ihr und Karl nicht. Oder bildete sie sich nur ein, dass etwas komisch war? Karl war derjenige, der ihn irgendwann brach.

»Du sag mal«, begann er vorsichtig den tatsächlichen Grund dafür anzusprechen, weshalb er zu Gerda in den Waschsalon gekommen war. Seine Lesebrille lag nämlich in seiner Wohnung auf dem Wohnzimmertisch. »Dieser Amerikaner, also dieser Jason. Wie hieß der eigentlich noch? Du hast gesagt, der war kein GI, oder? War er ein Student?«

Verdutzt sah Gerda Karl an. Mit einer solchen Erkundigung hatte sie nicht gerechnet. Instinktiv legte sie sogleich ihre Hand auf das Herzkettchen, während sie Antwort gab: »Er war Student, am Anfang wohl GI, aber nur kurz, dann hat er hier studiert. Wirtschaftswissenschaften, oder so was in der Art. Genau kann ich es gar nicht mehr sagen. Darüber haben wir nicht so viel geredet. Er hieß Miller mit Nachnamen. Jason Miller aus New York City.« In ihrer Stimme schwang Wehmut mit. Sie überlegte kurz, dann fragte sie: »Du hältst mich für dumm, oder? Ich meine, das bin ich wohl auch. Seit Jahrzehnten wünsche ich mir seine Rückkehr, obwohl es doch längst klar ist, dass das niemals geschehen wird. Aber ich kann es einfach nicht lassen, daran festzuhalten, dass er eines Tages vor mir stehen wird. Weißt du, ich hab da neulich so einen Artikel in der Zeitung gelesen. Da hat sich ein Liebespaar nach über vierzig Jahren wieder in die Arme geschlossen. Es war so romantisch. So könnte es doch bei Jason und mir auch werden, oder?«

»Ja, das könnte es durchaus«, antwortete Karl. »Wir kennen alle die Zukunft nicht.« Innerlich seufzte er. Wieso tat er sich das an? Wieso bestärkte er sie noch in dem Glauben daran, dieser Mann könnte wiederkommen! Jason Miller, von dem Gerda nicht einmal eine Fotografie besaß. Er sollte Gerda schütteln und ihr klarmachen, dass sie umsonst hoffte, dass sie die Augen aufmachen und endlich ihn sehen sollte, Karl. Er sollte ihr endlich sagen, was er für sie empfand. Aber dazu war er zu feige. Denn er fürchtete nichts mehr, als sie zu verlieren. Seine Feigheit trieb ihn dazu, ihrem Traum nachzulaufen, nur um sie glücklich zu sehen. Er hatte mit einem Privatdetektiv telefoniert, gleich morgen würde er dem Mann die nötigen Informationen bringen. Sein Honorar war äußerst hoch, aber die Erfolgsgeschichten auf seiner Internetseite, die hatte er noch bei Thorsten angeguckt, schienen dieses zu rechtfertigen. Es galt zu hoffen, dass er Jason Miller ausfindig machen konnte und dieser sein vor langer Zeit gegebenes Versprechen einhalten würde. Sollte es anders kommen, durfte Gerda niemals erfahren, dass Karl mehr wusste und der heute lebende Jason Miller vielleicht nicht mehr der Mann aus ihren Träumen war.

8. Kapitel

08. Dezember 2008

Gerda stand missmutig dreinblickend vor ihrem Kleiderschrank. Hinter ihr auf dem Bett lag das einzige Kleid, das für ein Hochzeitsfest passend gewesen wäre. Ein dunkelblaues Kleid aus einem dehnbaren Stoff, das sie vor einigen Jahren günstig in einem Secondhandladen erworben hatte. Allerdings passte sie, trotz des netten Wortes Elasthan auf dem Etikett, nicht mehr in das hübsche Kleidungsstück hinein, das sie nach dem Spontankauf nicht ein einziges Mal getragen hatte. Eigentlich hatte sie es damals zu einer Silvesterfeier anziehen wollen, war dann jedoch aufgrund einer abscheulichen Erkältung zu Hause geblieben. Und nun ging der Reißverschluss nicht mehr zu. Der Rest ihres Kleiderschrankes war rasch durchgesehen. Er enthielt nur unpassenden und wenig schicken Kram. Im Waschsalon brauchte sie keine hübschen Kleider oder schicken Kostüme, wie sie die Frauen trugen, die in den unzähligen Büros in den Bankentürmen arbeiteten. Und das geblümte Sommerkleid, das sie so gernhatte und das halbwegs annehmbar gewesen wäre, konnte sie bei diesem Wetter nicht anziehen.

»Dumme Hochzeitsfeier aber auch«, grummelte Gerda.

»Wieso nur habe ich mich dazu überreden lassen?« Ihr Blick fiel in den bodentiefen, von einem Goldrahmen eingefassten Spiegel, der neben ihrem Schrank an der Wand hing. Das tat er schon, seitdem ihre Mutter in diesem Raum genächtigt hatte. Gerda hatte nach ihrem Tod die Wohnung ein wenig umgestaltet und durch das Einreißen einer Wand ihr ehemaliges Zimmer und das Wohnzimmer zu einem großen Raum werden lassen, in dem sich nun ihr Wohnbereich und auch eine offene Küche befanden. Alles war mit alten Möbeln vom Flohmarkt eingerichtet, die ähnlich bunt aussahen wie ihr Waschsalon. Das Highlight stellte ein quietschgrünes Sofa dar, das Mustafa, er wusste, wie sehr Gerda alles Bunte liebte, für sie günstig bei einer Wohnungsauflösung erworben hatte.

Gerda betrachtete ihren rundlichen Körper im Spiegel. Im Licht der Deckenlampe kam sie ihrer Meinung nach nicht sonderlich gut weg. Besonders ihr Bauchumfang war erschreckend.

»Das liegt nur am Älterwerden«, schimpfte sie. »Ab fünfzig kann man zugucken, wie die Pfunde auf die Hüften wandern.« Sie begann in diesem Augenblick ernsthaft darüber nachzudenken, den Spiegel abzunehmen, denn er zeigte auch ihren grauen Haaransatz und die vielen Falten und roten Flecken in ihrem Gesicht. Nicht mehr in Spiegel zu gucken war jedoch auch nicht die Lösung. Sie seufzte, und ihr Blick wanderte von ihrem Spiegelbild fort und zu dem alten Foto, das mit einer Reihe anderer Erinnerungsbilder über der Kommode aus massivem Eichenholz an der Wand hing, die Gerdas Einrichtungsveränderungen überstanden hatte. Allerdings nur deshalb, weil

Mustafa sie als wertvolle Antiquität ausgewiesen hatte. Die Fotografien zeigten Gerda als Baby und als Kleinkind. Ein Hochzeitsbild ihrer Eltern hing hier ebenso wie eine Aufnahme ihres Vaters in Uniform. Damals war er in den Zwanzigern gewesen. Ein attraktiver Mann, den Gerda nicht hatte kennenlernen dürfen. Als sie zur Welt kam, war er irgendwo in Russland gewesen, und dort war er für immer geblieben. Gerda ähnelte ihm mehr als ihrer Mutter. Dasselbe rundliche Kinn, dieselbe Augenform. Auf einem der Schwarz-Weiß-Bilder war sie achtzehn Jahre alt. Es war im nahen Holzhausenpark während eines Sonntagsspaziergangs aufgenommen worden. Sie stand am See, im Hintergrund war das Holzhausenschlösschen zu sehen, in dem Gerda und ihre Freundin Trudi gern als Prinzessinnen hätten wohnen wollen. Sie trug auf der Fotografie ein Sommerkleid, Gerda wusste, dass es hellblau gewesen war. Ihre Taille war schmal gewesen, ihre Beine schlank. Ihr dunkles Haar hatte sie der Mode entsprechend auftoupiert, und sie lächelte so herrlich unbefangen in die Kamera. Ein junges Mädchen, das sein gesamtes Leben noch vor sich hatte. Mit dem Kopf voller Träume, die nicht in Erfüllung gehen würden. Gerda konnte sich nicht mehr daran erinnern, wer das Bild gemacht hatte. In diesem Moment kam es ihr so vor, als wäre die Fotografie in einem anderen Leben entstanden. Einem Leben, in dem sie um JFK getrauert hatten, in dem Elvis in Deutschland wie ein Held gefeiert und vergöttert wurde. In einer Zeit, in der sie Peter Kraus und Doris Day im Kino bewundert hatten. In einer Zeit, in der sie geglaubt hatte, Frankfurt und dem Oeder Weg entfliehen zu können. Wie naiv sie doch gewesen war.

Trudi hatte es geschafft, ihrer kleinen Welt zu entkommen. Ihre beste Freundin, zu der sie schon so lange keinen Kontakt mehr hatte, von der sie nicht einmal mehr wusste, wo sie heute wohnte und ob sie überhaupt noch am Leben war. An einem kalten Dezembertag hatte Trudi den Wirtschaftsstudenten Klaus geheiratet, und Gerda war eine ihrer Brautjungfern gewesen. Ein wehmütiges Lächeln breitete sich auf Gerdas Gesicht aus, und sie spürte dieses warme Gefühl in ihrem Inneren, das sie jedes Mal empfand, wenn sie an jene Zeiten zurückdachte. Am Hochzeitstag ihrer Freundin hatte sie eine Vorstellung davon bekommen, wie es hätte sein können. Meine Güte, was war sie damals doch verliebt gewesen.

Dezember 1963

Trudi hatte in der Höchster Justinuskirche ihrem Klaus das Jawort gegeben und war die perfekte, wunderschöne Braut in einem Traum aus Seide und Tüll. Gerda und drei weitere ihrer Freundinnen aus dem Oeder Weg hatten als Brautjungfern fungiert und trugen rosafarbene bodenlange Kleider und hübsche kleine Blumensträuße aus roten Rosen und Schleierkraut. Die Hochzeitsfeier fand in einem Saal im Höchster Schloss statt, alles war märchenhaft und fast schon zu schön, um wahr zu sein. Sogar das Wetter war Trudi an ihrem großen Tag hold gewesen. Es war kalt, jedoch hatte die Sonne geschienen, und der Schnee im Schlosspark hatte gefunkelt, dass es eine Freude war. Es war ein perfekter Tag für Trudi, die ihren Traummann aus wohlhabendem Haus heiratete.

Gerade tanzten die beiden ganz verliebt den Brautwalzer. Gerda sollte sich für sie freuen, sie sollte das wunderbare Fest genießen. Stattdessen hatte sie das Gefühl, dieser Idylle entfliehen zu müssen, denn der Anblick des im Tanz turtelnden Paares löste in ihr erneut das Gefühl von Missgunst aus. Sie beschloss, ein wenig frische Luft zu schnappen, und trat durch eine der seitlichen Terrassentüren nach draußen, wo sie eisige Winterluft empfing, die dafür sorgte, dass sie wieder freier atmen konnte. Gerdas Blick wanderte durch den nur von wenigen Laternen erhellten Schlossgarten. Es war sternenklar, doch der Mond war nicht zu sehen. Gerda fühlte sich wegen ihrer unschönen Gefühle Trudi gegenüber schlecht. Sie beneidete sie um ihr Glück, und das sollte sie nicht tun. Doch sie konnte einfach nicht aus ihrer Haut. Der Stachel der Eifersucht hatte sich in ihr Innerstes gebohrt und war nur schwer zu entfernen.

Ihre Gedanken waren bereits während der Trauung in der Kirche immer wieder zu Jason gewandert. Er kam nicht aus einer hoch angesehenen deutschen Familie, war nicht der perfekte Schwiegersohn, den ihre Mutter mit offenen Armen empfangen würde. Er war ein amerikanischer Student, weswegen sie ihre Zuneigung zu ihm verstecken musste. Obwohl sie doch eigentlich aller Welt zeigen wollte, dass er der Mann war, dem sie ihr Herz geschenkt hatte. Dass sich all ihre Gedanken nur noch um ihn drehten. Als sie damals auf der Zeil getanzt hatten, hatte er sie küssen wollen, doch sie war ihm ausgewichen. Selbst der Tanz war für sie bereits gefährlich gewesen, denn es hätte sie jemand sehen können. Frankfurt war ein Dorf. Als Jason zuletzt im Waschsalon gewesen war, war sie kühl und abweisend zu ihm, weil Kundschaft anwe-

send war, die Verdacht hätte schöpfen können. Er wusste, dass sie anders zu ihm war, wenn sie im Salon nicht allein waren, weshalb er es ihr nicht krummgenommen hatte. Diese elenden Tratschweiber, sollten sie doch an ihren Vorurteilen und ihrem Gerede ersticken. In Gerdas Augen traten Tränen. Sie wusste, dass sie Jason eigentlich sagen müsste, dass er nicht mehr kommen sollte. Aber das brachte sie nicht fertig. Den ganzen Tag dachte sie nur an ihn und hoffte darauf, dass er wiederkommen und sie irgendwann so küssen würde, wie es Verliebte taten. Sie wünschte sich, sie könnte mit ihm ebenso in einem weißen Kleid und vor aller Augen durch einen märchenhaft geschmückten Saal in ein gemeinsames Leben tanzen. Doch das würde niemals geschehen, weil er Amerikaner war und ihre Mutter ihn niemals akzeptieren würde. Doch ihren Segen wünschte sie sich trotzdem. Sie wollte nicht durchbrennen müssen. Roswitha Glück mochte kein besonders herzlicher Mensch sein, doch sie hatte stets gut für sich und Gerda gesorgt, und es hatte auch innige Momente zwischen ihnen gegeben. Roswitha hatte Gerda früher immer mit einer Engelsgeduld dieselbe Geschichte zum Einschlafen erzählt, weil sie nicht genug von ihr bekommen konnte. Jedes Mal, wenn sie zum Ende gekommen war, hatte sie ihr liebevoll über den Kopf gestrichen und ihr einen Kuss gegeben. In diesen Momenten hatte sich Gerda stets besonders geborgen und geliebt gefühlt. Roswitha hatte für Gerdas Puppe unzählige Kleider gehäkelt und genäht, ihr, wenn sie krank war, immer ihren geliebten Grießbrei gekocht, und einmal war sie in die Schule gegangen und hatte sich beim Rektor bitterböse beschwert, weil ein Lehrer ihr eine falsche Zensur gegeben hatte. Die Note war danach tatsächlich geändert worden.

Plötzlich wurde Gerda von einer bekannten und charmant klingenden Stimme angesprochen, die sie verwundert aufmerken ließ. Konnte es sein … Sie wandte sich um, und es war tatsächlich Jason, der vor ihr stand. Mit großen Augen sah sie ihn an. Er sah umwerfend und äußerst elegant aus, trug einen schwarzen Smoking, ein weißes Hemd und eine passende Fliege. Sein blondes Haar hatte er mit Brillantine geglättet, was ihn verändert erscheinen ließ, sonst trug er es immer locker gekämmt.

»Jason, was tust du denn hier?«, fragte sie verdutzt.

»Ich bin ein Freund des Bräutigams, und er hat mich eingeladen. Ich konnte nur leider nicht früher kommen, denn ich hatte noch wichtige Termine. Ich nehme an, du gehörst zur Braut?«

Gerda nickte und antwortete: »Beste Freundinnen seit Kindertagen und Brautjungfer.«

Er trat näher an sie heran und fragte: »Was tust du hier draußen? Es ist kalt, und du trägst keinen Mantel.« Er legte fürsorglich seine Hände auf ihre Oberarme, und sein Blick war eindringlich. Er ging Gerda durch und durch und sorgte dafür, dass sie die Kälte nun gar nicht mehr spürte.

»Ich hab vergessen, was ich wollte«, antwortete Gerda, und ihr Herz schlug nun wie verrückt. Es schien wie ein Wunder. Er war hier, er hielt sie im Arm, und sie atmete den Duft seines Rasierwassers ein. Er hatte heute ein anderes benutzt, es roch herber und männlicher.

»Du siehst wunderschön aus«, sagte er und zog sie, als wäre es eine Selbstverständlichkeit, nun endgültig in seine Arme. »Die hübscheste Brautjungfer, die ich jemals im Leben gesehen habe.«

In diesem Augenblick geschah das, was sich Gerda seit ihrem ersten Aufeinandertreffen insgeheim wünschte. Seine Lippen näherten sich den ihren, berührten sie, und sie öffnete ihren Mund bereitwillig, um seine Zunge einzulassen. Er zog sie fester in seine Arme, und der Kuss wurde leidenschaftlicher. Gerda wurde schwindelig, und sie hoffte, alles richtig zu machen. Es fühlte sich so neu, aber doch perfekt an. Er war derjenige, der den Kuss irgendwann beendete, was Gerda bedauerte. Wenn es nach ihr gegangen wäre, hätten sie noch viel länger weitermachen können.

»Wir sollten wieder reingehen«, sagte er und berührte ihren Arm, auf dem sich, obwohl Gerda die Kälte gar nicht spürte, eine Gänsehaut gebildet hatte. »Du frierst. Und außerdem möchte ich mit dir tanzen, schönes Fräulein.«

Gerda ließ sich ohne Widerworte zurück in den Saal und auf die Tanzfläche führen. Sie überlegte kurz, ob es gut war, sich hier mit ihm zu zeigen. Doch sie verwarf die Zweifel sogleich wieder. Er war jetzt nicht der amerikanische Student aus dem Waschsalon, sondern ein Gast des Bräutigams, der einfach nur mit einer der Brautjungfern das Tanzbein schwang und es ohne Murren hinnahm, dass ihm seine Tanzpartnerin vor lauter Aufregung ständig auf die Füße trat.

Gerda kontrollierte noch einmal, ob alles für die Hochzeitsfeier vorbereitet war. Sie hatten zusätzlich zu ihren Kaffeehaustischen und Stühlen noch eine Biertischgruppe aufgestellt und hübsch mit Blumengestecken dekoriert. Auf der Theke sollte das Büfett aufgebaut werden, und sogar eine Hochzeitstorte würde es geben. Jutta und Marion hatten voller Hingabe ein dreistöckiges Machwerk aus Sahne und Erdbeercreme kreiert. Gerda hatte sich, nachdem sie beinahe ihren kompletten Schrank ausgeräumt hatte, für einen schlichten, knielangen Jeansrock und einen schwarzen Rolli entschieden. Einige bunte Perlenketten peppten das nicht ganz perfekte Hochzeitsoutfit etwas auf, und sie hatte ihren dämlichen grauen Haaransatz noch rasch von Vanessa wegfärben und hochstecken lassen. Sie hatte Gerda dazu überredet, etwas Make-up aufzulegen. So sorgten nun ein dunkelroter Lippenstift und etwas Rouge für Farbe in ihrem Gesicht. Gerda gefiel der Blick in den Spiegel gleich viel besser.

Die Ladenglocke war zu hören, und Gerda, die gerade noch einmal die Sektgläser nachgezählt hatte, blickte auf. Es war eine grauhaarige Frau in einem braunen Wintermantel, die eintrat.

»Guten Tag«, grüßte Gerda. »Es tut mir leid, aber heute haben wir eine geschlossene Gesellschaft.« Sie deutete entschuldigend zu dem Schild, das sie extra in die Tür gehängt hatte.

Die Frau erwiderte Gerdas Gruß und stellte sich vor. »Ich bin Ankes Mutter, und Sie sind Gerda Glück, nicht wahr?«

Gerdas Augen weiteten sich. Sie hatte mit vielem gerechnet, aber nicht damit, dass ausgerechnet diese Frau sie aufsuchen würde. Was wollte sie hier?

»Ja, die bin ich«, antwortete Gerda vorsichtig.

»Anke hatte überlegt, zu uns in den Westerwald zurückzukommen und diese Ehe nicht zu schließen. Wir haben uns darüber gefreut. Doch Sie haben das verhindert, und nun kommt sie doch nicht mehr zu uns nach Hause, sondern heiratet diesen Moslem.« Ihre Stimme klang abfällig, und ihre Gesichtszüge verhärteten sich in diesem Augenblick noch ein wenig mehr.

Daher wehte also der Wind. Diese Frau kam, um Gerda Vorwürfe zu machen. Anke schien mit ihrer Mutter gesprochen und sie erwähnt zu haben. Gerda seufzte innerlich. Wieso nur war die Welt so voller Vorurteile?

Sie überlegte, was sie auf die abfälligen Worte der Frau antworten sollte.

»Ja, ich habe dafür gesorgt, dass Anke bei Yusuf bleibt, denn die beiden lieben einander. Ja, er hat einen anderen Glauben als Ihre Tochter, aber was ist schlimm daran? Wir sind doch alle verschieden, oder? Er ist ein äußerst netter junger Mann, ich habe ihn hier im Oeder Weg aufwachsen sehen, kenne seine Familie, seine Eltern sind herzensgute Menschen. Yusufs Großvater kam in den Sechzigerjahren nach Frankfurt als Gastarbeiter, und sein Vater arbeitet in Höchst bei den Farbwerken. Yusuf wird Ihre Tochter glücklich machen. Das weiß ich bestimmt.«

»Das mag ja alles sein«, antwortete die Frau. »Aber er stammt doch aus einem ganz anderen Kulturkreis. Solche Ehen gehen meist schief. Meine Anke lässt sich nicht von einem türkischen Pascha-Sohn unterdrücken. Und das machen diese Jungen alle irgendwann. Das weiß doch jeder.«

»Finden Sie nicht, dass Sie die Menschen da gerade alle über einen Kamm scheren?«, antwortete Gerda. »Es mag sein, dass in diesem Kulturkreis viele Dinge anders gehandhabt werden. Ich lebe in Frankfurt und bin nicht blind. Aber deshalb grenzt man Menschen nicht aus. Haben Sie jemals darüber nachgedacht, Yusuf kennenzulernen? Er ist so ein herzensguter Junge. Er würde sich auch jetzt noch darüber freuen, wenn Sie Brücken bauen. Dessen bin ich mir sicher.«

»Ich weiß nicht recht«, antwortete die Frau zögerlich. »Mein Heinz würde niemals …«

»Diesen Mann in sein Haus lassen«, vollendete Gerda ihren Satz.

Ankes Mutter nickte.

Gerda überlegte kurz, ob sie etwas von sich selbst preisgeben sollte. Von dem Kummer, den sie in sich trug. Sie entschied sich dafür, allerdings baute sie rasch einen Schutzschild auf, denn zu nah wollte sie die fremde Person dann doch nicht an sich heranlassen.

»Wissen Sie«, sagte sie. »Eine meiner besten Freundinnen war vor vielen Jahren in einen amerikanischen Studenten verliebt. Doch sie konnte nicht mit ihm zusammen sein, da sie sonst als Ami-Schlampe gegolten hätte. Ihre Eltern hätten den jungen Mann niemals in ihrer Wohnung empfangen. Die Beziehung zerbrach an den Vorurteilen. Und meine Freundin ist bis zum Ende ihres Lebens allein geblieben. Sie hat ihren Eltern ihre Engstirnigkeit nie verziehen.« Gerda überlegte in diesem Moment, ob das so gewesen war. Hatte sie ihrer Mutter das damals Geschehene wirklich nie verziehen? Sie konnte diese Frage nicht beantworten, zu tief saß der Schmerz. Sie schüttelte den Gedanken ab. So wie sie es meist tat, wenn er ihr in den Sinn kam.

»Aber das kann man doch mit heute gar nicht vergleichen«, antwortete Ankes Mutter. »Und die Amerikaner waren doch gar kein so anderer Kulturkreis.«

»Ach, da hätten Sie mal meine Mutter damals hören sollen«, erwiderte Gerda. »Für sie waren sie das sehr wohl. Besonders waren ihr natürlich die dunkelhäutigen GIs ein Dorn im Auge. Mit so einem ist ein Mädchen aus der Nachbarschaft sogar durchgebrannt. Da hätten Sie das Gerede mal erleben sollen.« Gerda winkte ab.

Der Blick von Ankes Mutter veränderte sich und zeigte plötzlich Hilflosigkeit.

»Ich will halt bloß nicht, dass sie in ihr Unglück rennt. Wissen Sie, sie ist doch unser einziges Kind. Schon dass sie nach Frankfurt gegangen ist, war für uns damals ein Schock. Sie hätte ja auch eine Anstellung im Krankenhaus in der Nähe antreten können. Heinz hat gesagt, sie könnte auf dem Grundstück bauen, da ist noch genug Platz. Wir haben immer von Enkelkindern geträumt, die bei uns im Garten spielen.« In ihren Augen schwammen plötzlich Tränen.

Gerda ahnte nun, woher der Wind wehte. Hier saß eine Mutter vor ihr, die nicht loslassen konnte. Im Grunde ging es gar nicht um die Herkunft von Yusuf, sondern darum, dass Anke ihr eigenes Leben leben wollte und die Eltern ihre Tochter ziehen lassen mussten.

»Aber Ihre Enkelkinder können doch bei Ihnen im Garten spielen«, antwortete Gerda. »Was spricht dagegen? Frankfurt ist doch nicht der Nordpol. Yusuf und Anke können Sie regelmäßig besuchen kommen. Und vielleicht entscheiden sich die beiden ja irgendwann doch dazu, Ihr Angebot zu nutzen, und sie bauen auf Ihrem Grundstück ein Haus. Das geht aber nur, wenn Sie Ihre Vorbehalte abbauen und Yusuf als Schwiegersohn akzeptieren. Kommen Sie nachher mit zur Hochzeit. Anke würde sich riesig darüber freuen. Das weiß ich bestimmt.«

Nun weinte Ankes Mutter endgültig. Die Tränen kullerten nur so ihre rundlichen Wangen hinab, und Gerda reichte ihr, in Ermangelung eines Taschentuchs, eine Weihnachtsserviette.

»Ja, das würde sie«, antwortete Ankes Mutter und schnäuzte kräftig in die Serviette. »Ach, Sie haben ja recht. Wenn wir unsere Anke behalten wollen, dann müssen wir diesen jungen Mann akzeptieren. Und wenn er so nett ist, wie Sie sagen, wird das schon irgendwie werden. Ich muss mir nur noch überlegen, wie ich das meinem Heinz beibringe. Aber wissen Sie, der wird schon auf mich hören. Am Ende macht er das ja meistens.«

Somit war klar, wer in dieser Ehe das Sagen hatte, dachte Gerda.

»Das ist eine wunderbare Entscheidung, die wir mit einer guten Tasse Kaffee und einem Schoko-Cookie feiern sollten. Aber zuvor sagen Sie mir endlich, wie Sie mit vollem Namen heißen. Ich kann Sie ja nicht immer Ankes Mutter nennen.«

Da konnte die Frau schon wieder lachen, und sie nannte ihren Namen.

»Gabi. Ich heiße Gabi. Kaffee und Keks hören sich wunderbar an.«

Am Abend desselben Tages tanzten Yusuf und Anke in Gerdas Waschsalon eng umschlungen ihren Hochzeitstanz zu dem wunderschönen Liebeslied *Das Beste* von der Musikgruppe Silbermond, und sämtliche Anwesende hielten Wunderkerzen in Händen, was den Moment, trotz der vielen Lichter im Salon, noch romantischer machte. Anke trug ein schlichtes, tailliert geschnittenes weißes Kleid mit einem glockigen Tüllrock, der bis knapp über ihre Knie reichte. Vanessa hatte sich um ihre Frisur und das Make-up gekümmert. In Ankes braunem Haar schimmerten weiße Blümchen und silberne Sternchen. Sie war eine wunderschöne Braut, die so viel Verliebtheit ausstrahlte, dass man nur lächeln konnte, wenn man sie sah. Die Lichterketten im Salon sorgten für die perfekte Hochzeitsfeierkulisse. Es war ein wenig so wie in den amerikanischen Kitschfilmen, die Gerda so sehr liebte. Die Hochzeitstorte war rasch aufgefuttert worden, allein Karl, der wie gewohnt an seinem Stammplatz saß, hatte sich drei Stück gegönnt und vollmundig die Bäckerinnen gelobt. Unter den zahlreichen Gästen befanden sich nun auch Ankes Eltern. Gabi hatte es doch tatsächlich geschafft, ihren Mann dazu zu überreden, der Hochzeit seiner Tochter doch noch beizuwohnen. So hatte sich der ältere Herr mit der Halbglatze also in einen seiner lange ungetragenen Anzüge gezwängt und sich über die A3 auf den Weg nach Frankfurt gemacht. Die beiden waren sogar bereits mit Yusufs Eltern ins Gespräch gekommen, was Gerda für ein gutes Zeichen hielt. Es war alles gut und so, wie es sein sollte. Gerda Glück hatte anderen mal wieder Glück gebracht. Sie lächelte wehmütig und dachte an ihre Erinnerung des Morgens zurück, daran, wie sie in ihrem rosa Brautjungfernkleid mit Jason getanzt hatte. Vermutlich hatte sie ihn ähnlich verliebt angesehen, wie Anke Yusuf ansah. Doch sie selbst hatte niemals ein weißes Brautkleid tragen und mit ihrer großen Liebe in eine gemeinsame Zukunft tanzen dürfen. Dabei hätte ihr anstatt des Höchster Festsaals auch ein winziges Kämmerchen gereicht, Hauptsache, er wäre bei ihr gewesen.

Gerda legte seufzend ihre Hand auf den Herzanhänger an ihrem Hals, und ihr Blick wanderte nach draußen. »Wieso nur bist du nicht zurückgekommen?«, stellte sie mal wieder leise die Frage, die sie in all den Jahren immer wieder gestellt hatte. Bis heute hatte sie keine Antwort erhalten. Aber wollte sie das überhaupt noch? Was war, wenn die Wahrheit ihr nicht gefallen würde?

9. Kapitel

10. Dezember 2008

Karl saß in einem Café in der Kaiserstraße, blickte in den Nieselregen und haderte mal wieder mit dem, was er tat. Es war das zweite Treffen mit einem dieser sogenannten Privatdetektive, und es gefiel ihm nicht sonderlich, dass es im Bahnhofsviertel mit seinem zweifelhaften Ruf stattfand. Zu seinem Glück lag das Café nicht direkt neben den anrüchigen Etablissements, die sich in der Mehrzahl in der Moselstraße befanden. Auch sah der Laden recht ansprechend aus, saubere Tische mit schlichter Weihnachtsdeko darauf, warmes Licht und moderne, aber gemütliche Bestuhlung. Es gab einen ausgezeichneten gedeckten Apfelkuchen, und der Kaffee war nicht zu teuer. Nur der Kellner hätte etwas freundlicher sein können – aber das war Meckern auf hohem Niveau. Karl dachte darüber nach, sich ein weiteres Stück Kuchen zu gönnen. Der erste Detektiv, mit dem er sich vor einer Weile getroffen hatte, war Ende fünfzig gewesen und hatte einen schmierigen Eindruck erweckt. Er hatte ein wenig Ähnlichkeit mit Schimanski gehabt, und den hatte Karl noch nie leiden können. Wieso alle Götz George als Tatortkommissar so hochgejubelt hatten, würde er in diesem Leben nicht mehr verstehen. Karl hatte den Schimanski-Zwilling in einer Apfelweinkneipe in Sachsenhausen getroffen, anständige Geschäftsräume schienen solche Leute nicht zu haben. Schnell war klar geworden, dass der Mann viel redete und vor allem sein Geld haben wollte. Ohne Vorauszahlung würde er keinen Finger krumm machen, Spesen würden zusätzlich abgerechnet werden. So war das in der Branche üblich. Dazu könnte eine Reise in die USA anstehen, schließlich war der Gesuchte dort zu vermuten. Geredet hatte der Kerl wie ein Wasserfall. Als er auf Karls Bitte hin eine erste Vorabsumme auf einem Wirtshausblock zusammenrechnete, war klar gewesen, dass es zu keiner Zusammenarbeit kommen würde.

Nun startete Karl nach mehreren erfolglosen Telefonaten einen weiteren Versuch mit einem sogenannten Privatdetektiv. Dieser hier erweckte einen etwas solideren Eindruck, jedenfalls wenn man seinem Internetauftritt Glauben schenken wollte. Manfred Krüger hatte eine Ausbildung zum Polizisten abgelegt und lange Jahre für einen Sicherheitsdienst gearbeitet, bevor er sich vor zehn Jahren mit seiner Detektei selbstständig gemacht hatte. Er versprach Diskretion und würde, so stand es jedenfalls im Internet, erst im Erfolgsfall ein Honorar fordern. Auf der Fotografie im Internet hatte der Mann einen vertrauenswürdigen Eindruck erweckt. Er hatte sympathisch gelächelt und eher wie einer seiner ehemaligen Arbeitskollegen ausgesehen, nicht wie einer, der von Berufs wegen seine Nase in die Angelegenheiten anderer Leute steckte. Obwohl Karl der Meinung war, dass er seine Haare färbte. Kein Mann mit Mitte fünfzig hatte noch derart schwarzes

Haar. Auf dem Foto hatte es ein wenig so ausgesehen, als hätte er Schuhcreme reingeschmiert.

Die Tür des Cafés öffnete sich, und der Detektiv trat ein. Karl hob kurz die Hand, um auf sich aufmerksam zu machen, und Krüger kam zu ihm.

»Karl Reiter?«, fragte er, und Karl nickte. »Nett, Sie kennenzulernen. Ich sehe schon, Sie haben erkannt, dass der Apfelkuchen hier ein Gedicht ist.« Er deutete auf Karls leeren Kuchenteller, auf dem sich noch ein kleiner Rest Kuchen und Sahne befanden.

Manfred Krüger zog seinen Mantel aus und hängte ihn an einen Haken an der Wand neben ihrem Tisch. Er trug eine blaue Jeans, ein weißes Hemd und ein dunkles Sakko, das teuer aussah. Er bestellte sich beim Ober einen schwarzen Kaffee und ein Stück Apfelkuchen.

»Ein wenig süße Sünden müssen sein«, sagte er und lächelte Karl an, dem auffiel, dass der Mann tatsächlich keine einzige graue Strähne auf dem Kopf hatte. Außerdem war er erstaunlich faltenfrei. Gerda würde jetzt sagen, dass er sich bestimmt was von diesem komischen Zeugs spritzen ließ, irgendwas mit B, ihm fiel der vollständige Name gerade nicht ein. Auch seine Hände sahen gepflegt aus, perfekt manikürt. Plötzlich schämte sich Karl beinahe für sein eigenes, etwas schlampiges Auftreten. Seine Haare waren noch voll, aber komplett grau, er trug kein weißes Hemd, sondern seinen grün-blauen Pullover, der Knubbel vom Waschen hatte. Und seine Hände waren faltig, ein bisschen Dreck lag unter dem Daumennagel. Schlagartig nahm sich Karl vor, etwas mehr auf sich zu achten. Rentner zu sein bedeutete ja nicht, dass man sich gehen lassen sollte. Wobei er während seiner Berufszeiten auch nicht wie Manfred Krüger ausgesehen hatte. Vielleicht waren es die Gene. Daran musste es liegen. Der Mann hatte einfach die besseren Grundlagen abbekommen.

Der Ober servierte Kaffee und Kuchen, und nachdem er außer Hörweite war, lenkte Manfred Krüger das Gespräch rasch auf das Geschäftliche.

»Sie möchten also einen ehemaligen Studenten aus den Sechzigerjahren ausfindig machen.«

»Ja, das möchte ich«, antwortete Karl.

»Wieso?«, erkundigte sich der Detektiv und fügte sogleich hinzu: »Diese Nachfrage mag indiskret klingen, aber sie ist wichtig. Als Ihr Privatdetektiv muss ich möglichst gut ins Bild gesetzt werden.« Er schob sich ein großes Stück Kuchen in den Mund, und sein Gesichtsausdruck bekam kurz etwas Seliges.

Karl überlegte, ob er ihm von Gerda erzählen sollte, doch das wollte er dann doch nicht. Schließlich war diese Liebesgeschichte Gerdas Privatangelegenheit. Aber was sollte er ihm dann sagen?

»Er ist ein alter Freund von mir, und ich würde gern wissen, was aus ihm geworden ist«, antwortete er.

Der Detektiv zog eine Augenbraue in die Höhe.

»Sie schwindeln«, erkannte er sogleich Karls Lüge. »Alte Freunde will man nicht nach so langer Zeit von einem Privatdetektiv für teuer Geld aufspüren lassen. Also sagen Sie mir lieber gleich die Wahrheit, denn ich werde sie sowieso herausbekommen. Sollten Sie das nicht wollen, ist unsere Zusammenarbeit hier und jetzt beendet. Ich kann nur für

Sie arbeiten, wenn ich Ihnen vertrauen kann. So läuft das nun einmal.«

Karl irritierte die direkte Art des Mannes. Andererseits gefiel sie ihm auch. Dieser Detektiv schien einiges mehr auf dem Kasten zu haben als der schmierige Schimanski von neulich.

»Es ist folgendermaßen …«, rückte Karl nun mit der Wahrheit heraus. Als er die ganze Geschichte erzählt hatte, sah ihn der Detektiv einen Moment lang schweigend an.

»Sie lieben die Gerda«, zog er die richtigen Schlüsse. »Weshalb machen Sie sich dann auf die Suche nach diesem Amerikaner? Er ist Ihr Konkurrent.«

»Weil er die große Liebe ihres Lebens ist und sie bis heute darauf wartet, dass er wiederkommt. Ja, das klingt naiv und vielleicht auch ein bisschen dumm, aber so ist Gerda nun einmal. Ich will, dass sie glücklich ist, und das wäre sie, wenn Jason zu ihr zurückkehrt oder sie wenigstens wieder Kontakt zu ihm hätte. Verstehen Sie das?«

»Nicht ganz. Aber das muss ich auch nicht«, antwortete Krüger. »Ihr Auftrag gefällt mir. Er ist bedeutend schöner als die Mehrzahl meiner Aufträge. Das Leben eines Privatdetektivs ist nicht so spannend, wie es die Fernsehserien oftmals vermuten lassen. Meistens spüre ich Männer auf, die ihren Frauen fremdgehen, oder ich entlarve Versicherungsbetrüger.«

»Ich war früher beim Finanzamt für eine Weile in der Abteilung Steuerhinterziehung tätig«, antwortete Karl, dem die Ehrlichkeit des Mannes mit jedem Satz besser gefiel.

»Dann sind wir ja beinahe Kollegen«, erwiderte der

Detektiv und zwinkerte Karl grinsend zu. »Also werden Sie mich beauftragen?« Er sah Karl fragend an.

Karl atmetet tief durch und nickte dann. Dieser Mann schien der Richtige zu sein, um Gerdas Jason zu finden. Es war an der Zeit, dass sie Antworten erhielt. Und wenn er Glück hatte, fanden sich die beiden früheren Verliebten noch bis Weihnachten. Ach, was wäre das für eine Freude.

»Gut«, sagte Krüger. »Dann erzählen Sie mir mal alles, was Sie wissen.«

Karl holte seinen Notizblock hervor, auf dem bedauerlicherweise nur wenige Informationen vermerkt waren. Doch nachdem er sie vorgelesen hatte, meinte der Detektiv tatsächlich, dass er Jason finden könnte.

Bestens gelaunt betrat Karl, eine Vierzig-Grad-Wäsche bei sich, den Waschsalon und fand dort eine schniefende Gerda vor, die wie ein Häufchen Elend an einem der Tische saß. Zur Begrüßung nieste sie kräftig.

»Ach du je«, sagte Karl und stellte seinen Wäschekorb vor Elvis ab. »Bist du krank?« Die Frage erübrigte sich eigentlich, denn es war offensichtlich.

Gerda nieste erneut und antwortete: »Es läuft mir wie Wasser aus der Nase. Bestimmt kommt das von der Hochzeit. So viele Leute in einem Raum zur Erkältungszeit. Das kann ja nur schiefgehen. Mit Sicherheit haben auch noch andere die Rüsselpest.« Sie putzte sich die Nase.

»Könnte sein«, meinte Karl. »Aber hast du nicht jedes Jahr zu dieser Zeit Schnupfen?«

Gerda warf ihm einen finsteren Blick zu, der aussagte, dass Karl ins Schwarze getroffen hatte. Seit Gerda denken konnte, hatte sie Mitte Dezember eine Erkältung, wieso auch immer. Ihre Mutter hatte ihr früher immer Hühnersuppe dagegen gekocht, die hatte gut geholfen. Sie hatte wirklich nicht nur schlechte Seiten gehabt. Ihr teuflisch gutes Geheimrezept allerdings hatte sie bedauerlicherweise mit ins Grab genommen. Als hätte Karl ihre Gedanken erraten, sagte er plötzlich: »Also mir hat immer Hühnersuppe geholfen.«

»Und wo soll ich die deiner Meinung nach jetzt herbekommen?«, entgegnete Gerda eine Spur zu schroff und erschrak selbst etwas darüber. Doch Karl störte sich nicht daran.

»Aus dem Supermarkt vielleicht?«, fragte er.

»Ich glaube nicht, dass mir eine von diesen Tütensuppen hilft«, entgegnete Gerda und nieste erneut, dieses Mal gleich dreimal hintereinander.

»Vermutlich nicht«, antwortete Karl. »Warst du denn schon in der Apotheke? Vielleicht solltest du zum Arzt gehen und dich mal ansehen lassen.«

»Ich will keine Pillen schlucken«, antwortete Gerda.

Karl seufzte.

»Ingwertee? Wenn du magst, hol ich rasch eine frische Knolle und brühe uns welchen auf. Ich trink auch eine Tasse mit, kann ja nix schaden.«

»Aber du magst gar keinen Ingwer«, merkte Gerda an.

»Ach, eine Tasse wird schon gehen«, erwiderte er. »Ist ja für einen guten Zweck. Ich rühr einfach ordentlich Honig rein, der soll ja auch gesund sein.«

Gerda nieste erneut, und nachdem sich die Attacke beruhigt hatte, schnäuzte sie sich kräftig. Karl fiel auf, dass ihre

Augen fiebrig glänzten. Das arme Mädchen, dachte er. Sie gehört eigentlich ins Bett. Er wusste jedoch, dass es unsinnig war vorzuschlagen, dass sie den Salon für heute schließen und nach oben gehen sollte. Damit Gerda Glück ihren Laden schloss, musste mehr passieren als eine Erkältung.

Eine halbe Stunde später saßen die beiden nebeneinander mit dampfenden Teebechern in Händen vor Elvis und sahen zu, wie sich die Trommel drehte. Dieses Mal war er tatsächlich nicht im Vorwaschgang hängen geblieben. Zu Karls Verwunderung war noch kein weiteres Mitglied der Nachbarschaft im Laden erschienen. Vermutlich hatte es sich herumgesprochen, dass Gerda erkältet und ungenießbar war. Heute lief nicht das Radio, sondern Gerda hatte ihre Weihnachts-CD angemacht. Gerade lief das hübsche Lied von John Lennon, *Happy Christmas (War is Over)*. Karl hatte es besonders gern, denn es erinnerte ihn an seine Jugendzeiten zurück. An eine Zeit, in der die jungen Leute dachten, sie könnten mit Friedensdemonstrationen die Welt verändern. John Lennon zumindest hatte fest daran geglaubt, er könnte die Welt verbessern. Bis zu dem Tag, als er auf grausame Art sein Leben hatte lassen müssen. Karls Blick wanderte durch den Waschsalon. Eigentlich war es traurig, dass keine der Maschinen Lennons Namen erhalten hatte. Vermutlich lag es daran, dass er zum Zeitpunkt der Namensgebung noch ein Teil der Beatles und nicht eigenständig gewesen war. Karl sah zu Gerda. Sie war eingeschlafen, ihr Kopf auf ihr Kinn gesunken. Die Teetasse hatte sie auf ihrem Schoß abgestellt. Er nahm sie ihr behutsam aus der Hand und stellte sie auf einen der Tische. Er betrachtete Gerda, wie sie dasaß und schlief.

Mit ihrer geröteten Nase, sie schnarchte leise. Ein warmes Gefühl von Zuneigung breitete sich in seinem Inneren aus. Wie sehr er diese Frau doch liebte, selbst wenn sie krank und *ebsch* war, wie man auf Hessisch sagte, wenn jemand unleidig war.

Die Frage des Detektivs fiel ihm wieder ein. Wieso tat Karl das alles? Wieso machte er sich auf die Suche nach seinem Konkurrenten? Weil er Gerda liebte und sie glücklich sehen wollte. Mehr als alles andere auf der Welt wollte er, dass Gerda Glück endlich glücklich wurde. Dann war er es auch. Oder sollte er so nicht denken? Sollte er nicht endlich das tun, was er längst hätte tun sollen? Ihr sagen, was er für sie empfand? Aber jetzt, nach so vielen Jahrzehnten, brachte das doch auch nichts mehr. Heute waren sie nur noch zwei alte Leute, die vor einer ebenso alten Waschmaschine saßen und mehr in der Vergangenheit als in der Zukunft lebten.

Er seufzte und trank von seinem Ingwertee, der inzwischen kalt geworden war. Vielleicht sollte er diesen Detektiv anrufen und den Auftrag zurückziehen. Ach, immer diese verdammten Zweifel. So war Karl sein Leben lang gewesen. Er hätte nicht immer mit sich hadern, sondern mehr handeln sollen.

Elvis beendete seinen Waschgang, und sein Piepen sorgte dafür, dass Gerda aufwachte. Verdutzt dreinblickend sah sie sich um und fragte: »Was ist los? Ist etwas passiert?«

»Es ist nichts passiert«, beschwichtigte sie Karl und legte seine Hand auf die ihre. »Du hast geträumt. Elvis ist fertig.«

»Ach, dann ist es ja gut«, antwortete sie. »Ich hab geschlafen. Das tut mir leid.«

»Du musst dich nicht entschuldigen«, erwiderte Karl und tätschelte ihre Hand. »Ich bin doch da. Ich bin bei dir.«

»Ja, das bist du«, antwortete Gerda mit matter Stimme. »Und das ist schön.« Sie schloss erneut die Augen und dämmerte weg, und Karl empfand ein warmes Gefühl der Zufriedenheit. Er war bei ihr, sie waren zusammen. Das war es doch, was zählte.

Sein Blick fiel auf die Kette um ihren Hals. Er wusste, dass sie sie von Jason hatte. Es war sein Weihnachtsgeschenk für sie gewesen. Jedes Jahr trug sie die Kette zu dieser Zeit.

»Ach, du dummes, naives Mädchen«, murmelte er. »Er kommt nicht mehr zurück. Das wissen wir beide.«

Doch vielleicht würde er es doch tun, wenn jemand aus Deutschland sich bei ihm meldete und ihm sagen würde, dass Gerda nie aufgehört habe, ihn zu lieben.

Karls Blick schweifte durch den Raum, zu den vielen bunten Lichtern, die sie nur deshalb aufhängte, weil Jason sie geliebt hatte. Er würde den Detektiv weiter ermitteln lassen, und sollte er etwas herausfinden, was Gerda nicht gefallen würde, so konnte er sich ja immer noch überlegen, ob er es ihr sagen würde oder nicht. Manches Mal war es besser, wenn man die Wahrheit nicht erfuhr. Oder war es dann nicht gleich besser, die Vergangenheit ruhen zu lassen?

»Verdammte Zweifel«, murmelte Karl und musste im nächsten Moment ebenfalls niesen.

10. Kapitel

12. Dezember 2008

Vanessa saß, Rotz und Wasser heulend, vor Gerda auf einem der Kaffeehausstühle. Gerda fühlte sich überfordert. Vanessa war eben in den Laden gekommen, und noch bevor sie einen zusammenhängenden Satz von sich gegeben hatte, hatte sie zu weinen begonnen.

»Kind, was ist denn nur los?«, fragte Gerda besorgt. So aufgelöst hatte sie das Mädchen noch nie erlebt. »Komm, Schätzchen. Sag es mir. So schlimm kann es doch nicht sein, dass man gleich so heulen muss.«

Gerda ahnte, dass der Gefühlsausbruch der jungen Frau etwas mit ihrem Liebesleben zu tun hatte. Vermutlich hatte dieser Timo wieder etwas mit einer seiner Schicksen angefangen, oder Vanessa heulte wegen eines der anderen Ex-Freunde – die vielen Namen konnte sich Gerda gar nicht mehr merken. Wenn sie Vanessa nicht so gut gekannt hätte, hätte sie sie vermutlich als leichtes Mädchen verurteilt. Aber so war sie nicht. Vanessa dachte tatsächlich jedes Mal wieder, dass der ausgewählte Schwarm nur Gutes im Sinn hatte, sie war jedes Mal verliebt und träumte vom Heiraten. Bedauerlicherweise beruhte das bei den meisten ihrer Liebschaften nicht auf Gegenseitigkeit. Angelika Martin hatte es neulich während eines ihrer Stricktreffs, als das Gespräch auf Vanessas Liebesleben gekommen war, auf den Punkt gebracht. Vanessa verliebte sich immer in die falsche Sorte Mann. Angelikas Worte hatten dafür gesorgt, dass Gerda wieder an Jason denken musste. Vielleicht war er ja auch einer dieser Kerle gewesen, die nur eine kurze Liebschaft wollten. Und dann war er auf Nimmerwiedersehen in seine Heimat verschwunden. Aber so konnte es nicht gewesen sein. Niemals. Jason war ein ehrlicher Mensch, er hätte sie nicht einfach benutzt.

»Doch, es ist schlimm«, antwortete Vanessa und schluchzte herzzerreißend. »Wenn das mein Vater erfährt, dann schmeißt er mich raus.«

Gerda ahnte nun, woher der Wind wehte.

»Du bist schwanger, oder?«, sprach sie ihre Vermutung aus und hoffte im selben Augenblick, dass sie damit falschlag.

Vanessa nickte. »Vorhin auf der Toilette war der dumme Test positiv. Was soll ich denn jetzt machen? Vorgestern hab ich Timo mit dieser Blondine vor dem Fitnessstudio gesehen, und er hat sie umarmt. Bestimmt haben die beiden was am Laufen. Wie konnte ich bloß so dumm sein?«

»Ich dachte, er hätte sich erst vor ein paar Tagen wieder bei dir gemeldet«, fragte Gerda verdutzt und fügte in Gedanken hinzu, dass es so flott nun auch wieder nicht ging.

»Da lief vorher auch mal was. Nur einmal, wir haben uns beim Weggehen getroffen, und ich bin mit zu ihm. Ich weiß, das war dumm von mir. Ich hatte zu viel getrunken. Wer rechnet denn gleich mit so etwas.«

Gerda wusste nicht, was sie antworten sollte. Sie fühlte sich mit der Situation überfordert.

»Aber vielleicht war ja dieser Test auch falsch«, meinte Vanessa plötzlich. »Der war aus der Drogerie. Kann doch sein, dass die Dinger ungenau sind.«

»Wäre möglich«, antwortete Gerda. »Manche Drogerieartikel sind der reinste Schund. Ich hab neulich ein hochgepriesenes Honigshampoo ausprobiert, danach haben meine Haare ganz fürchterlich geklebt. Ich hab fünfmal mit meinem alten Shampoo nachwaschen müssen, bis sie wieder einigermaßen passabel waren. Du solltest zum Arzt gehen und die Sache dort abklären lassen.«

»Und was ist, wenn der Test doch stimmt? Was mache ich denn dann?« Vanessa sah Gerda hilfesuchend an.

In diesem Moment fragte sich Gerda erneut, weshalb die junge Frau mit ihren Problemen eigentlich zu ihr kam. So ein positiver Schwangerschaftstest war doch etwas äußerst Persönliches, das besprach man eher mit seiner besten Freundin im selben Alter oder mit der Mutter. Wobei Gerda wusste, dass Vanessas familiäre Umstände kompliziert waren. Vielleicht kam Vanessa ja deshalb ständig zu ihr, weil sie in ihr eine Mutterfigur sah. Der Gedanke schmeichelte Gerda. Sie hätte gern Kinder gehabt. Doch es hatte nicht sein sollen. Sie wusste, dass Jason auch Vater hatte werden wollen, seufzte innerlich, und erneut wanderte ihre Hand instinktiv zu dem Kettchen an ihrem Hals. Plötzlich blitzte erneut eine Erinnerung auf, die dafür sorgte, dass ein Lächeln Gerdas Lippen umspielte und dieses warme Kribbeln sich in ihren Magen schlich, das sie nur spürte, wenn sie an ihre große Liebe dachte.

Frankfurt, Dezember 1963

»Hey, was war das denn!« rief Jason und wandte sich um. Ein Schneeball hatte ihn am Rücken getroffen. Auch Gerda drehte sich um. Die beiden waren an diesem Nachmittag über den Frankfurter Weihnachtsmarkt geschlendert und befanden sich nun in dem tief verschneiten und direkt am Mainufer gelegenen Nizza-Park, in dem durch seine klimatisch günstige Lage sogar Pflanzen aus dem Mittelmeerraum überlebten. Zur Winterzeit wurden die meisten der exotischen und frostscheuen Pflanzen jedoch in eine Orangerie verfrachtet. Der heutige Tag war etwas milder als die letzten Tage, und der Schnee auf dem bekiesten Weg taute im Licht der Nachmittagssonne sogar etwas. Trotzdem schwammen auf dem Main einige Eisschollen. Dunkle Wolken am Horizont ließen vermuten, dass es bald erneut zu schneien beginnen würde. Die moderate Erwärmung sorgte dafür, dass der Schnee etwas angetaut war und sich deshalb wunderbare Schneemänner bauen ließen. Überall auf den Wiesen standen ganze Schneemannfamilien. Es ließen sich aus dem Pappschnee aber auch perfekt Schneeballgeschosse produzieren, und Gerda und Jason hatten es anscheinend geschafft, in eine handfeste Schlacht zu geraten.

Den Jungen, der den Ball geworfen hatte, schätzte Gerda auf ungefähr zehn Jahre. Er trug keine Jacke, dafür einen dicken Wollpullover, und eine blau-grau gestreifte Pudelmütze lag auf seinem roten Haar. Um ihn herum standen Jungen im selben Alter, einer war etwas kleiner, Gerda schätzte ihn auf nicht älter als fünf.

Die Gegner der Gruppe befanden sich nur wenige Meter entfernt. Noch ehe Gerda und Jason irgendwie reagieren konn-

ten, wurden sie von weiteren Schneebällen getroffen. Gerda schrie erschrocken auf. Es traf sie ein Geschoss am Rücken, eines am Bein, ein Schneeball flog haarscharf an ihrem rechten Ohr vorüber.

»Na wartet!«, rief Jason, den ebenfalls zwei weitere Schneebälle getroffen hatten. »Euch werde ich es zeigen.« Er bückte sich, formte einen Schneeball und warf ihn nach dem Jungen. Gerda reagierte verwundert auf seine Reaktion, doch dann tat sie es ihm gleich.

»Ihr Lausbuben!«, rief sie und warf einen weiteren Schneeball. Die Kinder fanden einen Mordsspaß daran, nun nicht mehr sich gegenseitig zu bekriegen, sondern auf Gerda und Jason loszugehen. Rasch waren sie von allen Jungs umringt und bekamen ordentlich Schnee ab. Irgendwann hoben die beiden vollkommen außer Atem sich ergebend die Hände, und Jason rief: »Es ist gut. Wir haben verloren. Ihr seid die Sieger.«

Lautes Gejohle brach aus, und Jason und Gerda, die im Eifer des Gefechts sogar ihre Mütze verloren hatte, grinsten. Die Begeisterung der Jungen hatte, obwohl sie arge Lausbuben waren, etwas Herzerwärmendes. Einer der Jungen hob Gerdas Mütze auf, befreite sie vom Schnee und reichte sie ihr. Aus dem eben noch mutig kämpfenden Feind war plötzlich ein schüchterner Bub geworden, der sich nicht so recht traute, Gerda direkt anzusehen. Leise murmelte er: »Hier haben Sie Ihre Mütze.«

Jason gab sich als guter Verlierer und spendierte den Jungs noch einige Pfennige, die für Süßigkeiten auf dem Weihnachtsmarkt reichen würden.

»Aber schön teilen«, ermahnte er die Gruppe. »Ihr habt den Sieg ja auch gemeinsam errungen.«

Die Jungen zogen mit ihrer Siegesbeute sogleich in Richtung Römerberg davon.

Gerda klopfte sich letzte Schneereste vom Mantel und setzte ihre Mütze wieder auf. Sie und Jason setzten ihren Weg durch den im warmen Licht der Nachmittagssonne liegenden Park fort. Jason legte, als wäre es das Selbstverständlichste von der Welt, den Arm um Gerda, was ihr Herz sofort wieder höherschlagen ließ.

»Wir sind bedauerlicherweise etwas unvorbereitet in die Schlacht geraten«, meinte er. »Hätte ich etwas Vorbereitungszeit gehabt, hätten wir sie schlagen können.«

»Hätten wir das?«, fragte Gerda belustigt. »Wir waren zu zweit gegen zehn Jungen.«

»Ach, das ist doch gar nichts«, entgegnete Jason und winkte ab. »Früher hab ich allein zehn Feinde in die Flucht geschlagen. Ach, ich freue mich schon darauf, wenn ich eines Tages mit meinen eigenen Kindern eine Schneeballschlacht machen kann. Ich wünsche mir einen ganz Stall voll.«

Er warf Gerda einen kurzen Seitenblick zu. »Wie ist es mit dir? Willst du Kinder?«

»Natürlich möchte ich«, antwortete Gerda. »Allerdings bin ich mir nicht sicher, ob es gleich ein ganzer Stall voll sein muss.« Sie warf ihm einen schüchternen Blick zu. Du liebe Güte, dachte sie. Jetzt sprachen sie schon übers Kinderkriegen, wo sollte das nur hinführen. Sie kannten einander doch kaum. Jedenfalls wenn man die Zeitspanne seit ihrem Kennenlernen betrachtete. Vom Gefühl her glaubte Gerda Jason schon viel länger zu kennen, so vertraut kam er ihr vor.

Als hätte er ihre Gedanken erraten, sagte er: »Entschuldige bitte. Ich wollte dich nicht in Verlegenheit bringen. Aber ich glaube, du wirst eine großartige Mum sein.«

Sie blieben stehen und blickten auf den funkelnden Main mit seinen Eisschollen. Ein mit Kohlen beladener Frachter fuhr an ihnen vorüber.

Gerda fiel keine passende Antwort ein, denn ihre Stimmung war plötzlich wieder schlechter geworden. Jason hatte vermutlich keine Vorstellung davon, wie groß die Welten tatsächlich waren, die sie voneinander trennten. Ihre Mutter würde Jason, obwohl er so gut aussehend und gebildet war, niemals akzeptieren. Doch musste sie das überhaupt? War es nicht Gerdas Leben? Sollte sie nicht für sich selbst entscheiden, was oder wer sie sein wollte? Und wenn sie die Frau an der Seite eines Amerikaners sein wollte, dann war das eben so. Andererseits gefiel ihr die Vorstellung nicht, mit ihrer Mutter zu brechen. Roswitha Glück hatte ihr Leben lang alles dafür getan, damit es ihrer Tochter gut ging, und Gerda belog sie ungern. Andererseits war es ihre Zukunft, und die Liebe war nun einmal die Liebe und ließ sich von Vorurteilen nicht aufhalten. Bestimmt würden das die anderen auch bald einsehen. Es brauchte nur Geduld, etwas Mut und Hoffnung. So zu denken gefiel Gerda. Sie lächelte und antwortete:

»Eine Mum. Das hört sich hübsch an. Aber bitte nicht nur Jungs. Ich hätte gern mindestens zwei Töchter.«

»Wenn wir den Ladys dann beibringen, wie man eine anständige Schneeballschlacht macht, habe ich nichts dagegen«, antwortete er und drückte sie an sich.

Gerda schüttelte grinsend den Kopf und antwortete: »Das können wir ihnen bestimmt beibringen.«

»Gerda, hörst du mir noch zu?«, fragte Vanessa und riss Gerda aus ihrer Erinnerung. Sie zuckte kurz zusammen, dann antwortete sie: »Oh Liebes. Ich war in Gedanken. Was hast du gleich noch mal gesagt?«

»Ob ich es Timo am besten sofort sagen oder noch abwarten soll. Was meinst du?«

»Also ich würde jetzt erst einmal zum Arzt gehen, und danach kannst du dir ja immer noch überlegen, was du tun möchtest. Und du denkst wirklich, dass das zwischen dieser Blondine und ihm mehr ist? Vielleicht ist das Verhältnis der beiden eher platonisch. Sie haben sich umarmt, hast du gesagt. Das machen Freunde doch auch, oder? Du hast letztens recht vernünftig über ihn gesprochen. Vielleicht ist alles anders, als du denkst, und er liebt dich aufrichtig.«

Gerda versuchte, ihrer Stimme einen ermunternden Tonfall zu verleihen, was sich nicht so leicht gestaltete, denn sie war selbst von ihren Worten nicht sonderlich überzeugt.

Vanessa wollte Antwort geben, wurde aber durch das Eintreten von Angelika unterbrochen, die ebenfalls in Tränen aufgelöst war.

»Moin, Gerda. Hast du einen Moment? Vanessa, du bist ja auch hier? Ist denn heute schon Schluss im Salon? Weinst du etwa auch?«

»Hallo, Angelika«, grüßte Vanessa, und weil sie nicht so recht wusste, was sie sonst sagen sollte, platzte sie sogleich mit der Neuigkeit heraus.

»Ich glaub, ich bin schwanger. Also jedenfalls wenn man diesem Test aus der Drogerie glauben kann.«

Verdutzt sah Angelika Vanessa an.

»Ach du je. Doch nicht etwa von diesem Timo?«, zog sie sogleich den richtigen Schluss.

»Vermutlich schon«, antwortete Vanessa und blickte zu Boden.

»Aber das ist ja nur so ein Drogerietest«, meinte Gerda noch einmal beschwichtigend. »Das Ergebnis könnte auch falsch sein. Vanessa soll jetzt erst einmal zum Arzt gehen. Vielleicht ist es bloß ein falscher Alarm.«

»Das glaub ich weniger«, antwortete Angelika. »Bisher haben die Dinger immer richtiggelegen. Aber die Hoffnung stirbt bekanntlich zuletzt. Und dann hat man die Blagen am Hals und nichts als Ärger mit ihnen. Kann ich einen Keks haben, Gerda? Von dem Schock muss ich mich erst mal erholen.«

»Welcher Schock?«, fragten Vanessa und Gerda wie aus einem Mund.

»Johannes will endgültig die Scheidung. Er hat eine andere, fünfzehn Jahre jünger als er, und vom Aussehen kann sie locker mit Heidi Klum mithalten. Stellt euch vor: Er kennt sie seit vier Wochen, und die beiden wollen schon heiraten. Und das Beste kommt noch: Meine Tami will doch tatsächlich zu ihm ziehen! Sie hat mir vorgeworfen, spießig und uncool zu sein.«

Gerda stieß einen Seufzer aus. Ob dieser Tag noch etwas Schönes bringen würde? Himmel, es war Weihnachtszeit, da sollte doch alles harmonisch sein.

Die Tür öffnete sich erneut, und Karl betrat, einen Wäschekorb in Händen, den Laden.

»Tag zusammen«, grüßte er in die Runde. »Also heute ist irgendwie der Wurm drin. Da hab ich doch tatsächlich meinen Kaffee aus Versehen auf den Wäschekorb mit der frisch gewaschenen Wäsche fallen lassen. Jetzt kann ich sie glatt noch mal waschen.« Er blickte in die Runde und zog kurz die Augenbrauen zusammen. »Kann es sein, dass hier dicke Luft herrscht? Habt ihr beiden etwa geheult?« Er sah Angelika und Vanessa an.

Gerda wusste nicht, was sie ihm antworten sollte. Zu ihrem Glück kam ihr Angelika zuvor, die sich nicht scheute, Karl sogleich von ihrer Familienmisere zu erzählen. Somit konnte Vanessa ihre persönlichen Probleme für sich behalten. Sie verabschiedete sich dann auch rasch, etwas davon murmelnd, dass sie bei ihrem Arzt wegen eines Termins nachfragen wolle. Die Ladentür schloss sich hinter ihr, und Gerda sah ihr nach, wie sie über die Straße eilte. Sie seufzte innerlich, denn es galt wirklich zu hoffen, dass dieser Drogerietest einen Fehler gemacht hatte. Obwohl so ein Kindchen im Grunde doch ein Segen war, dachte Gerda. Und in der heutigen Zeit war es für eine Frau gar nicht mehr so schlimm, alleinerziehend zu sein. Und vielleicht musste Vanessa das gar nicht werden. Vielleicht war dieser Timo anständiger, als sie alle annahmen. Sie würden sehen.

»Also ich sag ja immer, Reisende soll man nicht aufhalten«, kommentierte Karl indes Angelikas Problem und stellte seinen Wäschekorb vor Elvis ab. »Betrachte seine Eheschließung mit dieser anderen Frau doch als einen Neuanfang für dich. Seit Jahren bist du unglücklich und jammerst, wie anstrengend Tami ist.«

Verdutzt sahen sowohl Angelika als auch Gerda Karl an. Einen solchen Beziehungstipp hatten sie von ihm nicht erwartet.

»Guckt nicht so«, erriet er ihre Gedanken. »Ich mag ein alter Junggeselle sein, aber ich bin nicht auf den Kopf gefallen.« Er öffnete Elvis' Pulverfach und sah fragend zu Gerda: »Du hast doch Waschmittel für mich, oder? Das hab ich schon wieder vergessen.«

»Aber sicher doch«, antwortete Gerda perplex und ging hinter den Tresen, um das Pulver zu holen.

Nachdem sich Elvis in Bewegung gesetzt hatte, herrschte einen Moment lang Stille im Raum. Dann passierte das, was irgendwann passieren musste: Elvis gab ein seltsames Geräusch von sich, und die Trommel blieb stehen.

»Der fällt jetzt nicht auch noch aus«, entfuhr es Gerda, und alle drei starrten auf die letzte noch funktionierende Waschmaschine, die ihnen jedoch nicht den Gefallen tat, ihre Arbeit fortzusetzen.

»Ja aber«, war es Angelika, die als Erste ihre Sprache wiederfand. »Was machst du denn, wenn der Elvis jetzt kaputt ist? Dann ist das hier doch gar kein richtiger Waschsalon mehr.«

Gerda sah sie mit großen Augen an. Angelika hatte recht. Wenn Elvis tatsächlich tot war, dann war es endgültig vorbei mit Glücks Waschsalon. Denn wer wollte schon einen Waschsalon, in dem man keine Wäsche waschen konnte?

11. Kapitel

13. Dezember 2008

Gerda stand, eine Tasse Weihnachtstee in Händen, in ihrem Waschsalon vor dem an der Wand hängenden Zeitungsausschnitt, der sie und ihre Mutter am Eröffnungstag vor der Eingangstür zeigte. Ihr war schwer ums Herz. Wie stolz sie beide an diesem Tag ausgesehen hatten. Für ihre Mutter war die Eröffnung eines der besten Ereignisse ihres Lebens gewesen. Sie war so glücklich darüber, auf eigenen Beinen zu stehen und der Arbeit in der Wäscherei entkommen zu sein. An jenem Tag hatte sie die ganze Zeit gelächelt, Glückwünsche entgegengenommen, erste Kunden freudig begrüßt und erklärt, wie die Wunderwerke der modernen Technik funktionierten. Wunderwerke, die sich auch heute noch im Laden befanden, die jedoch allesamt – genau wie Gerda – in die Jahre gekommen waren. Und wie es aussah, hatte nun auch die letzte Maschine, die tapfer all die Jahre durchgehalten hatte, den Geist aufgegeben.

»Ach, Mutti«, sagte Gerda laut und trank einen Schluck Tee. »Wir zwei gegen den Rest der Welt. So hast du es damals immer gesagt, nachdem Papa nicht mehr aus dem Krieg zurückgekommen ist. Er war deine große Liebe, das weiß ich. Ich hab dich manchmal nachts weinen hören, wenn die Welt dort draußen zu schwer gewesen ist und du ihn vermisst hast und Angst hattest, am Leben zu scheitern. Ich hab mich damals so verloren wie du gefühlt, allein, im kalten Flur. Ich hätte dich trösten sollen. Aber dafür hat mir kleinem Mädchen die Kraft gefehlt.« Gerda verstummte, und ihr Blick wanderte zu Elvis, der noch immer so aussah wie am Tag zuvor. Auf ihm lag eine mit fröhlichen Schneemännern bestickte Weihnachtsdecke, Karls Wäsche lag noch in ihm, denn sie hatten die Tür nicht mehr aufbekommen. Das würde nachher Uwe machen. Ihn hatte Gerda eben endlich erreicht. Er hatte versprochen, so schnell wie möglich bei ihr zu sein.

Am gestrigen Abend hatte Gerda lange in ihrer Wohnung gesessen und nachgedacht. Ihr Betrieb war ein Waschsalon, so stand es auch in der Gewerbeanmeldung, die sie herausgekramt und eine ganze Weile betrachtet hatte. Ihre Mutter hatte sie unterzeichnet, im Mai 1963. Gerda konnte sich noch gut an den Tag erinnern, denn das Wetter war so gar nicht dem Frühlingsmonat entsprechend gewesen. Es war kalt gewesen und hatte sogar geschneit. Sie hatten nach der Unterzeichnung im leeren Laden gestanden, und ihre Mutter hatte Pläne geschmiedet, hatte mit einem Maßstab alles ausgemessen, Gerda hatte jedes Detail notieren müssen. Am Ende waren es zehn Waschmaschinen, die sie am nächsten Tag bestellt hatten und die wenige Wochen später geliefert wurden. Zehn Waschmaschinen, die Gerda so lange Zeit ihres Lebens begleitet hatten, deren Anblick für sie zu einer Selbstverständlichkeit geworden war. Sie hatte sich um sie gekümmert, hatte die teuren Reparaturen bezahlt und irgendwann einsehen müssen, dass sie sich die Wartung nicht mehr leisten konnte, denn immer mehr Kunden blieben aus. So erhielten die ersten Maschinen einfach ein Defekt-Schild. Marilyn fing an, kaputte Trommel, es folgten Peter Alexander und Connie Francis. Irgendwann hingen keine Defekt-Schilder mehr an den Maschinen, weil sowieso alle wussten, dass sie nicht mehr funktionierten. Und nun schien auch die letzte Maschine aufgegeben zu haben. Gerda hatte, ganz gegen ihre Gewohnheit, eine Flasche Rotwein aufgemacht und diese im Laufe des Abends geleert. Sie hatte irgendwann sogar die Visitenkarte von diesem geleckt aussehenden Immobilienmakler wieder hervorgeholt und lange angestarrt. Er hatte ihr für ihr Haus eine schwindelerregend hohe Summe geboten. Beste Lagen im Frankfurter Nordend mit Geschäftsräumen, das war schon was wert. Aber wo sollte sie denn hin? In ein Seniorenheim? Betreutes Wohnen? So weit bin ich noch nicht, hatte sie zu sich selbst gesagt, das Glas Wein geleert und wieder gefüllt.

Irgendwann war sie auf dem Sofa eingeschlafen, das Weinglas war umgefallen, die Visitenkarte des Maklers hatte auf ihrem Bauch gelegen, als sie erwacht war. Der neue Tag brachte den Kater, und das nicht nur wegen des Weins. Wer wollte Gerda sein? Was genau war ihr Laden überhaupt? Ihr Blick war erneut auf die Gewerbezulassung gefallen. Waschsalon, stand dort in Schreibmaschinenbuchstaben. Was war, wenn irgendjemand das mal überprüfen würde? Was war, wenn einer von den Amtsschimmeln bei ihr auftauchen und ihr den Laden dichtmachen würde? Mit anderen Betrieben machten sie das ja auch. Bevorzugt mit Cafés oder Wirtshäusern, aber wieso sollten sie das nicht auch mit einem Waschsalon machen können, der gar keiner mehr war. Einem Waschsalon, dem sie als junge Frau hatte entfliehen wollen, der ihr in einem anderen Leben die Luft zum Atmen geraubt hatte. So hatte sie das jedenfalls empfunden.

Frankfurt, Dezember 1963

Gerda spazierte mit Trudi durch den tief verschneiten Holzhausenpark, in dem an diesem grauen Winternachmittag nur wenige Spaziergänger unterwegs waren. Es war ihr erstes Treffen seit Trudis Hochzeitsfeier. Es herrschte eine seltsame Stimmung zwischen ihnen. Es schien, als hätte Trudis Heirat etwas an ihrem Umgang miteinander verändert. Sie waren nicht mehr die Mädchen von früher, die auf den Trümmergrundstücken der Stadt gespielt und Dummheiten ausgeheckt hatten. Sie waren zu jungen Frauen herangereift, und Trudi, die eineinhalb Jahre älter als Gerda war, hatte ihre Jugendliebe geheiratet. Sie war nun kein Fräulein mehr, sondern eine verheiratete Frau, die plötzlich andere Dinge als wichtig ansah und vernünftig erschien. Und sie redete wie ein Wasserfall die ganze Zeit nur von sich.

»Wir haben uns gestern eine Wohnung im Westend angesehen«, berichtete Trudi. »Sie liegt in einer alten Villa im ersten Stock und geht über eine gesamte Etage. Wir hätten acht Zimmer und zwei Bäder zur Verfügung. Klaus ist der Meinung, dass sie perfekt wäre, aber ich weiß noch nicht so recht.

Ich hatte mir für meine Kinder eigentlich immer einen großen Garten gewünscht, aber die Wohnung hat nur einen Balkon und eine Terrasse, wobei diese recht weitläufig ist.«

Gerda gab zur Antwort ein »Hm« von sich. Acht Zimmer, dachte sie. Von solch einem Luxus konnte sie nur träumen. Die Wohnung über dem Waschsalon hatte nur drei Zimmer, ihre Kammer konnte man nicht als einen richtigen Raum bezeichnen. Sie war so klein, dass gerade mal ihr Bett und eine Kommode hineinpassten. Trudis bisherige Wohnverhältnisse bei ihrer Familie waren nicht viel besser gewesen. Die Familie Meining wohnte mit ihren vier Kindern in einer Erdgeschosswohnung mit vier Zimmern. Trudi hatte sich ihr kleines Zimmer mit ihrer Schwester teilen müssen, und im Winter war es darin so kalt gewesen, dass die Eiszapfen in den Ecken gehangen hatten. Und jetzt redete sie plötzlich von einer riesengroßen Wohnung mit acht Zimmern und zwei Bädern, als wäre es eine Selbstverständlichkeit. Auch ihr Tonfall kam Gerda verändert vor. Sie überlegte, was es war, was sie plötzlich daran störte. Klang sie etwa hochmütig?

Doch dann schaute Trudi einen Moment lang schweigend Gerda an, und ihre Miene veränderte sich. Ihr nächster Satz zeigte, sie hatte bemerkt, dass sie über das Ziel hinausgeschossen war.

»Gerda, Liebes. Es tut mir leid. Ich rede die ganze Zeit nur über mich und lasse dich gar nicht zu Wort kommen. Wie steht es denn bei dir so? Wie geht es deiner Mutter?«

»Es ist alles wie immer«, antwortete Gerda. Es freute sie, dass Trudi nachfragte, und sie überlegte tatsächlich kurz, ihr von Jason zu erzählen. Eigentlich hatte sie darauf gehofft, dass Trudi sie auf Jason ansprechen würde, immerhin hatten sie ja

auf ihrer Hochzeit miteinander getanzt. Aber dieser Umstand schien Trudi gar nicht aufgefallen zu sein, was wohl verständlich war, immerhin waren eine Menge Hochzeitsgäste anwesend gewesen, und das Brautpaar war ständig belagert worden. Doch dann verwarf Gerda den Gedanken wieder. Sie wusste nicht, weshalb sie ihr nicht von ihrer Liebe zu Jason erzählte, früher hatten sie niemals Geheimnisse voreinander gehabt. Es war ein undefinierbares Gefühl, das sie davon abhielt. War es Vorsicht? Jason war ihr Geheimnis, sie wollte es behüten, solange es ihr möglich war. Trudi könnte sich irgendwo verplappern. Sie könnte ihr Jason und ihre Träume von einem Leben in einer anderen Welt madig machen, und das wollte Gerda, die neulich in einem Buchladen in einem Reiseführer für New York geblättert hatte, auf gar keinen Fall.

Der Waschsalon war nicht ihr Lebenstraum, sondern der ihrer Mutter. Er strotzte vor Spießigkeit, an der Gerda irgendwann zwischen den sich drehenden Wäschetrommeln und dem Geruch von Waschmitteln ersticken würde. Sie musste, auch wenn die Trennung für ihre Mutter schmerzhaft werden würde, dort weg, sie musste ihren eigenen Weg finden. Einen Weg mit Jason an ihrer Seite. Allerdings war sich Gerda noch immer nicht im Klaren darüber, ob das, was sie für ihn empfand, auch wirklich Liebe war. Ob er wirklich der Mann war, auf den sie gewartet hatte. War er der Richtige? Sie überlegte kurz, ob es gut wäre, Trudi eine in diese Richtung gehende Frage zu stellen, schließlich kannte sie als verheiratete Frau sich mit solchen Dingen aus. Sie entschied sich dafür. Wer der Mann war, um den es ging, musste sie ihr ja nicht auf die Nase binden.

»Sag mal, Trudi«, begann sie zögerlich. »Ab wann hast du eigentlich gewusst, dass Klaus der Richtige für dich ist?«

Trudi sah sie verdutzt an und antwortete mit einer Gegenfrage, die Gerda in die Defensive zwang.

»Wieso willst du das wissen? Gibt es da etwa jemanden, von dem ich nichts weiß?«

»Nein, den gibt es nicht«, log Gerda, und sie entschuldigte sich gleich beim Herrgott dafür. »Aber wenn es so weit ist, dann muss ich doch wissen, woran ich es erkenne, oder?«

Trudis Miene blieb misstrauisch.

»Da ist jemand, oder? Kenne ich ihn? Komm, sag es mir.«

Sie rempelte Gerda kurz an die Schulter. Gerda haderte mit sich. Sollte sie Trudi doch von Jason erzählen? Es würde guttun, endlich mit jemandem darüber zu reden. Doch dann kam ihr plötzlich eine Begebenheit in den Sinn, die sich vor einigen Monaten zugetragen hatte. Trudi und Gerda waren Eis essen gewesen, und eine ehemalige Klassenkameradin von ihnen war an der Eisdiele in Begleitung eines GIs vorübergelaufen. Gerda hatte ihr abfällig nachgeblickt und gemeint: »Was für eine Schlampe.«

Wieso fiel Gerda das erst jetzt wieder ein? Da war sie gerade noch einmal davongekommen.

»Nein, da ist niemand«, blieb Gerda also bei ihrer Lüge. »Aber wenn jemand kommt, dann will ich gut vorbereitet sein. Nun komm schon. Du kennst dich doch damit aus.«

»Das schon«, antwortete Trudi. »Woran man es merkt, kann ich dir aber auch nicht so genau sagen. Wenn er vor dir steht, wirst du es wissen. Es ist so ein besonderes Gefühl, es ist schwer zu beschreiben.«

Gerda nickte. Trudis Antwort war eher vage. Doch sie ergab für Gerda einen Sinn, und plötzlich glaubte sie zu wis-

sen, dass sie dieses Gefühl bereits empfand. Jason war der Richtige für sie. Er war derjenige, der sie aus der Spießigkeit ihres Lebens befreien konnte. Der ihr eine vollkommen neue und andere Welt zeigen würde. Darauf hoffte sie jedenfalls.

Es war der Klang der Türglocke, der Gerda aus ihren Gedanken riss. Es war Karl, der eintrat. Auf seiner Strickmütze schmolzen einige Schneeflocken. Verdutzt blickte Gerda nach draußen. Es schneite tatsächlich, dicke weiße Wattebausche fielen vom Himmel. Immerhin das Winterwetter schien ihr heute wohlgesinnt zu sein.

»Morsche, Gerda«, grüßte Karl. »Ich hab gedacht, ich bring uns vom Bäcker mal ein bisschen Frühstück mit. Der hat neuerdings Zimtschnecken im Angebot, und ich weiß doch, wie gern du sie hast.« Er hielt eine Bäckertüte in die Höhe, und Gerda konnte nicht umhin zu lächeln. Sie wusste, dass Karl die Schnecken nur deshalb gekauft hatte, weil er sie wegen Elvis aufheitern wollte.

»Das ist eine großartige Idee«, antwortete sie. »Der Kaffee müsste auch gleich fertig sein.« Sie deutete auf die orange Kaffeemaschine hinter dem Tresen, die just in diesem Moment zu knattern begonnen hatte.

Karls Anwesenheit sorgte dafür, dass es Gerda ein Stück weit besser ging, und sie schaltete nun auch das Radio ein. Die Tatsache, dass gerade *Last Christmas* lief, hob ihre Stimmung zusätzlich zur Anwesenheit von Karl, und sie begann, die Melodie zu summen, während sie zwei mit Schneemännern verzierte Teller aus einem Schrank holte und die Zimtschnecken darauf platzierte.

»Wie steht es denn um unseren Patienten?«, fragte Karl

und deutet auf Elvis. »Weißt du schon, wann Uwe nach ihm sehen wird?«

»Leider noch nicht«, antwortete Gerda. »Aber er wird bestimmt bald hier sein. Er weiß, wie sehr mir Elvis am Herzen liegt.«

Die Kaffeemaschine hatte nun mit dem Dampfen und Schnaufen aufgehört. Gerda füllte den Kaffee in die Weihnachtstassen und reichte Karl seine. Sie setzten sich an seinen Stammplatz, und Gerda biss in ihre Zimtschnecke. Ihr Gesichtsausdruck wurde selig. »Was für eine herrliche Köstlichkeit«, sagte sie.

Karl wollte eine Antwort geben, doch er kam nicht mehr dazu, denn plötzlich saßen die beiden im Dunkeln.

»Diese vermaledeiten Stromleitungen mal wieder«, schimpfte Gerda sogleich los. »Nur wegen der paar Lichterketten müssen sie doch nicht jedes Mal so empfindlich sein. Das haben wir bestimmt gleich wieder. Ich geh nur rasch in den Keller zum Sicherungskasten. Ich dumme Gans hätte heute früh die Spülmaschine nicht einschalten sollen.«

Gerda fischte hinter ihrem Tresen eine Taschenlampe hervor und taperte ins Treppenhaus, wo sie auf Thorsten traf.

»Also, Gerda, in allen Ehren …« setzte der Informatikstudent an, doch Gerda schnitt ihm das Wort ab.

»Ich weiß, ich weiß«, beschwichtigte sie. »Die Stromleitungen. Das haben wir gleich wieder. Ich bin ja schon auf dem Weg zum Sicherungskasten.«

Sie öffnete die in den Keller führende Holztür, die arg in den Angeln quietschte, und verfolgt von Thorsten ging es im Licht der Taschenlampe die Treppe nach unten. Im Keller roch es muffig, allerlei Krempel lag in Kisten und Kartons auf dem Fußboden, und in den Regalen befand sich noch Eingemachtes, mit Aufklebern darauf, die Jahreszahlen aus dem alten Jahrtausend zeigten. Wer jetzt noch eingelegte Pfirsiche aus dem Jahr 1992 essen sollte, würde vermutlich für immer Gerdas Geheimnis bleiben.

Gerda öffnete den Sicherungskasten und legte den Schalter um. Im nächsten Moment wurde es hell im Keller. Es war ihr zur Gewohnheit geworden, stets, bevor sie die Treppe nach unten lief, den Lichtschalter zu betätigen.

»Siehst du«, sagte Gerda zu Thorsten, der hinter ihr stand. »Alles wieder fein. So ist das eben in alten Häusern. Da kann man nix machen.«

»Wir wissen beide, dass man da sehr wohl etwas machen kann«, meinte Thorsten. »Die Leitungen müssen erneuert werden. Von wann sind die? 1920?«

»Oh, das Haus ist jünger«, antwortete Gerda, der sein vorwurfsvoller Tonfall so gar nicht gefiel. Wie redete der Junge denn plötzlich mit ihr? Es war doch nur ein kleiner Stromausfall und kein Weltuntergang gewesen. »Es wurde 1935 erbaut.«

»Und seitdem sind die Leitungen so geblieben, oder?«

Gerda zuckte mit den Schultern. Wie das mit den Stromleitungen war und ob sie jemals modernisiert worden waren, konnte sie nicht sagen. In ihrer Wohnung gab es irgendwo allgemeine Unterlagen zum Haus, aber die hatte sie noch nie hervorgeholt. Bisher war das noch nie notwendig gewesen.

»Also wenn das nicht besser wird, dann werde ich mir

eine andere Bleibe suchen müssen«, sprach Thorsten eine Befürchtung aus, die Gerda schon länger hegte. »Wenn ich Pech habe, ist meine Programmierarbeit der letzten drei Stunden jetzt komplett weg. Ich habe dir erst neulich gesagt, dass ich mich auf die Energie im Haus verlassen können muss.«

»Ja, ich weiß«, entgegnete Gerda und zog den Kopf ein. »Aber ändern kann ich an der Situation nichts. Ich hab kein Geld für neue Leitungen.«

»Weniger Lichterketten?«

Sie warf ihm einen bitterbösen Blick zu, der alles sagte.

»Dann also nicht«, entgegnete er. »Ich werde mich also nach etwas Neuem umsehen müssen, was ich echt schade finde, denn ich mag die Bude ganz gern. Aber so kann ich nicht arbeiten.«

Er ließ Gerda stehen und lief, zwei Stufen auf einmal nehmend, die Kellertreppe hinauf.

Gerda stellte fest, dass sie seine Ankündigung seltsamerweise nicht sonderlich traf. Sie hatte bereits damit gerechnet, dass er aufgrund der Stromproblematik nicht mehr lange bei ihr wohnen bleiben würde. Einen Nachmieter zu finden würde nicht lange dauern. Vanessa war bestimmt so nett und schaltete ihr wieder eine Anzeige im Internet. Der nächste Mieter sollte weniger technikaffin und vielleicht etwas seltener zu Hause sein. Dann würden auch die Stromausfälle weniger auffallen. Gerda bedauerte trotzdem, dass Thorsten ging. Sie hatte den jungen Mann gemocht. Er war so herrlich umgänglich und ruhig gewesen. Es würde schwer werden, einen ähnlich soliden Nachmieter zu finden. Sie seufzte und ging zurück in den Waschsalon.

Dort angekommen, staunte sie nicht schlecht über das Bild, das sich ihr bot. Karl, Vanessa und Mustafa Yilmaz – was Letzterer zu dieser frühen Stunde bei ihr wollte, erschloss sich Gerda nicht – standen vor Elvis. Dessen Waschtrommel sich munter drehte! Verwundert starrte Gerda die Waschmaschine an.

»Guck mal, Gerda: Elvis lebt!«, begrüßte Karl sie mit strahlenden Augen. »Es scheint wie ein Wunder. Du hast die Sicherung wieder angemacht, und Elvis hat seinen Dienst aufgenommen, als wäre nie etwas gewesen. Ist das nicht großartig? Elvis lebt!«

12. Kapitel

14. Dezember 2008

Karl saß in der U-Bahn, und seine Hände zitterten vor Aufregung. Er hatte mit vielen Dingen gerechnet, aber nicht damit, dass sich Manfred Krüger so rasch mit einem Erfolg bei ihm melden würde. Angeblich hatte er großartige Neuigkeiten für ihn und musste ihn unbedingt treffen. Am Telefon wollte der Mann jedoch nicht mit seinen Ermittlungsergebnissen herausrücken. Er meinte, so etwas lasse sich am besten in entspannter Atmosphäre während eines Mittagessens besprechen. So hatten sie vereinbart, sich um ein Uhr in einem der Lokale auf der Frankfurter Fressgass zu treffen. Karl war daraufhin den ganzen Morgen nervös durch seine Wohnung gelaufen. Zu Gerda zu gehen hatte er nicht fertiggebracht, denn am Ende hätte sie bemerkt, dass mit ihm etwas nicht stimmte. Sie kannten einander zu gut. So hatte er die Zeit damit zugebracht, sich mit zu viel Kaffee Mut anzutrinken, hatte ausgiebig geduscht, sich rasiert und fünfmal seine Garderobe gewechselt. Dieses Mal wollte er auf Manfred Krüger einen besseren Eindruck machen. Am Ende hatte er sich für ein hellblaues Hemd und eine schwarze Jeans entschieden. Das war nicht zu schick, aber auch nicht zu leger. Sein volles Haar hatte er mit etwas Pomade gebändigt, die er tatsächlich noch im Spiegelschrank gefunden hatte. Vorsichtshalber hatte er daran gerochen, denn das angebrochene Döschen stand da bereits etwas länger. Nicht dass das Zeug ranzig geworden war.

Er erreichte die Haltestelle Hauptwache und verließ die U-Bahn. Er würde überpünktlich eintreffen, doch er hatte, während die Rolltreppe ihn gemächlich nach oben beförderte, das Gefühl, es ginge nicht voran. Früher war er, wenn er es eilig gehabt hatte, die Stufen stets hinaufgelaufen. Doch das war ihm inzwischen zu anstrengend. Vielleicht sollte er doch zu diesem Seniorenturnen gehen, von dem neulich ein Bekannter gesprochen hatte. Dann wäre er bestimmt nicht immer so rasch außer Puste. Alt sein bedeutete ja nicht gleich, dass man gebrechlich sein musste. Er würde es sich überlegen. Vielleicht im Januar. Nicht wenige Leute begannen das neue Jahr mit guten Vorsätzen. Und einmal hatte es auch bei ihm geklappt. Vor zehn Jahren hatte er in der Neujahrsnacht beschlossen, nicht mehr zu rauchen, hatte seine Kippen fortgeworfen und seither keine mehr angefasst, obwohl es ihm manches Mal schon schwergefallen war, abstinent zu bleiben, das musste er zugeben.

Er erreichte die sogenannte B-Ebene. Auf der Einkaufsebene, die vor langer Zeit eröffnet worden war und ihre besten Jahre bereits hinter sich hatte, herrschte das übliche Getümmel. Hier gab es einige Geschäfte, einen Blumenladen, eine Apotheke, Bäckereien und eine Änderungsschneiderei, bei der er sich vor Jahren mal eine Hose hatte kürzen lassen. Im Freien empfingen ihn ein unangenehmer

Nieselregen und der vertraute Straßenlärm der Mainmetropole, die aufgrund ihrer immer zahlreicher gewordenen Hochhäuser auch Mainhatten genannt wurde.

Hier stand aber auch noch die alte Hauptwache, in der früher die Pferde der Polizei ihre Stallungen hatten, heute ein Restaurant untergebracht war und die aufgrund des U-Bahn-Baus in den Sechzigerjahren ein ganzes Stück hatte versetzt werden müssen. Karl konnte sich noch gut an diese Zeiten erinnern. Als die gesamte Stadt einer Großbaustelle geglichen und er gerade seine Anstellung beim Finanzamt angetreten hatte.

Die Frankfurter Fressgass, die zwischen Hauptwache und der Alten Oper lag und bereits seit einigen Jahren vom Straßenverkehr befreit war, hatte ihren Namen aufgrund der vielen Restaurants erhalten, kein Frankfurter würde jemals auf die Idee kommen, diese Straße bei ihrem richtigen Namen zu nennen.

Sie trafen sich in einem italienischen Restaurant. Als Karl es betrat, war Manfred Krüger zu seiner Verwunderung bereits anwesend und winkte ihm von einem Fenstertisch aus zu. Das Lokal war modern, aber trotzdem gemütlich eingerichtet. Die Tische waren allesamt quadratisch und aus dunklem Holz gefertigt. Kleine Lampen mit Glasschirmen sorgten für ein angenehmes Licht. Auf den Tischen befand sich keine Weihnachtsdekoration. In der Nähe des Tresens, auf dem ein lustiger Schneemann saß, stand jedoch ein Weihnachtsbaum, der in den italienischen Nationalfarben geschmückt war.

»Guten Tag, Herr Reiter«, begrüßte der Detektiv ihn und reichte ihm die Hand. »Sie sind überpünktlich, wie schön. Mein vorheriger Termin war etwas kürzer, weshalb ich schon seit einer Weile hier bin.«

Das erklärte die auf dem Tisch stehende leere Milchkaffeetasse.

Karl legte seinen Mantel, Schal und Mütze ab und hängte sie an einen hölzernen Garderobenständer. Bei der herbeieilenden Bedienung bestellte er einen sauer gespritzten Apfelwein, und Krüger orderte ein alkoholfreies Weizenbier. Nachdem sich Karl gesetzt hatte, empfahl Krüger ihm die auf der Mittagskarte stehenden Tagliatelle in Knoblauchsoße.

»Ich kenne keinen anderen Laden in ganz Frankfurt, der dieses Gericht so gut hinbekommt«, meinte er. »Da ich nachher nur noch Büroarbeiten erledigen muss und keinen Kundenverkehr mehr habe, werde ich mir eine Portion gönnen.« Er zwinkerte Karl zu.

Karl erwiderte nichts. Er mochte keinen Knoblauch, von dem Zeug, ob roh oder gekocht, bekam er Blähungen. Außerdem war sein Magen vor Aufregung wie zugeschnürt. Andererseits wäre es wohl unhöflich, kein Essen zu bestellen. Auf der Mittagskarte stand auch eine Tomatensuppe mit Croûtons und Sahnehäubchen. Die würde er nehmen.

Nachdem die Getränke gebracht und das Essen geordert waren, hatte Karl genug von höflichem Small Talk und fragte direkt: »Was haben Sie herausgefunden?«

»Ehrlich gesagt, hatte ich nicht damit gerechnet, den Mann so schnell ausfindig machen zu können«, erwiderte Köhler. »Jason Millers gibt es in Amerika ja nicht wenige. Dass er Student in einem bestimmten Jahr in Frankfurt gewesen ist, hat sich als hilfreich erwiesen. Ich habe gute

Kontakte zu einer älteren Verwaltungskraft der Universität, die für mich in den Akten nachgeschlagen hat. Die Gute ist ein wahres Goldstück, das muss ich schon sagen. Ohne sie wäre ich niemals so rasch vorangekommen. Sie wissen ja gar nicht, wie sehr das Wort Datenschutz uns Detektiven tagtäglich bei unserer Arbeit in die Suppe spuckt.«

»Das kann ich mir vorstellen«, warf Karl ungeduldig ein und tippte unter dem Tisch ungeduldig mit dem Fuß auf. Der Mann sollte endlich auf den Punkt kommen.

Als hätte die Bedienung gehört, dass das Wort Suppe gefallen war, brachte sie just in diesem Moment das Essen, was dafür sorgte, dass sich das Gespräch weiter in die Länge zog.

»Sieht das nicht prächtig aus«, sagte Köhler begeistert und betrachtete mit strahlenden Augen seinen Nudelteller, der, das musste Karl anerkennen, großzügig gefüllt war. »Sie verpassen etwas, mein Freund. Das kann ich Ihnen sagen.« Köhler faltete seine Serviette auseinander und legte sie auf seinen Schoß, dann begann er, die erste Gabel aufzurollen. Karl probierte die Tomatensuppe und verbrannte sich prompt die Zunge. Er kühlte mit einem kräftigen Schluck Äppler und registrierte verwundert, mit welcher Geschwindigkeit Köhler seinen Teller leerte. Der Mann hatte einen guten Appetit.

»Sie haben also in der Universität erfolgreich nachgeforscht«, lenkte er das Gespräch wieder auf das Geschäftliche zurück.

»Ja, das habe ich. Zu unserem Glück hat im Jahr dreiundsechzig nur ein Jason Miller in Frankfurt studiert. Er hat das Studium im Jahr vierundsechzig jedoch nicht weitergeführt, hatte dies aber wohl geplant. Aus den Kontaktdaten war seine Adresse in Amerika ersichtlich, ich habe dort weiter nachgeforscht und konnte ihn über diesen Weg tatsächlich ausfindig machen. Man stelle sich das vor: Der Mann wohnt noch immer unter derselben Adresse in einem Vorort von New York. Das kommt einem Wunder gleich. Ich habe dort angerufen, um die Daten zu überprüfen. Mit Herrn Miller direkt konnte ich nicht sprechen, aber mit seiner Hausangestellten, einer Mrs. Daton. Sie teilte mir mit, dass er sich auf einem Wirtschaftskongress in London befindet und plant, zum Fest wieder zu Hause zu sein. Stellen Sie sich das vor: Was für ein Glück. Der Mann ist in Europa.«

Karl benötigte einen Moment, um die Informationen zu verarbeiten. Ihm fehlten die Worte. Dieser Detektiv war sein Geld wirklich wert. Das musste er ihm lassen. Es gab nur ein winziges Problem: London mochte in Europa liegen, doch für Karl lag diese Stadt gefühlt auf einem anderen Kontinent. Köhler setzte seine Rede fort: »Ich habe mir überlegt, dass Sie vielleicht dorthin fahren könnten, um ihn persönlich zu treffen. Ich meine, London ist doch nur einen Katzensprung entfernt. Wenn Sie möchten, begleite ich Sie gern. Waren Sie schon mal in der englischen Hauptstadt? Wie steht es um Ihre Englischkenntnisse? Entschuldigen Sie meine letzte, etwas indiskrete Frage. Aber aus Erfahrung weiß ich, dass Menschen Ihres Alters nicht unbedingt viele Berührungspunkte mit dem Englischen haben. Als Finanzbeamter waren diese Sprachkenntnisse ja auch nicht von Nöten.«

Karl fühlte sich überfordert. London, eine Reise dorthin.

Du liebe Güte. Er war noch nie weiter als bis in den Taunus gekommen. Reisen waren für ihn im Leben nie wichtig gewesen. Hier in der Stadt gab es alles, was er brauchte.

»Ich weiß nicht recht«, antwortete er zögerlich. »Englisch kann ich eigentlich schon. Ich hab ja Abitur gemacht. Aber es ist etwas eingerostet.«

»Also wenn Sie diese Angelegenheit zu einem guten Ende bringen wollen, dann sollten Sie die kurze Reise nach London ins Auge fassen. Wenn Sie möchten, dann kümmere ich mich um alles. Flüge, eine Unterbringung. Was meinen Sie?«

»Hm«, antwortete Karl. »Und was wäre, wenn wir diesen Jason erst einmal anrufen? Ich könnte ihm ja auch am Telefon sagen, dass Gerda ihn vermisst.«

»Das könnte schwierig werden«, entgegnete Köhler. »Der Mann scheint ständig auf diesem Kongress zu sein, ich habe mit den Leuten dort telefoniert, er ist nur schwer greifbar. Man hat mich gebeten, persönlich vorbeizukommen, damit wir ihn vor Ort abpassen können. Nun geben Sie sich einen Ruck. Es ist eine einmalige Gelegenheit. Wenn Sie Glück haben, reagiert er so, wie Sie es sich insgeheim wünschen, und er kommt mit Ihnen nach Frankfurt, und es gibt ein Wiedersehen zwischen ihm und Gerda, und das auch noch zu Weihnachten. Das wäre doch wundervoll. Wenn er erst einmal zurück in den Staaten ist, könnte es schwer werden, ihn zu einem erneuten Flug nach Europa zu bewegen.«

An dieser Aussage war was dran, dachte Karl. Der Vorschlag des Detektivs, dass er mitkommen würde, sagte ihm zu. Der Mann kannte seine Klientel gut. Zu zweit gestaltete sich diese Reise gewiss einfacher. Er hatte Erspartes auf dem Konto. Das könnte dafür reichen. Er könnte sich, um seine Sprachkenntnisse aufzufrischen, einen kleinen Sprachkurs gönnen.

»Was würde denn so eine Reise nach London kosten?«, fragte Karl.

Der Detektiv begann, die Flug- und Übernachtungspreise zu überschlagen. Zwei Nächte sollten es schon sein, damit sie genug Zeit hätten. Er nannte eine geschätzte Summe, und Karl schluckte. Das würde ein nicht unerhebliches Loch in sein Portemonnaie reißen, aber andererseits ging es um Gerda. Um die Frau, die er liebte und die er glücklich machen wollte. Die Vorstellung, dass sie diesen Jason pünktlich zu Heiligabend in die Arme schließen würde, rührte ihn.

»Also gut. Dann machen wir das«, sagte er dem Detektiv zu. »Wir fliegen nach London und suchen Jason Miller.«

13. Kapitel

15. Dezember 2008

Also hat unsere Vanessa tatsächlich einen Braten in der Röhre«, sagte Jutta, die, wie gewohnt, neben Heidi Brühl Platz genommen hatte, auf der Gerda einen drollig dreinblickenden Porzellanschneemann platziert hatte, den sie vor vielen Jahren mal von einer Stammkundin geschenkt bekommen hatte, die inzwischen bedauerlicherweise verstorben war. »Was für eine Freude. Dann kann sie von mir gleich einen Teil der Erstausstattung für das Würmchen bekommen. Ich hab schon drei Jäckchen, vier Strampler, zwei Paar Schühchen, eine Mütze und eine Babydecke fertig.«

»Ich dachte, das wäre alles für dein erstes Enkelkind«, hakte Birgit nach, die sich an ein kompliziertes Strickmuster aus einem Fachbuch herangewagt hatte, das neue Werk sollte, wenn es denn irgendwann einmal fertig war, eine Strickjacke werden.

»Das dachte ich auch«, antwortete Jutta mit finsterer Miene. »Aber mein Sohn hat mir neulich kundgetan, dass sie meine Sachen nicht benötigen. Sie hätten die gesamte Erstausstattung von seiner Schwägerin erhalten, und dann haben die neulich eine von diesen neuerdings modernen

Babypartys veranstaltet, und da hat es wohl noch einmal Babykleidung und auch Gutscheine gegeben.« Sie seufzte. »Meine Sachen sind dieser Ziege halt nicht gut genug. Wenn es dumm läuft, sehe ich mein erstes Enkelkind gar nicht so richtig.« Sie sah aus, als würde sie gleich in Tränen ausbrechen.

»Ach, Jutta. Nimm es nicht so schwer«, tröstete Angelika. »Das wird alles schon irgendwie werden. Dein Benjamin wird bestimmt dafür sorgen, dass du das Kindchen sehen kannst. Er ist doch ein anständiger junger Mann.«

»Der komplett unter ihrer Fuchtel steht«, entgegnete Jutta in einem missmutigen Tonfall.

»Babyparty«, meinte Marion und rollte die Augen. »Wenn ich das schon höre. Das ist auch so ein Firlefanz, den sie aus Amerika übernommen haben. Das ist doch der reinste Unsinn. Da wird das Kindchen gefeiert, bevor es überhaupt gesund auf der Welt ist. Meiner Meinung nach kann das nur Unglück bringen.« Sie schüttelte den Kopf und nahm sich ein Plätzchen.

»Weiß man denn inzwischen schon, was es wird?«, fragte Inge, die mal wieder einen Norwegerpullover strickte und mit einer Engelsgeduld gerade eben Birgit gezeigt hatte, wie sie eine gewisse Reihe stricken musste.

»Sie wollen es sich nicht sagen lassen«, antwortete Jutta. »Aber ich vermute, dass es ein Mädchen wird. Sie kämpft wohl noch immer mit heftiger Übelkeit, und bei einem Jungen geht es den meisten Frauen blendend.«

»Ach, sag das nicht«, entgegnete Angelika. »Meine Kollegin Maria hat vor drei Monaten entbunden, einen Prachtburschen, der bis zuletzt dafür gesorgt hat, dass sie viermal am Tag über der Schüssel hing. Jede Schwangerschaft ist anders.« Sie winkte ab.

»Wie sieht es denn da bei Vanessa aus?«, fragte Marion, die voller Stolz gerade ihren ersten selbst gestrickten Strumpf vollendete. »Ist ihr schlecht? Wie weit ist sie eigentlich?« Sie sah Gerda an, die sich dazu entschlossen hatte, Karl eine neue Mütze in dunkelgrün zu stricken, seiner Lieblingsfarbe. Wenn sie sich beeilte, bekam sie sie bis zur Bescherung noch fertig.

»Von Übelkeit habe ich jetzt noch nix bemerkt«, meinte sie und schob ihre Lesebrille ein Stück auf der Nase nach oben. »Sie ist schon in der achten Woche.«

»Ganz schön weit für jemanden, der es eben erst erfahren hat«, kommentierte Angelika. »Sie hat anscheinend eine ganze Weile mit dem Prinzip Hoffnung gelebt.«

»Wie steht es denn mit dem Vater?«, erkundigte sich Jutta. »Hat sie mit dem denn jetzt schon geredet? Es soll ja dieser Timo aus dem Fitnessladen im Hinterhof hinter dem Eintracht-Shop sein. Ist der nicht ein rechter Weiberheld? So wird jedenfalls im Friseurladen gemunkelt.«

Im nächsten Moment öffnete sich die Tür, und Vanessa trat ein. Sie trug, wie immer, wenn sie nur kurz auf einen Schwatz vorbeischaute, keinen Mantel. Gerda kam sie noch dünner vor als sonst. Sie trug eine extrem enge Jeans und dazu einen tailliert geschnittenen dunklen Rolli, der sie blass erscheinen ließ. Ihr Haar hatte sie zusammengebunden, und mit dem Make-up hatte sie es, wie gewohnt, etwas übertrieben. Ein wenig Natürlichkeit hätte ihr vermutlich gut zu Gesicht gestanden, doch Gerda hielt sich damit zurück, ihre Meinung zu Äußerlichkeiten kundzutun, damit war sie bisher stets gut gefahren. Die Schminke schaffte es heute nicht ganz, die dunklen Schatten unter Vanessas Augen zu verstecken.

»Guten Tag, Vanessa, Liebes«, grüßte Gerda, legte ihre Strickarbeit zur Seite, erhob sich und drückte das Mädchen an sich. »Wie geht es dir? Möchtest du einen Tee, Plätzchen? Jutta hat ihre sagenhaften Rahmschnitten mitgebracht. Sie sind mal wieder ein Gedicht.«

»Ein Tee wäre wunderbar«, antwortete Vanessa und grüßte in die Runde.

Gerda schenkte ihr rasch von dem Bratapfeltee ein, den sie extra für die Strickrunde gekocht hatte, und reichte Vanessa den Becher. Vanessa nippte daran, es herrschte betretenes Schweigen. Niemand schien so recht zu wissen, wie mit der jetzigen Situation umgegangen werden sollte. Immerhin war es nicht still im Raum. Band Aid sang gerade mal wieder *Do they now it's Christmas*.

Jutta war diejenige, die sich als Erste zu Wort meldete: »Ich hab gute Neuigkeiten für dich. Die von mir gestrickte Babyausstattung kannst du gern haben. Es sind auch alles neutrale Farben, also ist das mit dem Geschlecht nicht so wichtig. Solltest du aber erfahren, was es ist, könnte ich noch bisschen was Rosafarbenes oder Blaues anfertigen.«

»Ich kann dem Baby gern Fäustlinge und Mützchen stricken oder einen kleinen Norwegerpullover«, bot sich Inge an. »Die finde ich bei den Kleinen immer besonders entzückend. Wann soll es denn zur Welt kommen, dann passe ich die Größe an.«

»Im Sommer«, antwortete Vanessa.

»Verstehe. Dann stricke ich den Pullover gleich ein bisschen größer. Babys soll man zwar warm halten, aber ein Norwegerpullover scheint mir im Juli oder August dann doch nicht ganz das Richtige zu sein.« Sie nickte Vanessa aufmunternd zu.

»Wie steht es denn mit dem Vater?«, stellte Marion etwas indiskret die pikante Frage, die inzwischen anscheinend den gesamten Oeder Weg beschäftigte.

»Er weiß noch immer nichts von seinem Glück«, antwortete Vanessa. »Und ich weiß ehrlich gesagt nicht so recht, wie ich es ihm beibringen soll.« Ihre Schultern sanken ein Stück nach unten, und ihr Gesichtsausdruck zeigte Hilflosigkeit.

»Also wenn du mich fragst, ahnt der schon etwas«, meinte Angelika. »Die Welt ist doch klein. Es ist verwunderlich, dass er noch nicht bei dir aufgetaucht ist.«

»Ja, das wundert mich auch«, antwortete Vanessa. »Ach, es ist alles so verfahren. Ich hätte vorsichtiger mit dem Thema umgehen sollen. Ich meine nicht dich, Gerda. Du bist keine Tratsche. Meine Kollegin Cindy hat bedauerlicherweise mein Telefonat mit der Arztpraxis mit angehört, und sie ist die Indiskretion in Person.«

»Deswegen lass ich mir von der auch nie die Haare machen«, meinte Inge. »Die stellt mir immer zu viele private Fragen und will mir auch immer eine Färbung aufschwatzen. Dabei bin ich mit meinem Grau doch ganz glücklich.«

Gerda wusste nicht, warum sie plötzlich so empfand, aber es befiel sie das seltsame Gefühl, dass Vanessa ihr etwas sagen wollte, was die anderen nicht unbedingt mit anhören sollten. Sie überlegte, wie sie Vanessa von der Runde wegbekommen sollte, als im nächsten Moment mal wieder das Licht ausging. Auch Chris Rea hatte seine Heimfahrt zum Weihnachtsfest abrupt mitten im Wort beendet.

»Schon wieder ist die Sicherung rausgesprungen«, kommentierte Gerda den Stromausfall. »Das passiert zurzeit ständig. Ich geh rasch zum Sicherungskasten.« Sie erhob sich, überlegte kurz und wandte sich an Vanessa. Es war eine kleine Notlüge, die ihr da über die Lippen kam. Aber was war schon dabei.

»Wenn du magst, kannst du mich begleiten, Vanessa. Ich hätte da noch etwas im Keller, das dir gefallen könnte.«

Vanessa folgte ihr ohne Widerworte. Sie schien erkannt zu haben, dass der Keller eine Ausrede war.

Bereits im Hausflur kam sie zum Punkt.

»Du musst mir helfen, Gerda«, sagte sie. »Ich will es heute Abend Timo sagen, aber ich schaffe das nicht allein. Du musst mich begleiten. Bitte!« Sie sah Gerda flehend an.

Gerda war aufrichtig überrascht. Sie hatte mit vielem gerechnet, aber nicht damit, dass sie bei dieser doch recht privaten Angelegenheit zwischen zwei Menschen dabei sein sollte.

»Ich helfe ja gern«, antwortete sie. »Aber findest du nicht, dass ihr das besser unter euch ausmachen solltet? So eine alte Frau wie ich ist da doch eher fehl am Platz. Was soll er denn von dir denken?«

»Du musst ja nicht bei dem Gespräch direkt dabei sein«, erwiderte Vanessa. »Du könntest dich etwas im Hintergrund halten. Mir wäre es wichtig, jemanden in der Nähe zu haben, dem ich vertrauen kann und der mir zur Not zu Hilfe kommt.«

»Ach, Kindchen. Das ist lieb von dir, dass du dafür ausgerechnet mich ausgewählt hast.« In Gerdas Augen traten Tränen der Rührung. »Aber so jemanden wie mich wirst du dafür gar nicht brauchen. Dessen bin ich mir sicher.«

Im nächsten Moment wurde die Haustür aufgesperrt, und Thorsten trat ein, gefolgt von Timo. Verdutzt sahen die beiden Gerda und Vanessa an.

»Timo, was tust du denn hier?«, war es Vanessa, die als Erste die Sprache wiederfand.

»Hallo, Vanessa«, Frau Glück«, grüßte Timo und beantwortete sogleich Vanessas Frage: »Ich sehe mir die Wohnung von Thorsten an. Er will ausziehen, und ich brauche dringend eine neue Bleibe. Ich habe dir doch davon erzählt, dass der olle Klarmann Eigenbedarf angemeldet hat. Zum ersten Januar muss ich draußen sein.«

»Stimmt ja«, antwortete Vanessa und senkte den Blick. Liebe Güte, dachte Gerda. Sie wechselte einen kurzen Blick mit Thorsten, der ein Schulterzucken andeutete. Selbst ihm waren die Gerüchte rund um Vanessas Schwangerschaft nicht verborgen geblieben.

Einen Moment lang herrschte betretenes Schweigen. Niemand schien so recht zu wissen, was er sagen sollte. Es war Timo, der es irgendwann brach. Er hob den Blick und sah Vanessa nun direkt an.

»Was ich dich längst fragen wollte. Stimmen die Gerüchte, dass du schwanger bist?«

Der Junge war direkt, dachte Gerda, das musste man ihm lassen.

Vanessa nickte und antwortete: »Ja, sie stimmen. Und du bist der Vater.«

Nun war es raus, und Vanessas Blick, Gerda konnte in ihren Augen Tränen funkeln sehen, war auf Timo gerichtet. Gerda kam sich schlagartig überflüssig vor. Sie hatte bei diesem privaten Gespräch nun wirklich nicht dabei sein wollen. Selbst die Sache mit dem Hintergrund war ihr albern vorgekommen. Auch Thorsten schien mit der Situation überfordert. Er sah so aus, als wollte er möglichst rasch fort. Wie würde Timo jetzt reagieren? Doch dann geschah das, was Gerda sich insgeheim erhofft hatte. Timos Augen begannen zu leuchten, und er nahm Vanessas Hand.

»Es stimmt also, und ich werde Vater.«

»Ja, das wirst du«, antwortete Vanessa und nun heulte sie endgültig los.

»Wir werden eine Familie sein.«

»Werden wir das?«, fragte Vanessa vorsichtig.

»Aber natürlich«, antwortete Timo und legte die Arme um sie. »Ich liebe dich.« Er küsste sie, und nun wurden auch Gerdas Augen abermals feucht. Hach, was war das herrlich romantisch! Wie sehr sie Happy Ends doch liebte.

Happy Ends, kam es ihr plötzlich in den Sinn. Die hatte Jason auch geliebt.

Frankfurt, Dezember 1963

Gerda faltete mit klopfendem Herzen den Zettel auseinander, den ihr ein kleiner Junge eben gebracht hatte. Es war eine Nachricht von Jason, die ihr Herz höherschlagen ließ. Er fragte sie, ob sie heute Abend mit ihm ins Kino gehen wollte. Der Film sollte eine Überraschung sein. Wie sehr sich Gerda freute! Sie blickte auf ihre Armbanduhr. Es galt, nur noch eine halbe Stunde im Salon auszuhalten, dann konnte sie sich hübsch machen gehen. Der Abend war von Jason passend gewählt, denn ihre Mama hatte dienstags immer ihren Kartenspieltreff bei Inge Steiger, und da die Damen während des Spiels gern zu tief ins Glas guckten und es immer eine Menge zu erzählen gab, kam Roswitha Glück meist erst in den frühen Morgenstunden nach Hause.

Gerda hatte das Gefühl, vor lauter Glück zu zerspringen, und schob den Zettel in ihre Rocktasche. Im Laden war nur eine einzige Kundin anwesend. Es war die alte Gertie Mahler, die ein Stück die Straße runter im ersten Stock wohnte und seit der Eröffnung des Waschsalons zu ihren Stammkunden zählte. Die alte Dame hatte im vergangenen Jahr ihren fünfundsiebzigsten Geburtstag gefeiert, war aber noch immer recht rüstig. Sie hatte vier Ehemänner überlebt und sieben Kinder großgezogen, von denen heute bedauerlicherweise nur noch ihre drei Töchter am Leben waren. Doch obwohl ihr das Leben nicht immer wohlgesinnt war, hatte sie eine gewisse Form der Lebensfreude nie verloren.

»Das war eine Nachricht von deinem Liebsten, nicht wahr, Kindchen?«, erkannte sie sogleich, weshalb Gerda so strahlte. »Ich hab euch neulich zusammen gesehen, im Park. Es ist dieser nette amerikanische Student, der bei Annette Klaummann wohnt. Der grüßt mich immer so freundlich. Musst dir aber keine Gedanken machen. Ich verrate euer kleines Geheimnis nicht. Die Liebe ist doch etwas Schönes. Halt sie fest, solange du kannst.« Sie zwinkerte Gerda schelmisch grinsend zu.

Gerda kam sich ertappt vor. Wie dumm sie gewesen war. Sie hätte wissen sollen, dass sie noch vorsichtiger sein mussten.

Nicht auszudenken, was geschehen würde, wenn ihre Mutter von ihrer Beziehung zu Jason erfuhr. Das wollte sich Gerda besser nicht ausmalen.

»Haben Sie vielen Dank«, antwortete Gerda. »Ich weiß noch gar nicht, ob ich tatsächlich in ihn verliebt bin. Ich weiß überhaupt nicht, wie sich dieses Gefühl anfühlt.«

»Doch, das weißt du, Kindchen«, antwortete Gertie und lächelte milde.

Im nächsten Moment piepte Bill Ramsey und vermeldete damit, dass Gertie Mahlers Sechzig-Grad-Wäsche fertig war. Es war ein bekanntes Geräusch, doch in diesem Augenblick war Gerda erschrocken zusammengezuckt.

»Ich räum Ihre Wäsche für Sie raus«, sagte sie sogleich in der Hoffnung, damit das Gespräch zu beenden. Nachdem die Handtücher und Bettlaken in den Wäschekorb gewandert waren und Gertie Mahler bezahlt und ihr einen schönen Abend gewünscht hatte, blickte Gerda noch einen Moment lang auf die verschneite Straße. Gertie Mahler hatte wohl recht. Dieses Gefühl in ihrem Inneren war also die Liebe. Sie schwirrte einem durch den Körper, ließ alles kribbeln und wirbelte einem die Gedanken durcheinander. Voller Sehnsucht wollte Gerda nur noch in seiner Nähe sein. Sie seufzte selig, und ihre Hand umfing noch einmal den Zettel in ihrer Rocktasche.

Es war die ruppig klingende Stimme ihrer Mutter, die Gerda aus ihren Gedanken riss.

»Was stehst du hier herum und guckst auf die Gass«, ermahnte sie ihre Tochter. »Sieh zu, dass du abschließt, für heute ist Feierabend. Und vergiss den Abwasch nicht. Ich bin dann bei Inge.«

Gerda schloss hinter ihrer Mutter die Tür ab und eilte die Stufen in die Wohnung hinauf. Sie musste sich beeilen, wenn sie pünktlich am Kino eintreffen wollte.

Später am Abend verließ sie gemeinsam mit Jason das in der Nähe der Hauptwache gelegene Europakino. Es herrschte dichtes Schneetreiben, doch Gerda war warm wie lange nicht. Sie hatten gemeinsam den Film Frühstück bei Tiffany *mit Audrey Hepburn angesehen. Gerda konnte noch immer nicht glauben, dass Jason ausgerechnet diesen Film ausgewählt hatte. Es kam ihr fast ein wenig magisch vor. Sie liebte diesen Film abgöttisch und hatte ihn bereits mehrfach im Kino gesehen. Und sie bewunderte Audrey Hepburn, die sie für eine der grazilsten und schönsten Schauspielerinnen hielt, die sie jemals auf der Leinwand gesehen hatte.*

»Der Film ist so wunderbar«, sagte Gerda, während sie Richtung Zeil schlenderten.

»Ja, das ist er«, antwortete Jason. »Ich liebe Happy Ends. Und in diesem Film ist es besonders schön.«

Gerda nickte, und plötzlich befiel sie ein seltsames Gefühl, das das kribbelige Gefühl in ihrem Inneren dämpfte.

Happy Ends, wiederholte sie in Gedanken. Audrey hatte ihres im Film bekommen. Doch würde es bei ihr auch so sein? Gertie Mahler und ihr Gespräch über die Liebe kam ihr in den Sinn. Würde er ihr das Herz brechen? Es war doch alles so kompliziert. Ach, es könnte so perfekt sein, wenn er kein Amerikaner wäre. Er schien ihre veränderte Stimmung zu bemerken und fragte: »Dich betrübt doch etwas. Was ist es?«

Seine Nachfrage irritierte Gerda. Es war erstaunlich, wie

gut er ihre Gefühlslage bereits jetzt an ihrem Gesicht ablesen konnte.

»Es ist die Heimlichkeit, die ich betreiben muss«, sagte sie nach kurzer Überlegung ehrlich. »Neulich im Park hat uns eine Kundin aus dem Waschsalon beobachtet. Sie hat gesagt, sie werde alles für sich behalten, aber der nächste Beobachter wird es vielleicht nicht tun. Mama wird dich niemals akzeptieren, und ich habe Angst, dass es für uns dann kein Happy End geben wird.«

Sie blieb stehen, und in ihren Augen schwammen plötzlich Tränen. Er legte die Arme um sie, hob ihr Kinn an und blickte ihr fest in die Augen.

»Denk nicht so, my Darling. Es wird alles gut werden. Wir bekommen unser Happy End. Mein größtes Glück ist, dich gefunden zu haben. Solange du bei mir bist, ist alles gut.« Seine Lippen näherten sich den ihren und berührten sie. Sie waren warm und weich, seine Umarmung wurde fester, und sie glaubte in ihm zu versinken. Er hatte recht. Solange er bei ihr war, war alles gut. Und der Rest würde sich finden.

14. Kapitel

16. Dezember 2008

Karl plagten Kopfschmerzen, die auch der starke Kaffee von Gerda nicht hatte vertreiben können. Er saß in der U-Bahn neben einem jungen Burschen, der diese kleinen Kopfhörer in den Ohren stecken hatte. Bedauerlicherweise hörte er seine Musik äußerst laut, somit kam auch Karl in den Genuss des Krachs, wie er die Musik der jungen Leute bezeichnete. Manchmal kam es Karl so vor, als ginge es der heutigen Jugend gar nicht mehr um melodisch klingende Musik, sondern nur noch um eine bestimmte Lautstärke. Obwohl, wenn er ehrlich war, hatten seine Eltern die Musik von den Beatles oder den Rolling Stones ebenfalls als Lärmbelästigung angesehen.

Karl hatte sich eine Notlüge für Gerda, seine Tagesplanung betreffend, zurechtgelegt, was ihm so gar nicht gefiel, denn er wollte sie nicht anlügen. Anfangs hatte er sogar darüber nachgedacht, heute gar nicht bei ihr vorbeizugehen. Doch dann hatte er es sich anders überlegt. Sie hätte sich womöglich Sorgen gemacht, wenn er nicht zu seinem üblichen Morgenkaffee aufgetaucht wäre. Das tat sie nämlich immer, wenn es mal vorkam. Zu einem Gespräch über seinen Tagesablauf war es dann jedoch gar nicht gekommen, denn Gerda war wegen der Vorkommnisse rund um Vanessa und Timo vollkommen aus dem Häuschen und redete wie ein Wasserfall. Die beiden würden in die Dachgeschosswohnung einziehen und durften in Eigenleistung die kleine dazugehörige und mit allerlei Krimskrams aus den letzten Jahrzehnten vollgestellte Dachkammer zu einem weiteren Wohnraum ausbauen. Das war endlich ein guter Grund dafür, sich von dem alten Krempel zu trennen, hatte Gerda gemeint. Sie freute sich unbändig darüber, dass im Haus bald eine kleine Familie wohnen würde. Timo hatte ihr zugesichert, einen guten Freund, der Elektriker von Beruf war, wegen der Sicherungen und Stromleitungen vorbeikommen zu lassen. Gerda war so erfreut gewesen, sie hatte gemeint, sie fühle sich wie eine werdende Großmutter. Sogar Hochzeitspläne schmiedete sie bereits für die beiden. Ihrer Meinung nach sollten Vanessa und Timo noch vor der Geburt des Kindes heiraten. Schließlich musste alles seine Ordnung haben. Von einem Leben in wilder Ehe hielt Gerda nichts. In dieser Hinsicht war sie altmodisch.

Karl hatte sich mit ihr gefreut und ihr geduldig zugehört, wie sie munter davon redete, wie hübsch Vanessa als Braut aussehen würde. Zu seinem Glück war sein Aufbruch nicht aufgefallen, denn die Damen aus der Nachbarschaft waren in den Waschsalon nacheinander eingefallen, um von Gerda genauestens über die Vorgänge in Kenntnis gesetzt zu werden.

Karl hatte nach dem Treffen mit dem Detektiv lange darüber nachgedacht, ob es tatsächlich eine gute Idee wäre, nach London zu fliegen, um dort diesen Jason ausfindig zu machen. Doch eine so gute Gelegenheit, den Mann aufzustöbern und ein persönliches Gespräch mit ihm zu führen, würde sich vermutlich in naher Zukunft nicht mehr ergeben. Wenn er Glück hatte, dann gelang es ihm tatsächlich, Jason davon zu überzeugen, mit ihm nach Frankfurt zu kommen. Und dann würde es endlich das von Gerda so lange Zeit erträumte Wiedersehen geben.

Krüger hatte ihn beauftragt, die Tickets für London zu besorgen und ein Hotel zu buchen. Er hatte ihm dazu ein Reisebüro genannt, das diskret sei und mit dem er schon seit vielen Jahren zusammenarbeite. Es sollte in zwei Tagen losgehen, zuvor hätte er noch andere Termine, die keinen Aufschub zuließen. Karl hatte nicht ganz begriffen, weshalb er selbst die Buchung vornehmen sollte. Doch er hatte nicht weiter nachgefragt. Das würde schon alles seine Richtigkeit haben. Doch nun, im Licht der Neonlampen der U-Bahn überkamen ihn plötzlich Zweifel. Was war, wenn sie Jason Miller in London gar nicht finden würden? Oder der Mann kein Interesse daran hatte, mit ihm zu sprechen, geschweige denn, nach Frankfurt zu fliegen, um Gerda wiederzusehen. Jason musste einen guten Grund gehabt haben, weshalb er damals nicht mehr zu Gerda zurückgekommen war. In wenigen Tagen war Weihnachten. Vielleicht hatte Jason Miller in Amerika eine Familie, die sich auf seine Heimkehr freute. Vielleicht war es doch besser, das Unterfangen abzublasen und die Vergangenheit ruhen zu lassen.

Die U-Bahn hielt an einer Station, und die Tür öffnete sich. Er konnte jetzt aussteigen und wieder zurückfahren. Später würde er Köhler anrufen und ihm sagen, dass er es sich anders überlegt habe. Doch da war dieser eine Gedanke in seinem Inneren, der ihn daran hinderte aufzustehen. Der Gedanke, dass es gut ausgehen und er Jason dazu bewegen könnte, mit ihm nach Frankfurt zu kommen, und es würde zu diesem Wiedersehen kommen. Gerda würde endlich richtig glücklich sein.

Die U-Bahn Türen schlossen sich wieder, und die Bahn setzte sich in Bewegung. Kurz darauf hatte Karl die im Stadtteil Bockenheim gelegene Haltestelle erreicht. Er verließ die U-Bahn und war froh darüber, dass es funktionierende Rolltreppen gab, die ihn an die Oberfläche brachten, denn das Treppensteigen fiel ihm aufgrund seiner beginnenden Arthrose in den Knien nicht mehr so leicht. Es empfing ihn kräftiger Regen, und er schob sich murrend seine Kapuze über den Kopf. Er lief los und folgte der Leipziger Straße. Hier irgendwo sollte das Reisebüro liegen. Es war Hausnummer siebenundfünfzig. Er lief an Wohn- und Geschäftshäusern vorbei, aus einem Imbiss wehte der Duft von gebratenen Würstchen zu ihm herüber. Ein Rauhaardackel, den ein altes Mütterchen ausführte, beschnupperte neugierig sein Hosenbein. Dann endlich stand er vor der gesuchten Adresse, unter der sich tatsächlich ein Reisebüro befand.

Erleichtert entfloh Karl dem Regen und trat ein. Es schien ein kleinerer Betrieb zu sein, denn es gab nur einen Schreibtisch, hinter dem ein mittelalter Mann gerade ein Telefonat führte. Den Fußboden füllte ein grauer Linoleumboden aus, es roch nach einer Mischung aus Kaffee und Reinigungsmittel. Hinter dem Mann befanden sich zahlreiche Fächer mit Urlaubskatalogen, und einige

Strandbilder an den Wänden erzählten verheißungsvoll von schönen Tagen in einer Welt, die Karl niemals im Leben kennengelernt hatte. Er wäre schon gern mal ans Meer gefahren, aber irgendwie hatte er es nie geschafft, diese Pläne in die Tat umzusetzen. Für so eine Reise benötigte man einen Partner, und den hatte es in seinem Leben nicht gegeben. Mit Gerda hätte er gern eine Reise ans Meer unternommen. Doch er hatte sich nie getraut, sie zu fragen, ob sie Lust dazu hätte. Erst jetzt fiel ihm ein, dass er gar nicht wusste, ob sie das Meer mochte. Er musste sie bei nächster Gelegenheit danach fragen.

Der Mann winkte Karl näher und bedeutet ihm, Platz zu nehmen. Karl hatte sich gerade auf den mit schwarzem Kunstleder bezogenen Stuhl gesetzt, da hatte sein Gegenüber das Telefonat auch schon beendet.

»Guten Tag«, grüßte er freundlich. »Mein Name ist Sebastian Kohl, und ich bin heute in Vertretung für den Inhaber dieses kleinen, aber feinen Reisebüros tätig, das, wenn es darum geht, in die Ferne zu schweifen, keine Wünsche offenlässt. Und Sie müssen Herr Karl Reiter sein. Mein Freund Manfred Krüger hat mir gestern mitgeteilt, dass Sie vorbeikommen und kurzfristig eine London-Reise zu Recherchezwecken buchen werden.«

Karl nickte. Er schätzte den Reisebüromitarbeiter auf Ende fünfzig. Kohl hatte schütteres blondes Haar, und sein Gesicht sah etwas aufgedunsen aus. Er trug einen hellen Anzug, der die besten Jahre bereits hinter sich hatte.

»Was ist denn mit dem Inhaber?«, fragte Karl, den es wunderte, dass der Mann verkündete, eine Vertretung zu sein. »Ich hoffe, er ist nicht erkrankt.«

»Nein, ist er nicht. Sein Fehlen hat einen schönen Grund. Er und seine Gattin feiern ihren fünfzigsten Hochzeitstag und weilen aktuell auf den Malediven. Aber dorthin möchten Sie ja nicht, soweit ich weiß.« Er zwinkerte Karl zu. »Sie möchten nach London. Es geht um eine Frau, nicht wahr?«

Verdutzt sah Karl den Mann an. »Seien Sie meinem Freund nicht böse, wenn er etwas indiskret war. Aber wenn es um so schöne Geschichten wie die Ihrige geht, dann kommt er gern ins Plaudern. Dann wollen wir mal sehen, was wir tun können, um Ihre Auserwählte glücklich zu machen.« Sebastian Kohl wandte sich seinem Computer zu und begann, während er London murmelte, auf der Tastatur zu tippen.

»Die Abreise ist für den einundzwanzigsten geplant. Weihnachten ist ja immer reichlich Betrieb. Leider ist da kein Flug mehr zu bekommen. Alles ausgebucht, tut mir leid. Aber für den dreiundzwanzigsten hätte ich noch zwei Plätze in einer Abendmaschine.«

Er sah Karl fragend an.

»Ich weiß nicht recht«, antwortete Karl zögerlich. »Das ist ja sehr nah am Fest.«

»Sie müssten sich flott entscheiden. Ich kann die Flüge reservieren, aber nur bis heute um siebzehn Uhr.«

»Hm«, antwortete Karl. So hatte er sich die Angelegenheit nicht vorgestellt. »Was sollen die Flüge denn kosten?«

Der Reisebüromitarbeiter beantwortete ihm die Frage, und Karls Augen wurden groß. Der Betrag war so hoch, er glaubte, sich verhört zu haben.

»Zum Fest wollen eben alle zu ihren Liebsten«, glaubte

der Reisebüromitarbeiter die hohe Summe sogleich verteidigen zu müssen. »Da könnten auch die Preise für ein Zimmer höher sein. Wenn Sie möchten, sehe ich gleich mal nach.«

Er tippte abermals auf seiner Tastatur herum. Karl fühlte sich mit jeder vergehenden Minute mehr fehl am Platz. Was tat er hier eigentlich? War er denn verrückt geworden? Was sollte er einen Tag vor Weihnachten in London machen? Dieser Jason war dann bestimmt schon wieder auf der Heimreise. Es war von Beginn an eine Schnapsidee gewesen, ihn ausfindig machen zu wollen. Er sollte die Suche endgültig abblasen, die Vergangenheit ruhen lassen und besser bei Gerda sein. Sie war es doch schon gewohnt, dass Jason nicht zurückkam. Ihrer Freundschaft konnte er sich auch ohne diese Aktion gewiss sein.

Abrupt erhob er sich und unterbrach damit das Tippen und Murmeln von Kohl. »Ich habe es mir anders überlegt«, erklärte er. »Ich möchte doch nicht mehr nach London fliegen. Aber vielen Dank für Ihre Mühe.«

Verdutzt sah Sebastian Kohl ihn an.

»Wenn Sie meinen. Aber mein Freund meinte, es wäre eine einmalige Gelegenheit, die Sie sich nicht entgehen lassen sollten.«

»Ach, wissen Sie, antwortete Karl. »Ich hatte in meinem Leben schon so viele einmalige Gelegenheiten, die ich verpasst habe. Ich werde es auch dieses Mal verschmerzen. Guten Tag.«

Karl entfloh dem Geschäft nun regelrecht. Auf der Straße empfing ihn trockenes Wetter, sogar der Himmel war aufgerissen und die Sonne hervorgekommen. Ihre hellen Strahlen sorgten dafür, dass die Welt gleich viel fröhlicher aussah. Gefühlt hatte sie sich wochenlang hinter den Wolken versteckt, und es schien, als wollte sie Karls Entscheidung durch ihr Auftauchen noch einmal bekräftigen.

Doch während des Rückwegs zur U-Bahn zerfiel sein Entschluss mit jedem Schritt ein wenig mehr. Der Reisebüromitarbeiter hatte schon recht mit dem, was er sagte. Es war eine einmalige Gelegenheit. Vielleicht würde Jason niemals wieder nach Europa reisen. Es war ein großes Glück, dass Krüger ihn überhaupt hatte ausfindig machen können. Er blieb an der in die Tiefen des U-Bahnhofs führenden Rolltreppe stehen und blickte zurück. Sollte er es doch wagen? Just in diesem Moment verschwand die Sonne wieder hinter einer Wolke, und eine heftige Windböe ließ ihn erzittern. Er sah die erneute Wetterveränderung wieder als ein Zeichen an.

»Ich habe mich entschieden. Es bleibt dabei«, sagte er zu sich selbst. »Was soll ich alter Mann denn in London. So ein Quatsch.« Er trat endgültig auf die Rolltreppe, die ihn zurück in den Untergrund brachte.

15. Kapitel

17. Dezember 2008

Ich hab ihn jetzt noch mal komplett durchgecheckt, und ich kann nichts finden, was das Problem ausgelöst hat«, meinte Uwe und klopfte auf Elvis. »Er ist halt schon ein alter Herr. Da darf er ruhig mal Allüren haben.«

Gerda hatte Uwe, obwohl Elvis wieder seinen Dienst tat, darum gebeten, noch einmal nach der Waschmaschine zu sehen. Doch der Elektriker hatte keine technischen Schwierigkeiten feststellen können. Sogar Kalk war in der Maschine wenig vorhanden, denn Gerda verwendete regelmäßig Calgon. Selbst ihr Trinkwasser filterte Gerda seit einigen Jahren mit so einem Kalkfilterdings, das ihr Angelika empfohlen hatte. Tat man das nicht, schwammen unschöne Kalkseen auf dem Tee.

»Ist ja ähnlich wie bei uns alten Leuten«, meinte Gerda, die Uwes Untersuchungsergebnis erleichterte. »Wir werden mit jedem neuen Lebensjahr auch immer eigenwilliger. Dann wollen wir mal hoffen, dass Elvis noch ein Weilchen durchhält. Viel Kundschaft kommt ja nicht mehr zum Wäsche waschen, aber so ein paar Leute verlassen sich doch noch auf ihn. Inklusive seiner Besitzerin.«

»Also wenn es noch sämtliche Ersatzteile für die alten

Maschinen gäbe, dann könnte ich dir deine betagten Schätzchen auch wieder flottmachen«, meinte Uwe, während er Elvis seine metallene Rückseite wieder anschraubte. »Aber sie sind auf dem Markt kaum noch erhältlich. Ich bin mir sicher, dass das von der Industrie so gewollt ist. Die wollen gar nicht mehr, dass unsere Haushaltsgeräte so lange halten, damit sie mehr Geld verdienen. Ein Kollege von mir meinte neulich sogar, die würden eine Kaputtgrenze einfügen. Nach zehntausend Wäschen ist Feierabend.« Er winkte ab. »Ist bei den Autos nicht anders. Alles voller Plastik, und nirgends kommt man mehr dran. Wird ja auch alles nur noch in Fernost produziert, weil es da billiger ist. Das haben die dann davon. Echte deutsche Wertarbeit wie unseren Elvis hier findet sich in den Elektrofachgeschäften längst nicht mehr.« Er befestigte die letzte Schraube an ihrem Platz.

Als hätte irgendeine höhere Macht Uwe gehört, betrat just in diesem Moment Mustafa mit einem Karton in Händen den Salon, in dem sich, so vermutete es Gerda jedenfalls, bestimmt wieder in Fernost produzierter Nippes befand.

»Ei Gude, zusammen«, grüßte er, wie immer gut gelaunt. »Ich hab da eben ein weihnachtliches Schätzchen reinbekommen, das ich dir unbedingt zeigen muss, Gerda«, sagte er und hielt den Karton in die Höhe, auf dem sich ein Aufkleber mit einer Nummer darauf befand. »Du wirst Augen machen, meine Liebe. Das verspreche ich dir. Ich finde, das hier hat deinem Laden noch gefehlt.«

Er stellte den Karton auf einem der Tische ab, öffnete ihn und holte ein weißes und funkelndes, historisch anmutendes Karussell heraus.

»Ist es nicht wunderhübsch«, sagte er. »Und es dreht sich zu sieben verschiedenen weihnachtlichen Melodien und leuchtet dazu noch in bunten Farben.« Er strahlte über das ganze Gesicht und betätigte den Startknopf, um das Produkt vorzuführen.

Das Karussell begann sich zur Melodie von *Jingle Bells* im Kreis zu drehen, und die Pferdchen wippten auf und ab.

»Das leiert aber schon ein wenig«, übte Uwe sogleich Kritik an der schlechten Tonqualität. »Es sieht auch ein bisschen billig aus. Echte Handarbeit ist das aber nicht.«

»Also, ich finde es ganz hübsch«, meinte Gerda und ging nicht auf Uwes gewohnt kritische Anmerkungen ein. Der Techniker würde in diesem Leben keine Freude am Weihnachtskitsch mehr entwickeln können. »Ich mag die bunten Lichter und wie niedlich die Pferdchen gemacht sind. Es würde sich ausgezeichnet auf Rock Hudson machen. Was willst du denn dafür haben?«, fragte sie Mustafa.

»Weil du es bist, zwanzig Euro«, antwortete der findige Händler. »Und es kommt auch nicht aus Fernost. Das kann ich versichern. Das Karussell ist in Ungarn hergestellt worden.«

»Immerhin etwas«, grummelte Uwe und räumte seinen Akkuschrauber zurück in den Werkzeugkoffer. »Dann handelt ihr mal weiter diesen unnötigen Plunder aus. Ich muss weiter zu meinem nächsten Kunden.«

»Du musst schon gehen?«, fragte Gerda. Ein so rasches Aufbrechen war sie von Uwe gar nicht gewohnt. »Wie schade. Ich dachte, du bleibst noch zum Kaffee und leistest mir Gesellschaft, bis Karl kommt. Der hat was von einem Termin gesagt, wäre angeblich wichtig.«

»Ach, weil wir gerade von Karl reden«, sagte Mustafa. »Den hab ich gestern in Bockenheim gesehen. Der ist da aus einem Reisebüro gekommen. Ich hab erst gedacht, ich hätte mich verguckt, aber ich musste an einer Ampel halten und konnte genauer hinschauen. Es war eindeutig unser Karl, der zur U-Bahn gelaufen ist. Was er da wohl wollte? Wenn er eine Reise buchen will, kann er das doch bei unserer Silke an der Ecke erledigen. Dafür muss er doch nicht bis ins Westend fahren.«

Verdutzt sah Gerda Mustafa an und antwortete: »Das ist wirklich seltsam. Er hat mir auch gar nichts von einer geplanten Reise erzählt.«

Uwe wollte etwas sagen, kam jedoch nicht dazu, denn Vanessa und Timo betraten den Salon, und Timo hielt einen riesigen Blumenstrauß in Händen.

»Guten Morgen, zusammen«, grüßten die beiden in die Runde.

»Morsche, ihr beiden«, war es Uwe, der als Erster den Gruß erwiderte. »Na, das nenn ich aber mal einen Blumenstrauß«, sagte er. »Der muss ja ein Vermögen gekostet haben.«

»Ja, das hat er. Aber die Frau, die ihn bekommen soll, ist jeden Cent wert«, antwortete Vanessa mit strahlenden Augen. »Wir wollten uns bei dir für deinen Zuspruch in den letzten Tagen bedanken und dafür, dass du uns die Wohnung zu einem so günstigen Preis überlässt.«

»Diese Blumen sind für dich, Gerda«, sagte Timo und überreichte ihr feierlich das florale Machwerk. Gerda war so überrumpelt, sie bekam kein Wort heraus. Tränen der Rührung standen in ihren Augen.

»Ja, Kinder«, fand sie dann doch ihre Sprache. »Seid ihr denn verrückt geworden? Das muss doch nicht sein. Ihr braucht euer Geld doch jetzt für euch selbst.«

»Doch, das musste sein«, antwortete Vanessa, die in ihren Skinny-Jeans und mit dem eng geschnittenen dunkelblauen Rollkragenpullover so schmal aussah, man wollte gar nicht meinen, dass sie ein Kind erwartete. »Du hast keine Vorstellung, wie sehr du uns mit der Wohnung hilfst. Eine passende und bezahlbare Bleibe für eine junge Familie in Frankfurt zu finden, kommt der Suche nach der Nadel im Heuhaufen gleich.«

»Ach, das ist doch nicht der Rede wert«, erwiderte Gerda. »Ich bin ja froh, dass die Wohnung für euch passend ist und ich mich an niemand Fremden mehr gewöhnen muss. Obwohl wir zwei uns ja erst noch anfreunden müssen«, sagte sie zu Timo und zwinkerte ihm zu. »Aber das wird schon werden. Und wenn ihr beiden mal ausgehen wollt, dann pass ich gern auf das Kleine auf.«

»Es wird also ein richtiges Waschsalonbaby«, sagte Vanessa und grinste.

Vanessas Bemerkung sorgte dafür, dass in Gerda eine Erinnerung an den Tag aufstieg, an dem sie ihrer Mutter beinahe erzählt hätte, dass es Jason gab. Wehmut breitete sich in ihr aus, als sie an jene Tage zurückdachte.

Dezember 1963

Gerda lief neben ihrer Mutter die im Stadtteil Höchst gelegene Kurmainzer Straße hinunter. Sie passierten den Eingang des Friedhofs, der an diesem kalten Tag ihr Ziel darstellte. Es herrschte eine betrübte Stimmung, denn es jährte sich der Tag, an dem sie die Nachricht erhalten hatten, dass Roswithas geliebter Ehemann und Gerdas Vater nicht mehr aus der Kriegsgefangenschaft heimkehren würde. Er war an einer Lungenentzündung gestorben. Es war eine kurze Mitteilung, die sie erreicht hatte. Ein Kamerad des herbeigesehnten Papas und Ehemanns hatte ihnen in wenigen Sätzen mitgeteilt, dass dieser nicht mehr am Leben war und seine letzten Gedanken seiner geliebten Ehefrau und seiner Tochter gegolten hätten. Der Mann hatte das Todesdatum auf der Karte vermerkt. Die Nachricht war eine gefühlte Ewigkeit unterwegs gewesen und erst im Jahr 1952 bei ihnen eingetroffen. Gerda konnte gar nicht sagen, weshalb sie stets an diesem Tag und nicht an seinem eigentlichen Todestag zum Grab gingen. Vielleicht deshalb, weil sie von diesem Datum an endgültig Gewissheit gehabt hatten und all ihr Hoffen auf ein glückliches Wiedersehen aufgeben mussten. Bis dahin hatten sie oft mit vielen anderen Familien am Frankfurter Hauptbahnhof auf dem Bahnsteig gestanden, um Joachim Glück in Empfang zu nehmen. Ein richtiges Grab, an dem sie um den geliebten Vater trauern konnten, gab es nicht. Aber Roswitha Glück hatte eine kleine Gedenktafel mit seinem Namen und seinem Geburts- und Todesdatum auf dem Familiengrab der Glücks aufstellen lassen.

Gerda hielt zwei Rosen in ihren behandschuhten Händen.

Trotz der dicken Strickhandschuhe waren ihre Finger eisig. Dieser Sonntag war bitterkalt, wolkenverhangen, es schneite leicht. Außer ihnen schien es an diesem ungemütlichen Spätnachmittag niemanden auf den Friedhof zu treiben.

Das Familiengrab der Glücks befand sich im vorderen Teil des Friedhofs, weshalb sie nicht weit laufen mussten. Gerda stand neben ihrer Mutter im kalten Wind, und sie starrten beide schweigend auf die Gedenktafel hinab, von der Roswitha eben den Schnee entfernt hatte. Der Name des Vaters stand darauf, darunter sein Geburts- und Todesjahr, auf die genauen Daten hatten sie bewusst verzichtet. Ebenso auf den Zusatz, dass er im Osten gestorben war. Irgendwann begann Roswitha Glück zu sprechen, und Gerda reagierte verwundert auf ihre Worte.

»Ich weiß noch, wie es war, als er damals kurz nach deiner Geburt wieder zurück an die Front gegangen ist«, sagte sie in einem zerbrechlich klingenden Tonfall, den Gerda von ihrer Mutter nicht kannte. »Er wollte dich gar nicht mehr loslassen und hat Hitler und den Krieg verteufelt. Er war immer für Frieden gewesen. Er hat dich lange im Arm gehalten und deine Wange gestreichelt. Dann hat er dich in die Wiege gelegt und meine Hand genommen. Ich musste ihm an jenem Tag versprechen, dass ich, wenn er nicht mehr wiederkommen würde, nicht allein bleiben sollte. Ich musste ihm versichern, dass ich mir einen neuen Mann suchen und glücklich werden würde. Ich habe es ihm versprochen. Heute weiß ich, dass ich dieses Versprechen nicht werde halten können. Denn er war und bleibt für immer meine einzige Liebe. Und ich konnte sie nicht festhalten.« Sie sah zu Gerda, hob die Hand und strich ihr liebevoll eine Haarsträhne aus der Stirn. In ihren Augen

standen nun Tränen. »Solltest du jemals die wahre Liebe finden, mein Kind, dann versuche sie festzuhalten. Denn sie ist etwas ganz Besonderes. Ich wünsche es dir so sehr, den richtigen Mann an deiner Seite zu finden, und dann könnten kleine Waschsalonbabys ihrer Großmutter Gesellschaft leisten.« Nun zeigte sie ein Lächeln. »Das wäre wunderbar.«

Gerda nickte, und eine Antwort lag ihr bereits auf der Zunge. Sie hatte eine große Liebe. Sie wusste tief in ihrem Inneren bereits nach dieser kurzen Zeit, dass Jason der Richtige für sie war. Der eine, der besondere Mann fürs Leben, den sie festhalten musste. Doch sie sprach die Worte nicht aus, zu sehr fürchtete sie die Reaktion ihrer Mutter. Der in ihren Augen perfekte Mann passte nicht in das von Vorurteilen geprägte Weltbild von Roswitha Glück. So suchte sie Zuflucht in Ausflüchten und antwortete: »Waschsalonbabys wären wunderbar.«

Es war die Türglocke, die Gerda aus ihren Gedanken riss. Jutta hielt eine große Kiste in Händen, die sie nun ächzend auf dem Boden abstellte.

»Morsche, zusammen«, grüßte sie in die Runde. »Wie schön, das junge Paar ist auch bereits anwesend. Dann könnt ihr beiden gleich mal gucken, ob euch die Sachen gefallen. Wenn ihr wollt, könnt ihr sie alle für euer Kleines haben. Du musst gucken, was noch fehlt, Vanessa. Ich kann noch mehr anfertigen.«

Vanessa, die natürlich sogleich wusste, was sich in der Kiste befand, öffnete diese freudig, und das Erste, was sie herausholte, waren gelbe Strickschühchen mit entzückenden hellgrünen Bommeln daran.

»Ach, was sind die niedlich«, rief sie.

In der Kiste befanden sich weitere Stricksachen. Hinreißende Strampler, Jäckchen und Oberteile, Mützen und sogar kleine Fäustlinge mit Bändern daran, damit sie nicht so schnell verloren gingen. Rasch stapelten sich die kleinen Wunderwerke auf Marilyn.

»So viele schöne Sachen«, sagte Vanessa gerührt und legte die Hand auf ihren Bauch. »Das können wir aber doch alles nicht einfach so annehmen.«

»Doch, das könnt ihr«, antwortete Jutta. »Bei euch weiß ich wenigstens, dass die Kleidung wertgeschätzt wird. Ich hab gestern Abend noch einmal mit meinem Sohn telefoniert. Stellt euch vor: Sie wollen jetzt auch noch aus Frankfurt wegziehen. Sie haben ein Haus auf dem Land gefunden, das sie kaufen möchten. Er hat mir vorgerechnet, wie viel sie durch den Weggang aus Frankfurt sparen könnten. Und er hat mir versichert, dass ich sie jederzeit dort besuchen könnte. Aber dieser Ort, ich hab den Namen schon wieder vergessen, liegt am Ende der Welt. Da gibt es nicht einmal einen Bahnhof, nur ein Bus fährt hin. Sie wollen sich dann auch einen Hund zulegen. Obwohl er ganz genau weiß, dass ich Angst vor Hunden hab. Das muss man sich mal vorstellen. Und das alles passiert nur deshalb, weil er diese dumme Ziege geheiratet hat.« Nun sah sie so aus, als würde sie gleich in Tränen ausbrechen.

»Ach, Jutta. Sei nicht traurig«, antwortete Gerda. »Du hast ja noch uns. Und Vanessa hat bestimmt nichts dagegen, wenn auch du ab und an auf das kleine Herzchen achtgibst. Nicht wahr, Vanessa?« Sie warf der Frisörin einen eindringlichen Blick zu.

»Aber natürlich nicht«, antwortete Vanessa sogleich. »So wie es aussieht, werde ich mir über einen Babysitter keine Gedanken machen müssen. Das ist auch gut so, denn eine lange Auszeit von der Arbeit werde ich mir trotz der günstigen Miete nicht leisten können.«

Nun ruhten die Blicke aller Anwesenden plötzlich auf Timo. Er bemühte sich sogleich um Schadensbegrenzung.

»Ich habe BAföG für das Studium beantragt, und nebenbei wollte ich zusätzlich zu dem Job in der Jugendbetreuung noch im Fitnessstudio eines Freundes arbeiten. Wir werden schon über die Runden kommen.«

Sämtliche Anwesenden nickten.

»Wie sieht es denn mit der Einrichtung aus?«, war es Mustafa, der sich nun zu Wort meldete. »Also mein Schwager hat da so einen großen Gebrauchtwarenladen in Rödelheim. Da gibt es alles, was man für den Anfang braucht. Auch Kinderbettchen und so Zeugs. Wenn ihr wollt, können wir da gemeinsam hinfahren, und ihr guckt euch um. Wenn ich dabei bin, dann gibt er euch bestimmt noch einen Preisnachlass. Family Connection, ihr versteht schon.« Er zwinkerte Vanessa und Timo grinsend zu.

»Das hört sich nicht schlecht an«, meinte Timo.

Im Radio, das die ganze Zeit im Hintergrund lief, vermeldete der Nachrichtensprecher nun, dass es zehn Uhr war, und Vanessa merkte auf.

»Ach du je«, rief sie aus. »Jetzt hab ich vollkommen die Zeit vergessen. Die Mackel bringt mich um. Wir sehen uns später. Und noch mal vielen Dank, Jutta. Das mit den Babysachen ist wirklich unglaublich lieb von dir.«

Sie eilte auf ihren mal wieder schwindelerregend hohen

Stöckelschuhen zur Ladentür. Diese hatte sich noch nicht hinter ihr geschlossen, da hörten sie die Bremsen eines Autos quietschen, und jemand rief laut: »Um Gottes willen!«

Sofort rannten sie alle nach draußen. Es war Vanessa, die auf der Straße vor einem blauen Kleinwagen lag, bewusstlos, und sie blutete heftig aus einer Platzwunde an der Stirn.

16. Kapitel

17. Dezember 2008

Gerda verabscheute Krankenhäuser und betrat sie nur, wenn es gar nicht anders ging. Ähnlich hielt sie es auch mit Arztpraxen, aber die waren ihrer Meinung nach noch etwas erträglicher. Besonders den fürchterlichen Geruch von Desinfektionsmitteln hatte sie noch nie leiden können. Sie rutschte unruhig auf dem grünen und äußerst unbequemen Plastikstuhl herum und blickte immer wieder zu der geschlossenen Tür der Notaufnahme. Wie lange dauerte das denn noch, bis sie endlich eine Antwort erhielten? Seit geschlagenen drei Stunden hielten sie sich nun in diesem unsäglichen Krankenhausflur auf. Vanessa war bereits auf der Straße wieder zu sich gekommen, was die herbeigerufenen Sanitäter für ein gutes Zeichen hielten. Allerdings war sie äußerst verwirrt gewesen und hatte zu weinen begonnen und unverständliches Zeug gefaselt. Der Schock über das Geschehene hatte bei ihnen allen tief gesessen. Vanessa war in die Rotkreuz-Kliniken gebracht worden, die Gerda nur zu gut kannte, denn in dieser Einrichtung hatte sie vor einigen Jahren eine Gallensteinoperation über sich ergehen lassen müssen. Auch hatte sie in diesem Haus das Licht der Welt erblickt. Obwohl sie daran natürlich keine Erinnerungen mehr hatte. Das Krankenhaus lag in Sichtweite des Zoos, weshalb ihre Mutter stets gescherzt hatte, dass sie gleich neben dem Affenhaus zur Welt gekommen sei.

Neben Gerda saß Karl und starrte mit ernster Miene auf den gelben PVC-Boden. Er war, kurz nachdem der Krankenwagen eintraf, erschienen und hatte mit Bestürzung reagiert. Gerda und Karl leisteten Jutta, Inge und Angelika Gesellschaft. Letztere hatte in ihrem Fanshop sogleich alles stehen und liegen lassen und kurzerhand den Laden für diesen Tag geschlossen. Inge, die den Unfall von ihrem Wohnzimmerfenster aus beobachtet hatte, hatte sich für die Wartezeit ihr Strickzeug mitgenommen. Das Klappern ihrer Nadeln empfand Gerda als ein beruhigendes Geräusch. Timo schaffte es nicht, auf einem der Stühle sitzen zu bleiben. Ruhelos lief er den Flur auf und ab, und jeder Weißkittel, der die Notaufnahme verließ, wurde von ihm angesprochen. Doch keine der Personen konnte ihnen Auskunft über Vanessa geben. Uwe hatte nicht mitkommen können, denn er hatte weitere Kundentermine zu erledigen. Auch Mustafa hatte Verpflichtungen. Gerda hatte versprochen, dass sie sich so rasch wie möglich melden würden, sollte es Neuigkeiten geben. Über allem schwebte die Angst, dass Vanessa das kleine Wesen unter ihrem Herzen durch den Unfall verloren hatte. Einen Unfall allerdings, den Vanessa selbst verschuldet hatte. Ohne richtig zu gucken, war sie einfach auf die Straße und vor den blauen Kleinwagen gelaufen. Die Fahrerin, eine achtzehnjährige Fahranfängerin, sie hatte ihren Führerschein gerade mal zwei Wochen, hatte noch eine Vollbremsung gemacht, doch geholfen hatte das nicht mehr. Das arme Mädchen war vollkommen fertig mit den Nerven gewesen, einer der Sanitäter hatte einen Schock diagnostiziert. Sämtliche Anwesenden hatten Mitleid mit ihr gehabt. Angelika hatte mit dem Handy der Kleinen ihren Vater informiert, der nur eine Viertelstunde später vor Ort gewesen war. Äußerlich hatte der Mann, Gerda hatte ihn auf Ende fünfzig geschätzt, wie einer der vielen Bankschnösel aus den Hochhäusern ausgesehen. Teurer Anzug, Kaschmirschal. Doch er war nicht arrogant gewesen und hatte sich bei allen für das Verständnis bedankt, das sie seiner Tochter entgegengebracht hatten. Er war der perfekte Papa und der Beschützer, den das Mädchen in diesem Augenblick brauchte.

Gerda wusste, dass Vanessa keinen solchen Papa hatte. Sie kannte ihren Vater nicht einmal. Er hatte ihre Mutter sitzen lassen, nachdem er von der Schwangerschaft erfahren hatte. Vanessas Mutter war damals gerade mal siebzehn Jahre alt gewesen, und von der Familie verstoßen hatte sie irgendwie versucht, allein klarzukommen, wobei sie mit allem überfordert gewesen war und Vanessa im Alter von zwei Jahren in die Obhut des Jugendamts gegeben hatte. Vanessa wusste, dass ihre Mutter vor einigen Jahren an Krebs verstorben war. Vielleicht war der familiäre Hintergrund des Mädchens auch der Grund dafür, weshalb Vanessa immer wieder Gerdas Nähe suchte. Die Nähe einer Person, die ihr ein wenig das Gefühl von Familie vermittelte. In diesem Moment wurde sich Gerda mal wieder ihres Alters bewusst, und der Gedanke, dass sie die Großmutter des Mädchens sein könnte, schmerzte.

Timo setzte sich nun doch auf einen der Stühle und tippte unruhig mit dem Fuß auf.

»Wie lange dauert das denn noch? Es muss doch endlich mal jemand kommen und uns Auskunft geben.« Er sah zu Gerda, die in ihrer Hilflosigkeit mit den Schultern zuckte.

»Was in Krankenhäusern gute oder schlechte Zeichen sind, kann vermutlich niemand so genau sagen«, gab nur Karl eine Antwort. »Aber eines hab ich im Umgang mit Häusern dieser Sorte gelernt. Wenn es lange dauert, ist es gar nicht so übel. Wenn sich die Weißkittel beeilen, dann stimmt was nicht. Dann rennen die alle hektisch durcheinander. Wenn du nicht so wichtig bist, dann lassen die dich ewig irgendwo versauern.«

Im nächsten Moment öffnete sich die Tür zur Notaufnahme, und eine Schwester brachte Vanessa heraus. Sie saß in einem Rollstuhl, auf ihrer Stirn klebte ein dickes Pflaster. Das arme Ding war käseweiß im Gesicht und starrte teilnahmslos vor sich auf den Fußboden. Gerda erinnerte ihr Anblick an einen Zombie, den sie vor vielen Jahren mal in einem abscheulichen Gruselfilm gesehen hatte.

Sogleich wurde Vanessa von sämtlichen Anwesenden umringt, und es wurden aufgeregt Fragen gestellt. Die Krankenschwester war es, die für Ruhe sorgte.

»Herrschaften«, mahnte sie und hob beschwichtigend die Hände. »So stürmen Sie doch nicht alle gleichzeitig auf die Patientin ein. Frau Kossmann muss sich erholen. Sie wird jetzt auf Station zur Beobachtung gebracht.«

»Zur Beobachtung«, wiederholte Timo. »Also ist es nichts Schlimmes, und dem Baby geht es gut? Sag mir, dass es unserem Kleinen gut geht.« Er ging vor Vanessa in die Hocke, nahm ihre Hand und sah sie eindringlich an.

Hinter der Krankenschwester erschien ein junger Arzt, der irritiert in die Runde blickte. Timo erhob sich wieder.

»Was ist denn hier los?«, fragte der Mediziner. »Das ist ja der reinste Fanclub. Sind diese Leute etwa alle wegen Ihnen hier, Frau Kossmann?« Er sah Vanessa fragend an. Doch Vanessa reagierte nicht. Ihr Blick war so starr, Gerda empfand ihn als unheimlich. Vermutlich war es der Schock, redete sie sich ein.

»Sind Sie der behandelnde Arzt meiner Freundin?«, fragte Timo sogleich. »Wie geht es ihr denn? Wie geht es dem Baby? Es ist doch alles in Ordnung, oder?«

»Sie sind der Lebenspartner von Frau Kossmann?«

»Ja, der bin ich«, antwortete Timo. »Und der Vater des Kindes.«

»Also darf ich Ihnen Auskunft geben.« Sein Blick wanderte kurz zu Vanessa, die kaum wahrnehmbar nickte.

»Frau Kossmann hat eine Gehirnerschütterung davongetragen und einige Prellungen. Die Platzwunde wurde genäht. Sie steht noch unter Schock, was bei einem solchen Unfall kein Wunder darstellt. Dem Kind scheint nichts passiert zu sein. Wenn nichts Unvorhergesehenes passiert, dann gehe ich davon aus, dass wir Ihre Freundin in drei bis vier Tagen entlassen können. Sie hatte also noch Glück im Unglück.«

Timo war so erleichtert, dass er sich bei dem Arzt mit einer Umarmung bedankte. Dem Medizinier war anzusehen, dass ihm dieser Gefühlsausbruch eindeutig zu viel Nähe war. Er schälte sich aus der Umarmung, rückte ein

Stück von Timo ab, verabschiedete sich und eilte wieder zurück in seine vermeintlich sichere Notaufnahme.

»Wir können doch unsere Vanessa mit auf Station begleiten, oder?«, fragte Gerda die Krankenschwester eifrig. »Wissen Sie, wir sind nämlich ihre Familie.«

Die Schwester ergab sich in ihr Schicksal, und die Gruppe taperte Richtung Fahrstuhl, der sie in den vierten Stock beförderte. Vanessa wurde auf der Unfallstation in einem Zweibettzimmer untergebracht, das den üblichen Charme von Krankenzimmern verbreitete. Zu ihrem Glück war das Zimmer bisher nicht belegt. Gerda konnte sich noch gut an ihre Bettnachbarin von der Gallen-OP erinnern. Die Dame war über siebzig gewesen und hatte aufgrund ihrer Schwerhörigkeit ihre dämliche Volksmusik immer in voller Lautstärke gehört. Dazu hatte sie Verdauungsstörungen gehabt. Die Schwester schob Vanessas Rollstuhl zu dem am Fenster stehenden Bett.

»Wir können uns jetzt auch um Vanessa kümmern, wenn es Ihnen nichts ausmacht«, schlug Angelika vor. »Ihr Pflegekräfte habt doch immer so viel zu tun. Darf ich denn hier mit dem Handy telefonieren? Dann würde ich flott dafür sorgen, dass Vanessa einige persönliche Sachen gebracht werden. Wissen Sie, sie hat eine Mitbewohnerin. Die Silvia ist zwar ein bisschen chaotisch, so eine flippige Sozialarbeiterin mit grünen Haaren, aber in diesem Fall wird sie bestimmt schnell mit dem Wichtigsten hier sein.«

»Da ist sehr freundlich von Ihnen«, antwortete die Schwester. »Ich hoffe allerdings, dass dieser Vorgang nicht allzu viel Zeit in Anspruch nehmen wird, denn die Patientin braucht nach der ganzen Aufregung Ruhe. Sie steht noch immer unter Schock, der Befund ist Ihnen ja nun bekannt. Ich gebe dann der Stationsschwester Bescheid. Sie wird bestimmt nachher noch zu Ihnen kommen.«

Während sie den Raum verließ, schenkte sie Karl einen kühlen Blick. Anscheinend schien sie sich an seiner Anwesenheit am meisten zu stören. Als sich die Tür hinter ihr geschlossen hatte, war es Angelika, die sich als Erste zu Wort meldete: »Kinder, was für eine Aufregung. Aber das wird schon wieder werden. Ich hatte auch mal eine Gehirnerschütterung. Ist nicht schön, aber es gibt Schlimmeres. Jetzt schaffen wir dich erst mal ins Bett, meine liebe Vanessa, und dann ruhst du dich fein aus. Du hast uns da echt einen Mordsschreck eingejagt. Du musst doch gucken, wenn du über die Straße läufst.« Sie hob mahnend den Zeigefinger, bückte sich und begann, Vanessa die Schuhe auszuziehen. »Wie du in den Mördertretern laufen kannst, wird für mich immer ein Geheimnis bleiben«, meinte sie. »Ich würde keine drei Meter schaffen, ohne mir die Füße zu brechen.« Sie stellte die Schuhe zur Seite.

Wenig später hatten sie Vanessa ins Bett verfrachtet, und mangels Netzempfang hatte sich Angelika dazu entschlossen, das Telefonat mit Silvia im Freien zu führen.

Die Stationsschwester erschien, um nach dem Rechten zu sehen. Gerda schätzte die blonde Frau auf Mitte zwanzig. Sie war gertenschlank und äußerst hübsch anzusehen. Bestimmt hatte sie viele Verehrer. Die Schwester hatte nichts gegen ihre Anwesenheit einzuwenden, merkte jedoch an, dass die offizielle Besuchszeit in einer Stunde enden werde. Jutta verabschiedete sich, kurz nachdem die Schwester den Raum verlassen hatte, mit den Worten, dass jetzt ja alles so weit geklärt sei und sie Vanessa erst einmal zur Ruhe kommen lassen wolle. Außerdem müsse sie noch dringend einige Einkäufe erledigen. Auch Inge ging, nachdem sie auf ihre Armbanduhr geblickt hatte. Sie könne es nun doch noch zu ihrem Seniorenyoga schaffen. Timo meinte, dass es für ihn ebenfalls Zeit werde, auch wenn ihm dieser Umstand so gar nicht gefiel.

»Ich muss in einer halben Stunde meine Schicht im Fitnessstudio antreten. Wir haben viele Krankheitsausfälle, und wenn ich nicht komme, könnte ich meinen Job verlieren.« Liebevoll verabschiedete er sich von Vanessa und legte sogar noch einmal zärtlich die Hand auf ihren Bauch. »Ruht euch aus, meine zwei beiden. Ich komme morgen wieder zu euch.«

Die letzten Verbliebenen im Raum waren nun also Gerda und Karl. Vanessa schloss die Augen, und Gerda deckte sie fürsorglich zu.

»Das arme Mädchen«, sagte sie und seufzte hörbar. »Die letzten Wochen war ein bisschen viel für sie. Aber das wird schon werden. Der Timo scheint ja doch ein recht Anständiger zu sein.«

»Ja, so scheint es«, antwortete Karl.

Die beiden wussten nicht so recht, was sie nun tun sollten. Sollten sie gehen? Kam Angelika zurück? Sie hatte doch nur telefonieren wollen und war nun schon eine ganze Weile weg. Die beiden standen nebeneinander am Fenster und blickten nach draußen. Von hier aus hatte man einen guten Blick auf den Haupteingang des Frankfurter Zoos. An diesem grauen und nasskalten Wintertag würden sich dort vermutlich nur wenige Besucher einfinden, kam es Gerda in den Sinn. Der Anblick des Haupteingangs sorgte dafür, dass eine Erinnerung in ihr aufstieg, und plötzlich umspielte ein Lächeln ihre Lippen. Laut sagte sie: »Hab ich dir eigentlich jemals davon erzählt, dass ich mit Jason damals im Zoo gewesen bin? Es war so bitterkalt, dass die Pinguine Freigang bekommen haben. Es war so niedlich, die possierlichen Tierchen über die Wege watscheln zu sehen. Jason hatte so eine Freude an den kleinen Gesellen. Ich glaub, seitdem bin ich niemals wieder dort gewesen.« In ihrer Stimme schwang zum Ende ihrer Erzählung hin ein Hauch von Wehmut mit.

»Also, ich war zuletzt als kleiner Junge mit meinem Großvater im Zoo«, antwortete Karl, dem es gar nicht gefiel, dass schon wieder von Jason die Rede war. »Viele Erinnerungen daran hab ich nicht mehr. Ich hab noch nie viel davon gehalten, Tiere in Käfige einzusperren.« Er machte eine kurze Pause, dann fragte er plötzlich: »Wieso redest du eigentlich immer noch von diesem Jason? Das ist doch alles schon so viele Jahre her, und er hat, seitdem er damals fortgegangen ist, niemals wieder etwas von sich hören lassen.«

Verdutzt sah Gerda Karl an. Mit einer solchen Aussage hatte sie von seiner Seite nicht gerechnet. Sie fühlte sich überrumpelt und wusste nicht, was sie antworten sollte. Karls Frage traf den wundesten Punkt in ihrem Inneren. Er hatte einen seit Jahren an ihr nagenden Zweifel laut ausgesprochen. Oftmals hatte sie mit sich selbst gehadert, den Gedanken verworfen und abermals aufgegriffen. Den Wunsch danach, Jason endlich loslassen zu können. Doch ihrem Herz gelang dieser Schritt einfach nicht, sosehr sie es sich auch wünschte. Es war ein verdammt dummes Herz. Aber wie sollte sie ihr seltsames Festhalten an dieser vergeblichen Liebe nur Karl erklären? Zu Gerdas Glück öffnete sich in diesem Moment die Tür des Krankenzimmers, und Angelika trat in Begleitung von Vanessas Mitbewohnerin Silvia ein, sodass sie alle ihre Aufmerksamkeit wieder Vanessa widmeten.

17. Kapitel

18. Dezember 2008

Gerda betrachtete missmutig ihr neu erworbenes Funkelkarussell. Bis gerade eben hatte es sich noch zur Melodie von O *Tannenbaum* hübsch im Kreis gedreht, doch nun stand es still, und die Lichter waren aus. Es war immer langsamer geworden, O *Tannenbaum* hatte sich seltsam leiernd angehört und war irgendwann ganz verstummt.

Gerda hob das Karussell hoch und betätigte den An- und Ausschalter. Vielleicht war es ja nur ein kleiner Schwächeanfall. Doch zu ihrem Bedauern gab das Gerät keinen Mucks mehr von sich, obwohl die Batterien ganz neu waren.

»Also, das bring ich Mustafa zurück«, moserte sie. »Da hat er mir ja einen schönen Schund verkauft. Ich hätte auf Uwe hören sollen.«

Hinter ihr schnaufte und dampfte die Kaffeemaschine. Gerda war an diesem Morgen eine Stunde früher als sonst in den Waschsalon gekommen, denn sie musste, bevor sie offiziell öffnete, noch feucht durchwischen. Dazu war sie nach ihrer Rückkehr aus dem Krankenhaus am gestrigen Tag zu müde gewesen, und zu dieser Jahreszeit musste man den Fußboden täglich reinigen.

Nachdem sie von der Klinik nach Hause gekommen war, hatte ihr der Kopf gebrummt, sie war auf ihrem alten Kanapee vor dem Fernseher eingeschlafen, obwohl eigentlich ihre Lieblingsquizsendung lief, bei der sie sonst kräftig mitriet. Doch dieses Mal hatte sie den Gewinn des Kandidaten verpasst und war irgendwann mitten in der Nacht in ihr Bett getapert. Zum Glück hatte sie sich für ihren Adventskranz im letzten Jahr auf Anraten von Mustafa diese modernen LED-Kerzen zugelegt. Nicht auszudenken, was geschehen wäre, hätte sie auf dem schon recht vertrockneten Gesteck echte Kerzen vergessen. Die Erfindungen der Neuzeit waren in dieser Hinsicht doch ein Segen.

Gerda nahm das Karussell von Rock Hudson und beförderte es zurück in seinen Karton, den sie noch nicht entsorgt hatte. Dann füllte sie Kaffee in eine der Schneemanntassen und kippte Milch hinterher. Zu ihrem Bedauern flockte diese aus, und unschöne weiße Krümel schwammen nun auf der Kaffeeoberfläche.

»Das auch noch«, grummelte sie, stellte den Kaffeebecher zur Seite, holte die Milchpackung aus dem Kühlschrank und kippte den restlichen Inhalt in den Ausguss. »Der Tag fängt ja gut an.« Sie wollte sich gerade auf den Weg in den Keller machen, um neue Milch zu holen, als Karl eintrat und sie mit seinem üblichen »Morsche, Gerda« begrüßte. Auch er war für seine Verhältnisse früh dran. Das musste sie ihm lassen. Allerdings sah er noch etwas zerknautscht aus. Seine Augen waren kleiner als sonst, und er war unrasiert, was nur äußerst selten vorkam.

»Ich hab gesehen, dass du schon im Laden bist. Da dachte ich, komm ich mal gucken, ob es Kaffee gibt.« Sein Blick wanderte erwartungsfroh zur Kaffeemaschine.

»Gibt es. Ich muss nur rasch in den Keller und frische Milch organisieren. Die im Kühlschrank ist mir doch tatsächlich schlecht geworden.«

Gerda eilte aus dem Raum und öffnete die Kellertür. Sie betätigte den Lichtschalter und schritt die ausgetretenen Stufen der alten Kellertreppe hinunter. Sie hatte deren Ende noch nicht erreicht, da ging das Licht aus. Dummerweise fand ihr Fuß dadurch die nächste Stufe nicht richtig, sie knickte um und purzelte mit einem Aufschrei die letzten drei Stufen der Treppe hinunter. Von dem Unfall erschrocken blieb sie einen Augenblick lang auf dem Kellerboden wie gelähmt liegen. Es waren Karls Stimme und der Lichtschein ihrer Taschenlampe, die wieder Leben in sie kommen ließen.

»Gerda, meine Güte!«, rief er erschrocken. »Was ist denn passiert? Warte, ich komme und helfe dir. Diese dumme Sicherung aber auch.«

Er kam langsam die Kellertreppe herunter und kümmerte sich, noch bevor er sich Gerda annahm, darum, dass sie wieder Strom und damit auch anständiges Licht hatten. Gerda setzte sich auf und begann sogleich zu schimpfen. »Depperte Sicherung! Das wird immer schlimmer. Wenn das so weitergeht, dann haben wir bald gar keinen Strom mehr. Woher soll ich arme Kirchenmaus denn das Geld für die neuen Leitungen nehmen? Und jetzt hab ich den jungen Leuten auch noch die Wohnung vermietet. Die brauchen doch mit ihrem Baby eine Bleibe, bei der alles funktioniert. Ach, es ist doch alles nur noch zum Heulen.« Sie sackte ein Stück in sich zusammen.

Karls Gesicht zeigte Hilflosigkeit. Mit einem solchen Ausbruch von Gerda hatte er nicht gerechnet. »Und der blöde Knöchel tut auch weh«, fügte sie hinzu. »Depperte Treppe.«

»Also die kann am wenigsten dafür«, merkte Karl an, der sich nun endgültig von dem Schrecken erholt hatte. »Jetzt lass uns erst mal nach oben gehen, dann sehen wir weiter. So schlimm ist das doch alles gar nicht. Komm. Ich heb dich auf, Mädchen.« Er half Gerda beim Aufstehen, und sie versuchte aufzutreten, was sogar funktionierte.

»Aua, verflixt«, schimpfte sie, während sie mit seiner Unterstützung die Treppe nach oben humpelte.

Im Waschsalon angekommen, platzierte Karl sie neben Udo Jürgens auf einem der Kaffeehausstühle, und dann ging er, nach einem kurzen Moment des Innehaltens, wieder in den Keller zurück, um die Milch zu holen. Schließlich konnte er ohne eine Tasse Kaffee am Morgen nicht anständig denken, was in dieser Situation nicht hilfreich wäre.

Als er zurück war, füllte er zwei Kaffeebecher und tat in den von Gerda ordentlich Zucker hinein. Er wusste, dass sie es süß mochte. Zu dem Kaffee stellte er noch einen Teller mit zwei Schokoladen-Cookies mit den Worten auf den Tisch: »Die haben wir uns jetzt verdient.«

Gerda hatte unterdessen ihren wehen Knöchel auf einen der Stühle verfrachtet. Obwohl der eigentlich gar nicht mehr so wehtat. Zu ihrem Glück war es wohl hauptsächlich der Schreck gewesen. Karl hatte eine dunkle Vierzig-

Grad-Wäsche mitgebracht, die er noch flott in Elvis hineinstopfte. Wie gewohnt benötigte dieser einen Moment, bis er seinen Dienst tat. Doch dann begann sich die Trommel gemächlich zu drehen. Gerda und Karl saßen auf ihren Plätzen neben Udo Jürgens, tranken ihren Kaffee und lauschten dem Lied *Driving Home for Christmas* von Chris Rea, das gerade auf der Weihnachts-CD an der Reihe war. Dieses Lied erinnerte Gerda wieder an Jason, obwohl es in den Sechzigern noch gar nicht erschienen war. Aber es brachte dieses herrliche amerikanische Flair mit sich, das Gerda so gernhatte, und sie begann, an ihrer Halskette zu spielen. Schon als sie es zum ersten Mal gehört hatte, hatte sie sich vorgestellt, wie sie in seinem Wagen saß und durch eine verschneite Landschaft gemeinsam mit Jason zu seiner Familie fuhr. Zu seinen Großeltern, die Weihnachten stets in ihrem Haus in New England feierten. Von diesem Haus und dem Weihnachtsfest seiner Familie hatte Jason ihr erzählt und davon, dass er ihr alles zeigen wollte.

Dezember 1963

Gerda wusste, dass sie sich auf dünnem Eis bewegte, wenn sie mit Jason im Waschsalon Zeit verbrachte, denn jederzeit konnte es dazu kommen, dass irgendwelche neugierigen Nachbarn ihrer Mutter davon erzählten, wie vertraulich sie mit dem jungen Amerikaner umging, der zudem auffallend oft seine Wäsche immer genau dann bei ihnen wusch, wenn Roswitha nicht anwesend war. Zu ihrem Bedauern konnte sich Gerda nicht ständig fortschleichen oder irgendwelche Aus-

reden erfinden, weshalb sie ausgerechnet an diesem Abend wieder freihaben musste. Ihre Mutter hatte sie erst neulich Abend beinahe dabei erwischt, wie sie sich nach Ladenschluss davonmachen wollte. Gerda wollte sich das Donnerwetter lieber nicht ausmalen, das sie erwartete, sollte ihre Mutter von ihrem vertrauten Umgang mit Jason erfahren. Also hatte sie in den sauren Apfel beißen und die Treffen mit Jason einschränken müssen. Jason schienen Gerdas Sorgen nur wenig zu kümmern, er suchte weiterhin ihre Nähe. Er tauchte beinahe täglich in den Abendstunden im Waschsalon auf, stets hatte er Wäsche bei sich. Sein Korb war allerdings nie sonderlich gut gefüllt. Neulich waren es nur eine Jeanshose und ein Pullover gewesen, die er in Marilyn gesteckt hatte. Er kam stets so, dass die Wäsche bis kurz vor Ladenschluss fertig war. Dann, wenn all die anderen Geschäfte bereits geschlossen hatten, die Familien an den Abendbrottischen saßen und Gerdas Mutter oben in der Wohnung ihre abendliche Lieblingssendung im Radio hörte und bestimmt nicht mehr im Geschäft auftauchen würde. Gerda wusste, dass es der reinste Irrsinn war, was sie taten, und manches Mal fragte sie sich sogar, wieso er immer wieder ihre Nähe suchte. Schließlich konnte ein gut aussehender junger Mann wie er gewiss viel hübschere und auch klügere Mädchen aus zudem wohlhabenderen Häusern Frankfurts haben. Und trotzdem hoffte sie jeden Tag aufs Neue, dass er in den Abendstunden kommen würde. Denn jedes Mal, wenn sie ihn erblickte, ging in ihrem Inneren die Sonne auf.

Auch an diesem Abend war er wieder zu ihr gekommen, und sie saßen, zwei dampfende Tassen Tee und Weihnachtskekse vor sich, hinter dem Tresen und redeten. Dort hielten sie sich seit einer Weile immer auf, denn dieser Platz war von der Straße aus nicht einsehbar, und sollte jemand Bekanntes auftauchen, dann konnte sich Jason verstecken. Gerda hatte extra für ihn Frankfurter Bethmännchen aus der Keksdose in der Küche geholt, denn sie wusste inzwischen, wie gern er dieses weihnachtliche Gebäck mochte, das es nur in der Stadt am Main gab und das sogar eine eigene historische Entstehungsgeschichte hatte, die Gerda allerdings nicht mehr ganz zusammenbekam.

An diesem Abend lag eine seltsame Stimmung im Raum. Jason hatte ihr eben mitgeteilt, dass er das Fest in seiner Heimat verbringen würde, er redete nun wie ein Wasserfall und schien gar nicht zu bemerken, wie sich Gerdas Stimmung aufgrund der Tatsache, dass er Frankfurt in wenigen Tagen verlassen würde, immer mehr eintrübte.

»Meine Großeltern haben ein großes Anwesen in New England in einem entzückenden Ort namens Kennebunkport, der direkt am Meer liegt. Es ist ein großes weißes Holzhaus mit einer überdachten Veranda mit Schaukelbänken, einem wunderschönen Garten, unzähligen Zimmern und herrlich gemütlicher Einrichtung. Es gibt jede Menge kuschelige Sofas und Sessel, in jedem Zimmer brennt ein Kaminofen, und in der großen Wohnküche zaubert meine Großmutter, ihr Name ist Elli, wunderbar herrliche Cookies und natürlich den besten mit Kastanien gefüllten Weihnachtsputer der Welt. Das Haus ist jedes Jahr mit vielen Lichterketten und Girlanden geschmückt, und es gibt mehrere Weihnachtsbäume, selbst in den Gästezimmern. Am größten und schönsten ist natürlich der im Wohnzimmer, dorthin bringt Santa die Geschenke. Es kommen auch jedes Jahr Christmas Singers. Es ist so herrlich,

ich weiß, dass du es lieben würdest.« Er nahm Gerdas Hand und sah sie mit seinen strahlenden Augen an.

»Bestimmt«, antwortete sie verhalten, und in ihrem Inneren breitete sich plötzlich eine große Wehmut aus, denn er schwärmte von einer Welt, die für sie unerreichbar weit entfernt war. Sie würde vermutlich niemals im Leben das prachtvolle Haus in diesem zauberhaften Ort am Meer sehen. Sie wusste nicht einmal, wo genau sich New England befand, getraute sich aber auch nicht nachzufragen, weil er sie sonst für dumm halten könnte. Außerdem konnte sie ja kaum Englisch. Wie sollte sie sich denn mit seiner Familie verständigen? Und war es in seiner Welt nicht vielleicht auch so wie in ihrer? Sie war eine Fremde, eine Deutsche. Sie gehörte dem Volk an, das den Krieg heraufbeschworen hatte. Würde so jemand überhaupt akzeptiert werden? Wo dachte sie nur hin? Gewiss würde Jason niemals auf die Idee kommen, sie nach Amerika mitzunehmen.

Doch ein anderer Teil ihres Inneren wünschte sich so sehr, sie könnte das alles mit eigenen Augen sehen. Sie wünschte sich, dass Jason sie in seine Welt mitnehmen würde und sie in genau einem solchen Haus am See Weihnachten feiern könnten. Er hatte alles so lebhaft beschrieben. Sie sah das weiße Holzhaus vor Augen, das sie sich in ihrer Fantasie so wie die Häuser aus dem Film Vom Winde verweht *vorstellte, den sie gefühlt Hunderte Male angesehen hatte. Ihre eigenen Weihnachtsrituale, die sie mit ihrer Mutter pflegte, klangen im Gegensatz zu seinen klein und unbedeutend. Es gab keine mit Kastanien gefüllte Pute, sondern Würstchen mit Kartoffelsalat. Sie hatten nur einen Baum zum Fest. Eine Fichte, eins fünfzig hoch, die sie immer bei dem Christbaumhändler am Eisernen*

Steg kauften und an der selbstverständlich keine bunten Lichter hingen, sondern echte Kerzen brannten. Um Mitternacht gingen sie in die Christmette im Dom. Das fand Gerda zwar immer recht festlich. Eine große Familie, mit der sie am ersten Feiertag feiern und gemeinsam essen konnten, gab es jedoch nicht. Bis vor wenigen Jahren war noch Gerdas Tante Frieda zum Fest zu Besuch gekommen, und ihre Mutter hatte dann immer rheinischen Sauerbraten mit Kartoffelklößen gekocht, weil Frieda den so gernhatte. Gerda hatte den säuerlichen Geschmack der Soße nie gemocht und das Essen stets höflich hinuntergewürgt. Zum Glück hatte Frieda inzwischen wieder geheiratet und war mit ihrem neuen Ehemann und dessen Kindern nach Braunschweig umgezogen. Sie kam nur noch selten zu Besuch. Da Gerda und Roswitha das Fest nun endgültig allein verbrachten, sah Roswitha es nicht mehr ein, sich stundenlang in die Küche zu stellen und ein teures Essen zu kochen. Inzwischen war es Tradition geworden, dass sie am ersten Feiertag zum Wienerwald gingen. Dort gab es stets ein Festangebot zu günstigen Preisen, und es schmeckte auch ganz gut. Nur davon, wie ein mit Kastanien gefüllter Weihnachtsputer schmeckte, hatte sie wirklich keine Ahnung.

»Wie lange wirst du bei deiner Familie bleiben?«, fragte Gerda.

»Bis ins neue Jahr hinein«, antwortete er. »Vielleicht auch einige Tage länger. Ich kann es noch nicht so genau sagen«, antwortete er. »Aber ich werde definitiv nach Frankfurt zurückkehren. Das verspreche ich dir, my Darling.« Er nahm ihre Hand und drückte sie.

Gerda nickte zur Antwort und sagte nichts. Sie hatte Mühe, die aufsteigenden Tränen zurückzuhalten. Bis ins neue Jahr *hinein. Wie sollte sie diese lange Zeit ohne ihn nur überstehen?*

»Guck mal, Gerda«, war es Karl, der sie aus ihren Gedanken riss. »Es schneit.«

Gerdas Blick wanderte nach draußen. Tatsächlich hatte es zu schneien begonnen. Dicke weiße Watteflocken fielen vom Himmel, es sah wundervoll aus.

»Hach, wie schön«, seufzte Gerda. »Und das so kurz vor dem Fest. Vielleicht haben wir in diesem Jahr endlich mal wieder Glück und bekommen weiße Weihnachten. Das wäre längst überfällig.«

Karl stimmte ihr zu.

»Ja, das wäre es. Früher hatten wir das ja ständig. So langsam glaub ich doch, dass an dem Gerede vom Klimawandel was dran ist.«

Es war die Werbeaufschrift eines in diesem Moment vorbeifahrenden Reisebusses, die Gerda ins Gedächtnis zurückrief, was Mustafa vor dem schrecklichen Unfall von Vanessa erzählt hatte. Karl war in einem Reisebüro am anderen Ende der Stadt gewesen. Sollte sie ihn fragen, was er da gewollt hatte? Oder war das indiskret? Aber wieso sollte es das sein? Sie kannten einander schon so lange, da konnte sie ihn doch fragen.

»Mustafa hat dich neulich in Bockenheim aus einem Reisebüro kommen sehen«, schnitt sie das Thema an und bemühte sich um einen beiläufig klingenden Tonfall. »Ich wusste gar nicht, dass du einen Urlaub planst.«

Karl verschluckte sich an seinem Kaffee und brauchte einen Moment, bis er sich wieder fing. Er hustete so heftig, dass ihm die Tränen kamen. Gerda klopfte ihm kräftig auf den Rücken.

»Ach du je«, sagte sie. »Das hab ich jetzt aber nicht gewollt.«

Karl wischte sich mit einer Weihnachtsserviette die Tränen von den Wangen.

»Schon gut«, antwortete er. »Das lag nicht an deiner Frage. Oder vielleicht doch. Ich meine, wer rechnet denn damit, am anderen Ende der Stadt beobachtet zu werden!«

»Ja, die Augen des Oeder Wegs sind überall«, merkte Gerda an und sah ihn erwartungsvoll an. Es war für Karl offensichtlich, was sie wollte. Er sollte ihr erzählen, was er in dem Reisebüro zu suchen gehabt hatte. Er benötigte einen Moment, dann fiel ihm eine passende Ausrede ein.

»Ich habe vor einigen Monaten an einem Preisausschreiben in der Zeitung mitgemacht. Da ging es um ein Wellnesswochenende in einem Kaff in Südtirol. Den Namen weiß ich nicht mehr so genau. Das sah hübsch aus, da dachte ich, probiere ich mal mein Glück. Ich hab von denen tatsächlich eine Gewinnbenachrichtigung bekommen, und um die Organisation hat sich dieses Reisebüro gekümmert.«

»Das hört sich ja wunderbar an. Wieso hast du davon nicht längst etwas erzählt?«, meinte Gerda und nahm sich einen der Kekse.

»Weil ich bei so Gewinnspielen immer auf der Hut bin. Mein Arbeitskollege ist bei so was mal übel reingefallen. Am Ende war die schöne Busreise an die Mecklenburgische Seenplatte, die er vor Jahren gewonnen hatte, eine von diesen üblen Kaffeefahrten, und sie sind stundenlang in einem Hotel eingesperrt und bedrängt worden, irgendwelche Heizdecken zu kaufen. Also wollte ich erst mal gucken. Und ich lag mit meiner Vorsicht richtig. Ich hätte vieles extra zahlen müssen. Von wegen Gewinn. Anreise auf eigene Kosten, nur Frühstück, dazu noch Einzelzimmerzuschlag. Das ist doch alles Augenwischerei.«

»Hör mir bloß mit diesen Kaffeefahrten auf«, warf Gerda ein und winkte ab. »Unsere Inge ist vor einigen Jahren auch mal in die Fänge von solchen Betrügern geraten. Die hat was mitgemacht, das kann ich dir sagen. Die jungen Leute glauben anscheinend tatsächlich, dass sie einen ab einem bestimmten Alter für dumm verkaufen können.«

»Ja, dem scheint wohl so«, antwortete Karl, der sich innerlich schämte, Gerda angelogen zu haben. Aber es half ja nichts. Ach, was war er nur für ein Dummbatz gewesen. Er hätte niemals diesen Detektiv engagieren sollen. Bei solchen Geheimniskrämereien kam meistens nix Gutes heraus. Das hätte er wissen sollen.

Im nächsten Moment gingen erneut die Lichter aus.

»Nicht schon wieder«, stöhnte Gerda und warf die Hände in die Luft. »Ich denke, jetzt muss ich mir tatsächlich etwas einfallen lassen. Dummes altes Haus.«

»Sieht wohl ganz danach aus«, stimmte Karl ihr zu. »Ich geh dann mal und kümmere mich um die Sicherung, und du kannst nachher ja bei Uwe anrufen. Vielleicht findet sich doch rasch eine Lösung für das Stromproblem.«

Er erhob sich und taperte in Richtung Flur. Gerda sah ihm nach, und plötzlich wurde ihr bewusst, wie sehr sie seine Anwesenheit schätzte. Er war ihr ältester Stammkunde, zuverlässig war er immer da, er war ihr Freund und

Vertrauter geworden, und gerade jetzt, wo das alte Haus um sie herum anscheinend endgültig ins Wanken geriet, empfand sie es als tröstend, ihn in ihrer Nähe zu wissen. Sie ließ ihren Blick durch den im Halbdunkel liegenden Raum schweifen, blieb an Elvis hängen und wurde traurig.

»Irgendeine Lösung wird sich vermutlich finden«, sagte sie leise. »Ich weiß nur nicht, ob sie allen gefallen wird. Sie gefällt nicht einmal mir. Aber es bringt ja nichts, sich selbst andauernd zu belügen. Wir sind eben alt, Elvis. Da ist es irgendwann mal Zeit zu gehen. Ich Dummerchen hätte Vanessa und Timo niemals die Wohnung anbieten sollen.«

Im nächsten Moment tauchten die unzähligen Lichterketten den Raum erneut in ihr buntes und warmes Licht, und Elvis setzte seine Arbeit in seinem gewohnt gemächlichen Tempo fort. Gerda trat hinter den Tresen und warf einen Blick auf die geschlossene Schublade, in der sich die Karte des Immobilienmaklers befand. Genau in dem Moment, als sie die Schublade öffnen wollte, um sie herauszuholen, kam Karl aus dem Keller zurück, und sie ließ wie ertappt die Hand sinken. Jetzt war nicht der passende Moment. Vielleicht deshalb, weil sie noch nicht bereit dazu war, vielleicht auch, weil Karl hier war, der nicht erfahren sollte, dass sie ans Aufgeben dachte. Wo sollte er denn sonst hingehen, wenn nicht zu ihr? Wo sollten all die anderen hingehen? Der Stricktreff, Vanessa und Timo, Mustafa und all ihre lieb gewonnenen Menschen aus der Nachbarschaft? Wo sollte sie selbst hingehen? An eine Rückkehr von Jason wollte sie in diesem Moment lieber nicht denken. Sie griff zum Telefonhörer und wählte Uwes Nummer.

18. Kapitel

19. Dezember 2008

Gerda hatte bereits den ganzen Tag über Kopfschmerzen. Sie verbat sich jedoch, eine Tablette zu nehmen, denn von Pillen aller Art hielt sie grundsätzlich nichts. Also litt sie lieber. Zusätzlich zu ihrem Brummschädel kamen noch Umstände, die dafür sorgten, dass es mit ihrer Laune nicht zum Besten stand. Uwe plagte eine üble Erkältung, weshalb er nicht gekommen war, um nach ihrem Problem mit der Elektronik zu sehen. Am Telefon hatte er gemeint, sie solle einige ihrer Lichterketten besser auslassen. Das werde für den Anfang schon helfen. Ja, war der denn verrückt geworden? Wieso sollten ausgerechnet ihre Lichterketten schuld an dem ständigen Rausspringen der Sicherung sein? Gerda hegte inzwischen den Verdacht, dass dieser dämliche alte Kasten das Problem darstellte. Der hing da schon gefühlt seit dem Gipskrieg. So ein Kasten konnte doch auch irgendwann an Altersschwäche leiden wie ihre Waschmaschinen.

Die Ladentür öffnete sich, und es war Timo, der in Begleitung von drei jungen Männern eintrat. Sie hatten Farbeimer und Pinsel bei sich.

»Morsche, Gerda«, grüßte Timo. »Es gibt gute Neuigkeiten von Vanessa. Sie darf übermorgen aus dem Krankenhaus-Knast raus. Ihr geht es schon wieder ganz gut, und sie langweilt sich die meiste Zeit oder ärgert sich über ihre alte Bettnachbarin, die ihr seit gestern Gesellschaft leistet. Nur die Übelkeit macht ihr noch ein bisschen zu schaffen, aber die Ärztin von der Morgenvisite hat gemeint, dass die auch von der Schwangerschaft kommen könnte. Mit dem Baby ist alles bestens.«

Die guten Neuigkeiten sorgten dafür, dass sich Gerdas Stimmung aufhellte. »Wie schön. Dann haben wir ja eine Sorge weniger.« Ihr Blick blieb an den Farbeimern hängen. »Ihr wollt also schon mit dem Renovieren anfangen?«, fragte sie, und in ihrem Inneren breitete sich erneut die Sorge aus, die sie letzte Nacht nicht in den Schlaf hatte finden lassen. Was war, wenn sie das Problem mit dem Strom nicht in den Griff bekam? Oder wenn weitere Probleme mit dem Haus hinzukämen? Heute früh hatte sie länger vor dem alten Heizkessel im Keller gestanden, ihn eingehend betrachtet und versucht, sich daran zu erinnern, wann sie die Heizung zuletzt von einem Fachmann hatte ansehen lassen. War es nicht Jutta gewesen, die neulich davon erzählt hatte, dass ihr umsichtiger Vermieter die Heizung bei ihnen im Haus jährlich warten ließ? Gerda kannte nicht einmal einen Heizungsbauer, der so etwas machen könnte. Bisher hatte sie den auch nicht gebraucht. Nur der Öllieferant kam ab und an zum Nachfüllen, und der hatte sich bisher nicht kritisch geäußert. Es galt das Prinzip Hoffnung. Es würde schon gut gehen. Gerdas Blick wanderte zu der Schublade mit der Karte des Immobilienmaklers, und sie stieß innerlich einen Seufzer aus. Wegschicken konnte sie die jungen Leute jetzt nicht mehr, obwohl sie bisher noch keinen festen Mietvertrag hatten. Aber das war ja nur so unnötiger Papierkram, den sie noch erledigen konnten, wenn Vanessa wieder bei ihnen war.

»Das hier sind Freunde von mir aus dem Fitnessstudio«, erklärte Timo. »Moritz, Hannes und Jan.« Seine drei Begleiter, sie waren allesamt größer als Timo, rothaarig und zweimal blond, grüßten knapp. »Wir haben uns ein ehrgeiziges Projekt vorgenommen. Wir würden gern bis zu Vanessas Entlassung das Babyzimmer fertig haben. Sozusagen als Überraschung für sie. Gestern war ich gemeinsam mit Mustafa bei seinem Bekannten, dem Möbelhändler in Rödelheim. Die haben dort eine Auswahl, das kannst du dir nicht vorstellen. Ich habe zu einem Spottpreis eine komplette Babyzimmer-Einrichtung mit allen Schikanen bekommen. Sogar ein süßes Bärenmobile ist mit dabei. Vanessa wird Augen machen. Mustafa hat mir zugesagt, die Möbel mit seinem Lieferwagen heute Nachmittag abzuholen, und weil ihm die Sache mit Vanessa so leidtut, macht er das sogar kostenlos. Ist das nicht großartig?«

Das war es tatsächlich, dachte Gerda, denn Mustafa und das Wort kostenlos passten normalerweise so gar nicht zueinander.

»Ihr Laden ist echt cool«, meldete sich einer der jungen Männer zu Wort. Gerda überlegte, ob es der Jan oder der Hannes war. »So richtig Old School. Diese alten Waschmaschinen sehen echt antik aus. Dazu die vielen Lichterketten und der Weihnachtsplunder. Also meiner Oma würde es bei ihnen gut gefallen. Sie müssten im selben Alter sein. Sie wird nächstes Jahr achtzig, ist aber noch recht rüstig.«

»Antik und rüstig also«, entgegnete Gerda mit säuerlicher Miene.

Die Aussagen des jungen Mannes schockierten Gerda. Sah sie tatsächlich wie eine Achtzigjährige aus? Großer Gott! Hatte sie sich etwa so gehen lassen? Vielleicht lag es ja an der Kittelschürze. Oder hatte sie etwa doch schon so viele Falten im Gesicht? Sollte sie sich wieder die Haare färben?

»Wir gehen dann jetzt besser nach oben und beginnen mit der Arbeit«, suchte Timo, dem die Aussage seines Freundes merklich peinlich war, die Wogen zu glätten.

Die drei trollten sich durch die Hintertür ins Treppenhaus, und Gerda strich sich über ihre blau-weiß geblümte Kittelschürze. Ja, sie war praktisch. Aber hübsch anzusehen waren die Dinger nicht. Sie beschloss spontan sich umzuziehen. Flott hängte sie das »Bin gleich wieder zurück«-Schild in die Ladentür, drehte den Schlüssel um und eilte in ihre Wohnung. Dort angekommen, entschied sie sich nach einiger Überlegung für eine dunkelblaue Stoffhose mit einem Bequembund. Die Verkäuferin bei C&A hatte gemeint, dass die immer mehr in Mode kamen und auch junge, schlanke Frauen sie vermehrt trugen. Schließlich wollte niemand eine kneifende Hose haben. Womit die Verkäuferin recht hatte. Allerdings hatte Gerda Vanessa noch nie in einer Hose mit einem solchen Bund gesehen. Aber sie stellte vermutlich eine Ausnahme dar. Wie sie es schaffte, sich in diese schrecklich engen Hosen zu zwängen, würde für Gerda immer ein Geheimnis bleiben. Nach längerer Überlegung entschloss sie sich, einen Rollkragenpullover und eine lange beigefarbene Strickjacke zur Hose anzuziehen. Ihrer Meinung nach trug sie jetzt die perfekte Mischung. Nicht zu schlampig, aber auch nicht zu elegant. Wie eine aufgetakelte Pute musste sie in ihrem Waschsalon weiß Gott nicht rumlaufen. Bevor sie das Schlafzimmer verließ, beschloss sie, etwas Make-up aufzulegen, und setzte sich an ihren kleinen Toilettentisch. Rouge, Lippenstift und Wimperntusche sorgten für Farbe in ihrem Gesicht, und es folgten einige Spritzer des Parfüms der Marke *Wargünstigundriechtgut*. Nachdem sie fertig war, betrachtete sie noch einmal ihr Gesicht im Spiegel ihres Toilettentischs und begann, an ihrer rausgewachsenen Dauerwelle zu zupfen. Vielleicht war die Frisur ja doch etwas zu altbacken. Dauerwellen trug die Jugend von heute längst nicht mehr. Vanessa könnte sie dazu beraten. Ihr würde schon was Hübsches einfallen. Gegen die Falten, selbst auf der Oberlippe hatte sie inzwischen welche von den unschönen Dingern, konnte sie allerdings nur wenig machen. Die High Society in Hollywood ließ sich ja ab einem bestimmten Alter immer Botox spritzen. Die sahen nach Gerdas Meinung allesamt aus, als kämen sie direkt aus der Geisterbahn. Auf die Idee, sich so etwas anzutun, wäre sie niemals im Leben gekommen. Und Nadeln fand sie noch schlimmer als Pillen. Falten gehörten zum Leben dazu, ob es einem nun gefiel oder nicht.

Es war verrückt, aber in diesem Moment musste sie erneut an Jason denken. Auch er hatte während eines ihrer Treffen vom Altwerden geredet. Jedoch hatte er darin nichts Schlechtes gesehen. Sie stieß einen tiefen Seufzer aus und berührte das Kettchen an ihrem Hals.

Dezember 1963

Gerda war auf ihren Absätzen den Bürgersteig des Oeder Wegs mehr hinabgeschlittert als gelaufen. Sie stand nun an der nächsten Straßenecke an ihrem üblichen Treffpunkt neben der Litfaßsäule und hielt nach Jason Ausschau. Die Kälte kroch ihre Beine hinauf, und Gerda trat frierend von einem Bein aufs andere. In diesem Moment verfluchte sie ihre Eitelkeit – aber was half es schon: Wenn man abends ausging, konnte man schlecht die warmen Winterschuhe anziehen. Also hatte sie sich, trotz der widrigen Straßenverhältnisse, ihre hübschen braunen Pumps angezogen, denn damit sahen ihre Beine gleich viel schlanker aus. Dazu hatte sie einen schwarz-braun karierten Rock und ein dunkles Oberteil ohne Ärmel gewählt. Ihr Haar hatte sie mit viel Haarspray toupiert, und sie hatte sogar roten Lippenstift aufgelegt, was sie sonst nie tat. Das Aufhübschen hatte heute problemlos funktioniert, denn ihre Mutter plagte ein übler Schnupfen. Sie lag schon eine ganze Weile schnarchend und von unzähligen Rotzfahnen umgeben in ihrem Bett, und Gerda hoffte darauf, dass der grippale Infekt für einen seligen Tiefschlaf sorgen würde. Jason hatte ihr über ihren kleinen Boten – es war der Sohn seiner Vermieterin – eine Einladung in den Beatclub zukommen lassen, und sogleich hatte sich dieses herrliche Gefühl in Gerdas Innerem ausgebreitet, das sie jedes Mal empfand, wenn sie mit Jason zusammen war oder sie eine Nachricht von ihm erreichte. Ach, sie wünschte sich so sehr, dass sie ihr Glück mit jemanden würde teilen können, doch das ging nicht, am Ende würde ihre Mutter sonst über irgendwelche verschlungenen Tratschwege doch noch davon erfahren, dass sie mit einem Amerikaner ausging.

Zu Gerdas Glück sah sie Jason nun auf sich zukommen. Wie elegant er im Licht der Straßenbeleuchtung und der Schaufenster aussah, kam ihr in den Sinn. Er trug einen knielangen Mantel, und auf seinem Kopf war ein Hut. Als er sie erreicht hatte, fragte er verschmitzt grinsend: »Warten Sie auf jemanden, mein Fräulein?«

»Ja, auf einen netten Gentleman, der mich zum Tanz ausführen möchte«, antwortete Gerda kess. »Er hat mir eine Nachricht zukommen lassen.«

»Hat er das«, erwiderte Jason, und plötzlich gab er Gerda einen kurzen Kuss, der sie schaudern ließ. »Du siehst wunderschön aus.« Gerda schmolz dahin. Sein amerikanischer Akzent klang aber auch zu charmant. »Komm. Lass uns gehen. Es ist kalt heute.« Er legte den Arm um sie und führte sie mit sich zur unweit ihres Treffpunkts gelegenen Straßenbahnhaltestelle. »Der Abend wird dir bestimmt gefallen. Im Club spielen sogar die Beatles, die in England total angesagt sind. Hier kennt sie kaum jemand, aber ich sage dir: Die werden mal richtig groß rauskommen. Das hab ich im Gefühl.«

Von den Beatles hatte Gerda schon gehört, allerdings konnte sie sich in diesem Moment an keines ihre Lieder entsinnen.

Sie verließen die Straßenbahn an der Haltestelle Hauptwache gemeinsam mit einem alten Ehepaar. Der alte Herr nahm fürsorglich die Hand seiner Frau und sagte in einem warmherzig klingenden Tonfall: »Gib acht, Magda, wo du hintrittst. Komm, ich helfe dir.«

Die beiden älteren Herrschaften liefen in langsamem Tempo in Richtung Zeil, und Gerda und Jason blickten ihnen nach. Sie liefen in gebückter Haltung, er hielt weiterhin ihre Hand. Sie sahen so friedlich miteinander aus.

»Sie haben einander vermutlich schon ein Leben lang«, sagte Jason andächtig. »So ein Glück möchte ich auch haben. Eine Frau an meiner Seite, die bei mir bleibt, was auch immer passiert. Der es egal ist, wenn ich irgendwann gebückt laufe und Falten habe. Falten sind ja sowieso nur Lebenslinien, und die meisten entstehen beim Lachen. Das sagt mein Großvater immer. Wer viele Falten hat, der ist ein fröhlicher Mensch.«

Die Erinnerung an diesen Moment aus der Vergangenheit brachte Gerda zum Lächeln, ließ sie aber auch wehmütig werden. Es kam ihr plötzlich so vor, als hätte diese Begebenheit in einem anderen Leben stattgefunden. Ein wenig war es ja auch so. Das junge Mädchen aus ihrer Erinnerung hatte so viele Träume im Kopf gehabt, die nicht in Erfüllung gegangen waren. Aber bei wem taten sie das schon? Gerdas Blick blieb an der Kette mit dem Herzanhänger an ihrem Hals hängen, und plötzlich traten Tränen in ihre Augen. Könnte man die Zeit doch zurückdrehen. Dann würde sie alles anders machen. Dann würde sie …

Ach, das war doch dumm. Sie tat den Gedanken ab und verließ den Raum und wenig später auch ihre kleine Wohnung. Im Treppenhaus traf sie auf einen der jungen Männer.

»Nach Ihnen hatte ich gesucht, Frau Glück«, sagte er. »Mir ist eben aufgefallen, dass es kein warmes Wasser gibt. Könnte es sein, dass mit Ihrer Heizung etwas nicht in Ordnung ist?«

Gerda sah den jungen Mann entsetzt an. Sie hatte es kommen sehen. So war das immer mit den Sachen im Haus. Wenn, dann ging alles auf einmal kaputt. Ihre Spülmaschine, die hatte sie gebraucht gut ersetzt bekommen, zeitgleich war ihr Fernseher kaputtgegangen. Da hatte ihr Mustafa einen neuen besorgt, ein wunderbar flaches Gerät, das sogar eine Fernbedienung hatte, was Gerda sehr entgegenkam. Der Fernseher war angeblich dritte Wahl gewesen, weil er ein paar Kratzer an der linken oberen Ecke hatte. Angeblich war er von einem Laster gefallen. Aber wer regte sich schon wegen ein paar Kratzer auf? Die Leute heutzutage waren nach Gerdas Meinung viel zu verwöhnt.

Einen Ersatzheizkessel und neue Stromleitungen bekam man allerdings bestimmt nicht in dritter Wahl, weil sie vom Laster gefallen waren. In Gerda stieg Verzweiflung auf. Wo sollte sie denn jetzt auf die Schnelle einen bezahlbaren Heizungsbauer finden? Erst gestern hatte sie in der Zeitung gelesen, dass Handwerker inzwischen die reinste Mangelware waren.

»Also, wenn Sie möchten, dann kann ich den Jan fragen, ob er sich Ihren Kessel mal anschaut. Der ist vom Fach. Bestimmt kriegt der den wieder zum Laufen«, schlug der junge Mann vor.

Gerda sah ihn mit großen Augen an. »Ja, aber das ist doch, ich meine …«, erwiderte sie, nach Worten suchend. Was für ein Zufall! Ausgerechnet jetzt hatte sie tatsächlich jemanden im Haus, der sich mit so etwas auskannte. »Das wäre wunderbar«, fand sie die richtigen Worte. »Aber nur, wenn es keine Umstände macht.«

»Ach, der Jan macht das bestimmt gern. Vanessa soll es doch warm haben, wenn sie aus der Klink nach Hause kommt.«

Er lief die Treppe nach oben, und in Gerda regte sich,

während die Wohnungstür im oberen Stock ins Schloss fiel, ein egoistischer Gedanke. Und was war mit ihr? Soll ich etwa frieren? Dachte denn niemand an sie?

Eine Weile darauf stand die gesamte Männertruppe mit Gerda und Karl, der inzwischen zu seinem üblichen Morgenkaffee eingetroffen war, mit verdrießlichen Mienen im Heizkeller. Jan hatte sich den Heizkessel genau angesehen und festgestellt, dass es wohl eine größere Sache wäre.

»Er ist eben auch schon über sechzig Jahre alt. Da kann so ein Kessel auch mal in die Knie gehen. Es sieht danach aus, als wäre die letzte Heizungswartung schon eine Weile her. Soweit ich weiß, gibt es den Betrieb Maulegger gar nicht mehr.« Jan deutete auf einen Aufkleber auf der Heizung, auf dem das Datum der letzten Heizungsüberprüfung allerdings nicht mehr lesbar war. Gerda zog reumütig den Kopf ein. Heizungswartungen hatte sie in all den Jahren nur als Geldverschwendung betrachtet. Wann waren die denn zuletzt da gewesen? Mitte der Achtziger vielleicht? Der junge Mann war immer nur kurz im Keller gewesen und hatte stets verkündet, dass alles seine Ordnung hätte. Und der Öllieferant war ebenfalls immer recht einsilbig gewesen. Nur seine Rechnungen waren mit jedem Jahr höher geworden. Das war die reinste Abzocke!

»Eine Reparatur bringt bei der alten Anlage nichts mehr«, sagte Jan. »Sie werden wohl nicht darum herumkommen, eine neue Heizung anzuschaffen. Die hier bekommen wir nicht mehr in Gang. Haben Sie einen Heizungsbauer, der Ihnen da helfen kann? Wenn nicht, kann ich meinen Chef mal anrufen und sagen, dass es eilt. Aber ich vermute, dass der Einbau ein paar Wochen dauern könnte. Über

Weihnachten ist ja Urlaubszeit, und im Moment haben wir auch einen hohen Krankenstand. Und bestellt werden muss auch noch alles. Also, ich würde Ihnen raten, von der Öl- auf eine Gasheizung umzusteigen. Da bekommen Sie auch staatliche Förderungen. Wenn Sie möchten, helfe ich gern bei den Anträgen. Ist ja immer so eine Sache mit den Behörden.«

Gerda war wie erstarrt. Die niederschmetternde Antwort von Jan hatte sie hart getroffen, ihr fehlten die Worte. Die Heizung war kaputt, Schluss, aus, vorbei. Das dumme alte Ding. Wieso musste das ausgerechnet jetzt passieren? Dazu die depperten Stromleitungen. Und dann redete der junge Mann auch noch von Behörden und Anträgen. In diesem Moment wünschte sich Gerda, sie könnte einfach fortlaufen und sich irgendwo verstecken, wie sie es als Kind getan hatte, wenn es Probleme gegeben hatte. Aber das ging natürlich nicht.

»Aber wir haben Winter«, war es Karl, der sich als Erster zu Wort meldete. »Wie soll Gerda denn jetzt heizen? Sie kann doch nicht im Kalten sitzen. Und eben erst hat sie an Vanessa und Timo vermietet. Die beiden wollen im Januar einziehen.«

»Mit dem alten Kessel wird das jedenfalls nichts mehr«, antwortete Jan. »Der Brenner ist kaputt. Sie werden sich erst einmal mit Heizlüftern und anderen mobilen Heizgeräten begnügen müssen. Die sind zwar unschön für die Stromrechnung, aber für den Übergang bleibt keine andere Lösung.«

Gerda und Karl wechselten einen kurzen Blick. Beide dachten in diesem Moment dasselbe. Eine höhere Stromrechnung war das eine Problem, die maroden Leitungen noch ein ganz anderes. Wenn jetzt in allen Räumen Heizlüfter liefen, dann würden sie ruckzuck wieder im Dunkeln sitzen. Es war zum Verzweifeln. Glücks Waschsalon hatte die letzten Jahre bereits auf wackeligem Untergrund gestanden, und Gerda war gerade so über die Runden gekommen. Doch jetzt schien der Betrieb, der von ihr und ihrer Mutter voller Stolz eröffnet worden war, endgültig am Ende zu sein. Gerda fühlte sich unendlich müde.

»Ich hab kein Geld für eine neue Heizung«, gestand sie. »Und die Stromleitungen sind so alt wie der Kessel.«

Als hätte eine höhere Macht Gerdas Worte gehört, ging genau in diesem Moment erneut das Licht aus.

19. Kapitel

20. Dezember 2008

Gerda erwachte an diesem Morgen in ihrem eiskalten Schlafzimmer. Sie hatte ihre Bettdecke bis zur Nase hochgezogen, blickte auf die im grauen Licht des Wintermorgens liegende Zimmerdecke und wünschte sich, sie könnte für immer in ihrem warmen Bett liegen bleiben. Doch das konnte sie nicht, sie musste sich kümmern. Um Dinge, denen sie zu wenig Aufmerksamkeit geschenkt hatte. Obwohl sich zumindest das Stromproblem in den letzten Wochen regelrecht aufgedrängt hatte. Das musste sie zugeben. Sie dachte erneut an die Visitenkarte, die ihr der Makler gegeben hatte. Sie konnte ihn anrufen, und bestimmt hätte er das Haus flott verkauft. Beste Lage, Frankfurter Innenstadt mit Geschäftsräumen. Dafür bekommen wir einen feinen Preis, hatte der Mann gesagt und äußerst motiviert geklungen. Ob der feine Preis auch für ein Haus mit maroden Stromleitungen und einer kaputten Heizung galt, wusste Gerda nicht. Vermutlich schmälerte das die Einnahme, schließlich müsste ein Käufer ihr altes Häuschen erst einmal von Grund auf sanieren. Er würde ihre geliebten Waschmaschinen allesamt auf die Straße stellen oder zum Elektroschrott schaffen.

Elvis, Udo, Rock Hudson und all die anderen würden endgültig ihr Zuhause verlieren. Wenn es ganz dumm kam, dann würde der Käufer ihr Haus vielleicht sogar abreißen und einen modernen und nichtssagenden Neubau aus Glas und Beton hier hinsetzen. So was kam an vielen Orten in Frankfurt vor. Alte Häuser schienen in dieser Stadt voller Bankentürme für so manchen Investor nicht mehr erhaltenswert zu sein.

Plötzlich hörte Gerda eine Tür klappen, und sie setzte sich ruckartig auf. Betrat da gerade jemand ihre Wohnung? Ein Einbrecher vielleicht? Du liebe Zeit! Das nicht auch noch. Wie gelähmt saß sie im Bett, den Blick auf die Schlafzimmertür gerichtet. Da waren doch schlurfende Schritte auf dem Flur zu hören. Doch dann hörte sie plötzlich eine vertraute Stimme, und sie entspannte sich. Es war Karl.

»Gerda. Bist du schon wach?«, hörte sie ihn fragen. »Es ist schon kurz nach neun, und sonst bist du doch um diese Zeit immer im Laden.« Die Schlafzimmertür öffnete sich, und ihr alter Freund stand, seine abgetragene Winterjacke tragend, in der Tür. In Händen hielt er einen kleinen Heizlüfter.

»Guten Morgen, Gerda. Ich hab gedacht, ich kümmere mich heute Morgen gleich mal. Ich hab dir für dein Badezimmer einen Heizlüfter mitgebracht. Den hab ich schon seit Jahren, weil bei uns im Haus ja auch mal die Heizung ausgefallen ist. Das war 1992, glaub ich. Oder doch 1995. Ach, der alte Kopf will auch nicht mehr so richtig. Also, auf jeden Fall funktioniert der Lüfter noch recht anständig, er ist nur ein bisschen laut. Außerdem bin ich eben auf der Straße Mustafa begegnet. Er hat von deiner Misere schon gehört und will gleich so einen fahrbaren Radiator für den

Waschsalon bringen. Dann hast du es da tagsüber nicht kalt. Und die Kaffeemaschine läuft auch schon. Ich hoffe, ich hab die richtige Menge Pulver reingemacht. Ich weiß ja nicht so genau, wie dir das lieb ist. Hoffentlich war es nicht zu wenig, sonst gibt es gefärbtes Wasser. Warum sagst du denn nix? Geht es dir auch gut?« Er sah Gerda fragend an.

»Weil du die ganze Zeit am Reden bist«, entgegnete Gerda in einem leicht ruppigen Tonfall, was ihr sogleich leidtat. Sie konnte ihre Freude und ihre Erleichterung darüber, dass Karl vor ihr stand und das Heft in die Hand nahm, nicht in Worte fassen. Schon fühlte sie sich nicht mehr ganz so verloren.

»Da ist was dran«, reagierte Karl wie üblich gelassen. »Ich bring dann mal den Heizlüfter ins Badezimmer und geh wieder in den Laden runter. Mustafa müsste gleich kommen, dann helfe ich ihm mit dem Anschluss von dem Radiator. Er wollte auch noch eine Verlängerung mitbringen, er weiß ja, dass um diese Jahreszeit sämtliche Steckdosen belegt sind. Frühstück hab ich übrigens auch mitgebracht. Beim Bäcker gab es Zimtschnecken. Die hast du doch gern.« Er machte eine kurze Pause, es schien, als wäre er unschlüssig, was er jetzt noch sagen sollte. »Also, ich geh jetzt. Bis nachher. Ich warte dann unten.«

Er verschwand, und nur wenige Minuten später hörte Gerda ein rauschendes Geräusch. Er schien für sie noch den Heizlüfter angemacht zu haben. Es galt zu hoffen, dass die Stromleitungen die zusätzlichen Belastungen aushalten würden. Gerda schwang die Beine aus dem Bett. Es half nichts. Sie konnte nicht für immer unter ihrer Decke bleiben.

Als Gerda wenig später den Waschsalon betrat, war sie erstaunt darüber, wie viele ihrer Freunde bereits anwesend waren. Der gesamte Stricktreff war gekommen, und auch Mustafa und Uwe hatten sich eingefunden, die sich gerade mit Karl unterhielten. Timo und sein Handwerkertrupp waren ebenfalls anwesend. Die jungen Männer und Uwe machten sich gerade über einen Stapel Mettbrötchen her, die mit reichlich Zwiebeln belegt waren. Gerda nahm sich vor, die Dachgeschosswohnung heute besser zu meiden. Da würde es bestimmt müffeln wie in einer Zwiebelhöhle.

»Guten Morgen, Gerda«, es war Timo, der sie als Erster begrüßte. »Ich habe gute Neuigkeiten. Vanessa hat vorhin angerufen. Sie wird heute Vormittag schon entlassen. Die Ärzte meinten, es würde alles zum Besten stehen. Allerdings soll sie sich noch ein bisschen schonen. Ist das nicht großartig? Ich fahre sie gleich nachher abholen.«

»Das ist großartig«, antwortete Gerda. »Gott sei Dank ist die Sache noch einmal glimpflich verlaufen. Allerdings wird es dann wohl nichts mit der Überraschung in der Wohnung, denn wie ich Vanessa kenne, wird sie hierherkommen wollen.«

»Dafür haben wir schon Pläne«, meinte Jan. »Timo schafft Vanessa erst mal in ihre alte Wohnung. Ihre Mitbewohnerin hat uns zugesichert, sie bei Laune zu halten. Wenn wir uns beeilen, dann werden wir mit dem Kinderzimmer heute noch fertig. Es ist ja nur ein kleiner Raum, die Möbel sind schnell aufgebaut, und beim Arbeiten wird uns flott warm werden.«

Gerda nickte und bewunderte insgeheim die jugendliche

Tatkraft. Sie hatte es an diesem Tag gerade mal geschafft, sich anzuziehen. Gegen die Kühle im Haus hatte sie sich für eine dicke Strickjacke und ihre warmen Wollsocken entschieden. Obwohl es in ihrem Waschsalon gar nicht so kalt war. Mustafa hatte bereits den Radiator in Gang gesetzt. Gerdas zahlreiche Lichterketten waren allerdings aus, was sie traurig fand.

Uwe war derjenige, der sich zu dieser Thematik sogleich äußerte. Es schien, als hätte er Gerdas Gedanken erraten. Er kannte sie einfach zu gut.

»Ich kann dir nur empfehlen, jetzt äußerst behutsam mit deinen Stromleitungen umzugehen, meine Liebe. Entweder du sitzt im Warmen oder in hübschem Lichterglanz im Kalten. Auch im Hinblick darauf, dass du für das Warmwasser wohl erst einmal Durchlauferhitzer benötigen wirst. Davon kann ich dir noch heute einen ersten im Badezimmer in der Dusche einbauen. Auf lange Sicht wirst du allerdings nicht um eine Sanierung der Leitungen herumkommen. Schließlich bist du ja auch eine Vermieterin, und bald wohnt eine kleine Familie mit im Haus, für die du dann Verantwortung hast.«

Gerda gab keine Widerworte, wie sie es sonst manchmal tat, denn sie wusste, dass er recht hatte. Sie murmelte eine unverständliche Antwort und schenkte sich erst mal Kaffee ein. Immerhin, die alte Kaffeemaschine durfte sie noch betreiben, und das gute Stück funktionierte auch noch.

»Wie steht es denn mit der Heizung?«, erkundigte sich Mustafa. »Ist sie noch zu retten, oder muss sie ausgetauscht werden? Ich hab da einen Cousin, von dem der Schwager, sein Neffe … Der wird auch der Heizkesselflüsterer genannt. Der kriegt anscheinend auch die vollkommen hoffnungslosen Fälle wieder hin.«

»Der Brenner ist kaputt«, merkte Jan an. »Da kann er so viel flüstern, wie er will. Die Heizung wird keinen Mucks mehr von sich geben. Frau Glück muss sie austauschen, ob es ihr gefällt oder nicht. Die Radiatoren und Heizlüfter können nur eine Übergangslösung darstellen. Solche Geräte sind ja auch die reinsten Stromfresser. Außerdem hab ich schon mit meinem Chef gesprochen. Er will heute Nachmittag vorbeikommen und sich die Sache mal ansehen. Er hat gemeint, wir könnten Frau Glück noch zwischenschieben. Dann hätte sie, wenn alles nach Plan läuft, bereits Mitte Januar keine Probleme mehr.«

Seine Worte hätten Gerda eigentlich ermutigen sollen, doch das taten sie nicht. Sie empfand das Vorgehen von Jan zudem als etwas übergriffig. Sie hatte nicht darum gebeten, dass sein Chef bei ihr auftauchte, um ihr ein vermutlich sündhaft teures Angebot für eine neue Heizung zu machen, die sie sich dann ohnehin nicht würde leisten können.

»Das klingt doch fein«, meldete sich jetzt Angelika zu Wort. »Und die Probleme mit den Stromleitungen bekommt unser Uwe bestimmt auch in den Griff. Ist es nicht herrlich, wie unser gutes Netzwerk im Oeder Weg funktioniert? Hier wird niemand im Stich gelassen.«

»Und für den Übergang leih ich dir einen Stapel meiner Norwegerpullover«, fügte Inge hinzu. »Die halten schön warm.«

»Und für deine Lichterketten könnte ich eine Lösung vorschlagen«, meldete sich Mustafa zu Wort. »Ich meine, von denen sind viele schon veraltet, und deshalb belasten sie die Stromleitungen. Heutzutage gibt es solche Lichterketten nur noch mit LED-Lichtern. Die benötigen bedeutend weniger Strom. Und weil du es bist, Gerda, bekommst du einen Freundschaftspreis.«

»Das hört sich doch gar nicht schlecht an«, meinte Uwe. »Ich bin dir gern beim Aussortieren der nicht mehr zeitgemäßen Ketten behilflich.«

Gerda wusste nicht, was sie erwidern sollte. Plötzlich fühlte sie sich von der Situation überfordert und sank auf einen ihrer Kaffeehausstühle. Alle standen um sie herum und boten Hilfe an. Doch sie konnte sie nicht annehmen. Neue Heizung, neue Stromleitungen, dämliche LED-Lichter. In ihr stieg Verzweiflung auf. Dafür hatte sie kein Geld! Sie würde ihr Zuhause verlieren. Ein Zuhause, das ihr heute alles bedeutete und aus dem sie in einem anderen Leben hatte ausbrechen wollen.

Dezember 1963

Gerda wusste, dass ihr Verhalten verrückt war. Aber sie konnte nicht anders, sie musste zu Jason. Dieses Mal war es sogar mitten in der Nacht, dass sie sich aus dem Haus schlich, weshalb sich ihr Tun noch ungehöriger anfühlte als sonst. Jason hatte ihr wieder über einen kleinen Jungen eine Nachricht zukommen lassen, zu welcher Zeit er an ihrem Treffpunkt, der Litfaßsäule, auf sie warten würde. Gerda hatte auf die späte Stunde verwundert reagiert, und sie war neugierig, was er plante. Der Oeder Weg lag in tiefem Schlaf. In den Fenstern brannte kein Licht, selbst die Straßenbahn fuhr zu dieser Zeit nicht. Vereinzelt fielen einige Schneeflocken in die Lichtkegel der Straßenlaternen, und in der Luft lag der herrliche Duft von frisch gefallenem Schnee, der sich mit dem Geruch von Holzrauch vermischte. Ihre Fußspuren waren die einzigen, die sich auf dem Gehweg abzeichneten. Sie sah Jason bereits aus der Ferne an der Litfaßsäule stehen, und ihr Herz begann höherzuschlagen und in ihrem Inneren breitete sich dieses herrliche warme Gefühl aus, das sie so sehr liebte. Doch es mischten sich in diesem Augenblick auch andere Empfindungen darunter. Es waren Zweifel, die sich Raum verschaffen wollten. Zweifel an dem, was sie tat, denn ihre Liebe zu Jason hatte keine Zukunft. Wie sollte es die auch geben? Ihre Mutter würde ihn niemals akzeptieren. Sie war ein einfaches deutsches Mädchen aus einem Waschsalon. Er hingegen war ein amerikanischer Student, der offensichtlich aus einer wohlhabenden Familie kam. Arme Leute hatten keine großen Anwesen mit unzähligen Zimmern voller Weihnachtszauber. Sie schlich sich heimlich fort und belog ihre Mutter, die mit dem Waschsalon eine Existenz für sie beide aufgebaut hatte und einen solchen Betrug sicherlich nicht verdiente. Mit jedem Schritt, den Gerda sich der Litfaßsäule näherte, nahm die Zerrissenheit in ihrem Inneren zu. Vielleicht wäre es tatsächlich besser, die Sache zu beenden. Bevor er ihr das Herz brach. Aber würde er das nicht sowieso tun? Also konnte sie die Zeit, die ihnen blieb, einfach genießen. Den Moment leben und nicht an morgen denken. Der Gedanke gefiel ihr, und sie beschleunigte ihre Schritte.

Wenig später liefen Jason und sie Hand in Hand durch den im Dunkeln liegenden Holzhausenpark. Der Schneefall hatte sich verstärkt, unzählige Flocken wirbelten um sie herum zu Boden oder landeten auf Gerdas Strickmütze.

»Was machen wir hier mitten in der Nacht?«, fragte Gerda.

»Das wirst du gleich sehen«, antwortete er und zog sie mit sich. »Es ist eine Überraschung. Du wirst Augen machen.«

Sie erreichten das Holzhausenschlösschen. Unweit davon gab es einen metallenen und großen Gartenpavillon, an dem im Sommer stets betörend schöne Kletterrosen wuchsen. Im Winter sah er eher karg aus. Doch heute war das anders. Gerda konnte nicht glauben, was sie sah. Der Pavillon leuchtete in einem Lichtermeer. Er sah so wunderschön aus, dass Gerda stehen blieb, um den funkelnden Zauber mit großen Augen zu betrachten.

»Hast du das gemacht?«, fragte sie unnötigerweise. »Wie wunderschön!«

»Komm«, sagte er und zog sie mit sich. »Die Überraschung geht noch weiter.«

Sie traten in das Innere des Pavillons, und Jason bat sie, für einen kurzen Moment zu warten. Gerda betrachtete die vielen Lichter um sich herum mit staunenden Augen. Sie war wie gefangen von der einzigartigen Schönheit. Und dann war plötzlich Musik zu hören. Es war Frank Sinatra mit dem Lied Have Yourself A Merry Little Christmas. *Wie konnte Jason wissen, dass Gerda gerade dieses Lied so gernhatte? Es war so herrlich warmherzig. Jedes Mal wenn Gerda es hörte, hatte sie das Gefühl, Frank Sinatra persönlich würde sie vor einem prasselnden Kaminfeuer in eine kuschelige Decke hüllen. Jason legte die Arme um sie, und sie begannen zu der Melodie zu tanzen. Gerda konnte kaum glauben, wie ihr geschah. Um sie herum glitzerten die Lichter, sie war in Jasons*

Armen, der sie verliebt ansah, und sie bewegten sich sanft zu dem herrlichen Lied, das für diesen Moment nicht passender hätte gewählt werden können. Als die letzten Takte verklungen waren, näherten sich Jasons Lippen den ihren. Doch er küsste sie noch nicht, sondern er sprach die drei Worte aus, die jedes Mädchen gern hörte. »I love you, Gerda. Ich liebte dich schon, als ich dich zum ersten Mal gesehen habe, my Darling.«

»Ich liebe dich auch«, hauchte sie. »Mehr als alles andere auf der Welt.« Ihr Herz schlug so kräftig, sie glaubte, es würde gleich aus ihr heraushüpfen. Seine Arme umschlangen sie nun fester, und sie küssten einander, leidenschaftlich und lange. Nachdem der Kuss geendet hatte, waren es Jasons nächste Worte, die Gerda den Atem raubten.

»Ich weiß, wir kennen einander noch nicht lange, und du wirst mich jetzt für verrückt halten. Aber manches Mal weiß man es einfach, oder? Du bist die Richtige für mich, Gerda. Willst du meine Frau werden? Merry me, Darling«, fügte er noch in seiner Muttersprache hinzu und sah sie bittend an.

Gerda schossen unzählige Gedanken durch ihren Kopf. Er wollte sie nicht zurücklassen, wollte ihr nicht das Herz brechen. Er liebte sie, er wollte, dass sie seine Frau wurde. Und sie liebte ihn. Das war es doch, was zählte. Alles andere war unbedeutend. Sie wollte mit ihm zusammen sein, koste es, was es wollte.

Sie nickte und antwortete: »Ja, ich will. Natürlich will ich!«

Auf seinem Gesicht zeichnete sich Erleichterung ab.

»Du machst mich zum glücklichsten Mann auf Erden«, antwortete er und begann, sich übermütig mit ihr im Kreis zu drehen. Gerda quietsche vor Freude. Die vielen Lichter flogen an ihr vorüber, sie spürte seine festen Arme, und sein Geruch

nach Rasierwasser und einem Hauch von Tabak hüllte sie ein wie ein magischer Zauber des Glücks. Er setzte sie ab. Was er als Nächstes sagte, dämpfte jedoch Gerdas Freude. Seine Worte brachten mit einem Schlag die Zweifel zurück, die der romantische Augenblick vertrieben hatte.

»Komm mit mir, my Darling. Wir fliegen noch vor Weihnachten nach Amerika. Und ich verspreche dir, ich werde dir die Welt zu Füßen legen. Wir werden unsere Verlobung gemeinsam mit meiner Familie feiern, und ich werde dir den perfektesten Verlobungsring an den Finger stecken, den es gibt. Den Ring meiner Großmutter.«

Amerika, sie würde Frankfurt, ihre Heimatstadt und den Oeder Weg hinter sich lassen. Sie würde ihre Mama zurücklassen. Sie würde sie verlieren, wenn sie mit ihm ging, denn sie würde ihn nie akzeptieren. Sie würde Gerda als Amischlampe ansehen und sich für ihre eigene Tochter schämen. Vielleicht sogar niemals wieder über sie sprechen. Und Gerda hatte doch nur noch ihre Mutter. Sie waren eine Einheit, Mutter und Tochter, gemeinsam hatten sie sich ihr Leben trotz aller Entbehrungen nach dem Krieg aufgebaut. War es da richtig, sie so sehr zu verletzen? Oder sollte ihre Mama nicht lernen umzudenken? Die Amerikaner waren nicht ihre Feinde, sie waren ihre Freunde. Aber Gerda wusste, dass ihre Mutter sich niemals würde umstimmen lassen. Zu tief saß die Abneigung. Aber sie war nicht ihre Mutter, sie hasste und verurteilte nicht, sondern liebte. Die Zeiten änderten sich. So war es nun mal. Töchter heirateten, und manchmal wählten sie eben Männer, die den Eltern nicht gefielen, und verließen das Elternhaus. Der Traum vom eigenen Waschsalon war nicht der ihrige gewesen, sondern der ihrer Mutter. Sie musste ihren eigenen

Weg finden. Und dieser schien, auch wenn es Roswitha Glück ganz und gar nicht gefallen würde, nach Amerika zu führen.

»Ja, wir fliegen nach Amerika«, antwortete sie und nickte, um ihre Worte zu bekräftigen. Ihr Innerstes bebte vor Aufregung, ihre Stimme zitterte.

Da schloss er sie erneut in seine Arme, und er stieß einen Jubelschrei aus und begann, sich wieder übermütig mit ihr im Kreis zu drehen, und Gerda glaubte, schon jetzt zu fliegen.

»Gerda, ist alles in Ordnung?«, es war Karls Stimme, die sie aus ihrer schönen Erinnerung riss. Sie hob den Blick und sah in die vielen Gesichter der Menschen, die sie gernhatte, die für sie mehr als Freunde waren. Wie sollte sie ihnen mitteilen, dass es vorbei war. Dass es Glücks Waschsalon bald nicht mehr geben würde? Sie brachte es in diesem Moment nicht fertig. Es war doch bald Weihnachten, die schönste Zeit des Jahres. Da sagte man seiner Familie nicht, dass man für immer fortging. Also atmete sie tief durch und meinte: »Das mit den Lichterketten klingt vernünftig. Ich danke euch.« Sie bemühte sich um ein Lächeln.

Für Karls nächste Worte war Gerda ihm mehr als dankbar. Wieder einmal schien er ganz genau zu wissen, was sie brauchte.

»Ich glaube, wir lassen Gerda jetzt erst mal in Ruhe alles durchdenken«, meinte er. »Sie hat ja noch nicht einmal ihren ersten Kaffee getrunken.« Er deutete auf Gerdas gefüllten Kaffeebecher auf dem Tisch. »Das mit dem Aussortieren der Stromfresser können wir heute Nachmittag noch machen.«

Alle Umstehenden nickten zustimmend.

»Ich muss dann auch zurück in den Fanshop«, meinte Angelika. »Meine Aushilfe ist krank, und mein ›Ich bin gleich wieder da‹-Schild hängt schon viel zu lange an der Tür. Ich komm dann später noch mal vorbei.« Sie umarmte Gerda zum Abschied, was Gerda als tröstlich empfand, obwohl Angelika mal wieder in dem abscheulich süßlichen Parfüm gebadet hatte, das sie so gar nicht leiden konnte.

Die restlichen Damen des Stricktreffs verließen ebenfalls mit unterschiedlichen Aussagen zu Terminen oder Beschäftigungen den Raum. Jede von ihnen umarmte Gerda, und es gab ermunternde Worte. Auch Mustafa ging, etwas von einer neuen Lieferung murmelnd. Timo und seine Handwerkertruppe trollte sich ins Dachgeschoss, und Uwe stopfte sich, bevor er ging, noch das letzte verbliebene Mettbrötchen in einem Stück in den Mund, was ihn ein wenig wie ein Backenhörnchen aussehen ließ.

Nachdem sich die Tür hinter ihm geschlossen hatte, setzte sich Karl neben Gerda. Eine Weile lang sagte keiner von beiden etwas. Es war Gerda, die die Stille irgendwann brach und sagte: »Du weißt, dass ich so nicht weitermachen kann, oder? Ich kann mir weder neue Stromleitungen leisten noch eine neue Heizung. Was helfen da noch LED-Lichterketten. Ich werde das Haus verkaufen müssen, ob es mir nun gefällt oder nicht.«

Karl nickte, antwortete jedoch nichts. Mit betrübtem Blick starrte er auf den Tisch.

»Das ist dann auch das endgültige Ende dieser naiven Hoffnung, dass Jason wiederkommen und eines Tages im Salon stehen wird«, sagte Gerda mit Wehmut in der Stimme. »Dann muss ich mir wenigstens diesen Moment nicht mehr in meinen Träumen ausmalen. Das ist sowieso dumm gewesen. Ich weiß das schon.« In ihren Augen schimmerten Tränen. »Aber es wäre zu schön gewesen, ihn wenigstens noch einmal im Leben zu sehen und bei mir zu haben.« Sie stieß einen tiefen Seufzer aus, erhob sich und meinte: »Ich versuch es jetzt doch mit den Lichterketten. Sie gehören doch dazu. Wenn die dumme Sicherung rausspringt, dann haben wir eben Pech gehabt.«

20. Kapitel

20. Dezember 2008

Karl war noch nie ein Freund von spontanen Entscheidungen gewesen. Seiner Meinung nach musste alles immer gut überlegt sein. Vermutlich war er deshalb auch Beamter geworden. Da hinderten einen die vielen komplizierten Formulare und internen Abläufe daran, Dinge zu schnell übers Knie zu brechen. Aber jetzt war Eile geboten, denn es ging um Gerda, und er wollte ihr nun doch unbedingt ihren größten Wunsch erfüllen. Er hatte Manfred Krüger sofort erreicht, was ihn erleichterte. Der Mann war überrascht gewesen, von ihm zu hören, hatte sich Karls Bericht genau angehört und ihn dann erneut zu einem Treffen in dem italienischen Restaurant auf der Fressgasse gebeten. Er hatte bereits am Telefon gemeint, dass es nicht leicht werde, aber er habe eine Idee. Guten Mutes hatte Karl nach dem Telefonat versucht, in Schale zu werfen, denn wenn er selbst etwas ordentlicher gekleidet war, fühlte er sich in der Gegenwart des makellos erscheinenden Detektivs bestimmt nicht so eingeschüchtert. Nach längerer Überlegung hatte er sich für seine beste dunkelblaue Strickjacke und ein blau-weiß kariertes Hemd darunter entschieden, das an den Ärmeln zwar etwas verknittert war, aber das sah man unter der Strickjacke ja nicht. Auch den alten, abgetragenen Anorak hatte er zu Hause gelassen und stattdessen seinen schwarzen Wollmantel angelegt, den er jedoch vor dem Anziehen noch mit einer Fusselbürste hatte behandeln müssen. Dazu trug er einen Filzhut und einen weinroten Schal, den er sich nur lässig um den Hals gelegt hatte, wie es so manche Schauspieler taten.

In diesem Aufzug betrat er das Restaurant, das sogar im Außenbereich noch Tische stehen hatte, wo aufgestellte Heizpilze für Wärme sorgten. Krüger war noch nicht anwesend, Karl wählte erneut einen Platz am Fenster. Er legte Mantel und Hut ab und bestellte bei der freundlichen jungen Bedienung, sie lispelte recht niedlich, einen sauer gespritzten Äppler. Während er auf den Privatdetektiv wartete, wanderte sein Blick nach draußen. Auf der Gasse herrschte der übliche städtische Betrieb. Bedauerlicherweise war es milder geworden, es nieselte leicht. In seiner Kindheit war zum Fest oftmals sogar der Main zugefroren. Das war aber schon lange nicht mehr passiert, denn die Höchster Industrie sorgte durch ihr Abwasser dafür, dass der Fluss viel zu warm war. Wenn sie Glück hatten, gab es mal ein paar Eisschollen. Insbesondere Gerda hätte Karl in diesem Jahr eine weiße Weihnacht gegönnt, denn dieses Weihnachtsfest würde vermutlich das letzte in ihrem Waschsalon sein. Er hatte schon länger geahnt, dass es mit ihrem Geschäft nicht mehr lange gut gehen würde, denn Gerda hatte infolge ihrer geringen Einnahmen der letzten Jahre keine Rücklagen bilden können. Auf Kante genäht geht nie lange gut. Als die Sache mit den Stromleitungen bedrohlicher geworden war, hatte er kurz darüber nachgedacht, Gerda zu empfehlen, eine Hypothek auf das Haus aufzunehmen. Doch den Gedanken hatte er wieder verworfen, denn Gerda fehlten die Mittel, um diese abzubezahlen. Es blieb ihr vermutlich nur das übrig, was bereits im Raum stand beziehungsweise in ihrer Schublade lag, wie er durch ein Öffnen derselbigen und das Auffinden der Visitenkarte des Immobilienmaklers schon länger wusste. Nicht dass er neugierig war! Er hatte nur nach einem Flaschenöffner gesucht. Gerda musste das Haus verkaufen. Das stellte die einzige Lösung für sie dar. Es war alt und musste saniert werden, aber in dieser Lage im Nordend würde es eine hübsche Stange Geld einbringen, und Gerda könnte sich einen netten Ruhestand gönnen. Viele ältere Herrschaften hätten die Hütte vermutlich schon längst verscherbelt, doch Gerda hing an ihrem Zuhause, an ihrem Waschsalon, der inzwischen eigentlich nur noch als Treffpunkt der Nachbarschaft fungierte, auch wenn so mancher seine Wäsche in dem unverwüstlich erscheinenden Elvis noch wusch. Karl konnte sich einen Oeder Weg ohne Gerda und ihren Waschsalon nicht vorstellen. Er konnte sich ein Leben ohne Gerda nicht vorstellen. Der Gedanke, nicht mehr jeden Morgen mit seiner Zeitung neben Udo Jürgens zu sitzen und Gerda um sich zu haben, schmeckte bitter und machte ihm das Herz schwer. Ach, wenn er doch endlich den Mut aufbringen und ihr sagen könnte, was er für sie empfand. Doch dafür war er noch immer zu feige.

Die Bedienung brachte den Äppler und fragte ihn, ob er etwas essen wolle. Das Mittagsangebot waren heute Spaghetti Carbonara mit Salat. Karl bedankte sich höflich für das Angebot und erklärte, er warte noch auf jemanden. Die junge Frau zog sich zurück, und Karl sah auf seine Armbanduhr. Krüger verspätete sich. Das kam Karl seltsam vor. Bisher hatte sich der Detektiv stets durch Pünktlichkeit ausgezeichnet. Aber es waren erst wenige Minuten. Gewiss würde er bald kommen.

Karl trank von seinem Äppler, während sich das Restaurant um ihn herum immer mehr füllte. Häufig wurde der Mittagstisch geordert. Als das Essen an einem Nachbartisch aufgetragen wurde, urteilte Karl, dass die Portion für sechs fünfzig recht reichlich war. Doch sein Magen war wie zugeschnürt. Seine Ungeduld wuchs stetig, und er behielt die Eingangstür mit Argusaugen im Blick. Wo blieb Krüger nur? Karl war sich sicher, er hatte dieses Restaurant und diese Uhrzeit vorgeschlagen. Oder hatte er sich am Ende doch vertan? Was war, wenn Krüger ganz woanders auf ihn wartete und er ihn jetzt für einen unzuverlässigen alten Kauz hielt, der nicht mehr alle beisammenhatte?

Er wartete noch eine weitere halbe Stunde, dann bat er resigniert um die Rechnung und verließ das Lokal. Niedergeschlagen machte er sich zurück auf den Weg zur Hauptwache. Einer der zahlreichen Banker der Stadt kreuzte seinen Weg, und Karl musste rasch einen Schritt zur Seite tun, denn sonst hätte ihn der flott laufende Mann umgerannt. Er hatte sein Telefon am Ohr und redete hektisch auf Englisch. In diesem Moment wünschte sich Karl zum ersten Mal, er hätte auch eines von diesen Geräten, deren Anschaffung er bisher immer verweigert hatte. Dann hätte er aus dem Lokal Krüger einfach anrufen können, und bestimmt hätte sich dessen Nichterscheinen rasch aufgeklärt. So musste er jetzt zuerst nach Hause laufen, und es galt zu hoffen, dass er ihn überhaupt noch erreichen würde.

Doch dann rief eine bekannte Stimme seinen Namen. Er blieb stehen und drehte sich um. Hektisch winkend kam Krüger angerannt. Nach Atem ringend blieb er vor Karl stehen.

»Da hab ich aber Glück, dass ich Sie noch erwische, Herr Reiter«, sagte er. »Meine Verspätung tut mir schrecklich leid. Ich bin bei meinem anderen Termin bedauerlicherweise aufgehalten worden, und dann hatte ich auch noch das Pech, dass meine U-Bahn ausfiel. Bedauerlicherweise kann man Sie mobil nicht erreichen. Wenn Sie möchten, können wir gern wieder zurückgehen und alles in Ruhe besprechen. Oder wir suchen uns ein anderes Plätzchen. Es ist Ihre Entscheidung.« Krüger sah Karl abwartend an. Karl fiel auf, dass der Detektiv heute gar nicht so gepflegt aussah wie bei ihren anderen Treffen. Er war unrasiert, sein Haar war zerzaust, und Karl glaubte, den Geruch von Alkohol wahrzunehmen. Aber vielleicht bildete er sich Letzteres auch nur ein. Karl überlegte kurz, was er antworten sollte. Er glaubte nicht, dass sie in dem Lokal, das er eben verlassen hatte, noch einen Tisch ergattern würden. Sein Blick blieb an einer der weihnachtlichen Fressbuden hängen, die sich inzwischen auch auf der Zeil befanden, und plötzlich gelüstete es ihn nach einem Becher Glühwein und einer Bratwurst.

»Lassen Sie uns doch dorthin gehen«, sagte er und deutete auf die Bude.

Der Detektiv stimmte zu, und wenige Minuten später

standen sie sich an einem der Stehtische gegenüber, vor sich dampfende Glühweintassen und Bratwürste mit Brötchen und Senf.

»Wollen Sie mir verraten, was Sie Ihre Meinung bezüglich der Suche nach Jason Miller hat ändern lassen?«, fragte Krüger, nachdem er einen ersten Bissen der Bratwurst hinuntergeschluckt und sich etwas Senf mit einer Serviette aus dem Mundwinkel gewischt hatte.

Karl überlegte kurz, ob er Krüger die Wahrheit sagen sollte, doch er entschied sich dagegen. Schließlich ging diesen Mann die finanzielle Situation von Gerda nichts an. Er sollte versuchen, Jason zu finden. Was der genaue Grund dafür war, hatte ihn eigentlich gar nicht zu interessieren.

»Ich hab es mir eben noch einmal anders überlegt«, antwortete er ausweichend. »Mich hat ehrlich gesagt abgeschreckt, dass ich nach England reisen sollte. Das ist für einen Mann meines Alters nichts mehr.«

»Ja, das hatten Sie bereits am Telefon erwähnt«, meinte der Detektiv. »Ihr Ansinnen, diesen Jason Miller noch vor Weihnachten nach Frankfurt zu bringen, stellt jedoch eine harte Nuss dar. Aber es ist natürlich nicht unmöglich. Ich habe noch einmal Nachforschungen angestellt, und Jason Miller weilt aktuell noch auf diesem Kongress in London. Allerdings ist er dort nach wie vor schwer greifbar. Er scheint ein vielbeschäftigter Mann zu sein. Ich könnte eine Nachricht in seinem Hotel hinterlassen, aber ich denke doch, dass es sinnvoller wäre, ein persönliches Gespräch zu suchen. Besonders im Hinblick darauf, dass der Mann sofort mit nach Frankfurt kommen soll, um was auch immer zu tun. Ich habe mich nach Flügen erkundigt.

Ich könnte bereits morgen früh nach London fliegen und versuchen, ihn zu treffen. Es wäre besser gewesen, Sie als Auftraggeber mit im Boot zu haben. Aber natürlich geht es auch so. Sie müssen mir allerdings mehr Informationen geben. So kann das nicht funktionieren.«

Karl überlegte. Irgendetwas störte ihn an Krüger heute. Er konnte jedoch nicht sagen, was es war. Er kam ihm fahriger als sonst vor. Als wäre er nervös. Aber vielleicht bildete er sich das auch nur ein, weil er selbst innerlich aufgewühlt war. Er überlegte kurz, dann antwortete er: »Ich kann Ihnen einen persönlichen Brief von mir für ihn mitgeben. Ich denke, das ist eine gute Lösung. Wissen Sie: Das ist schon eine recht private Angelegenheit, und ich weiß nicht, ob ich Ihnen einfach so alles erzählen darf. Aber ich bin mir sicher, wenn Jason Miller den Brief gelesen hat, wird er mit nach Frankfurt kommen.«

»Dann machen wir das so. Ich fliege für Sie morgen Abend nach London und werde mich auf die Suche nach Jason machen. Bis dahin benötige ich noch den Brief von Ihnen. Allerdings muss ich für die Reise um Vorkasse bitten. Auch sollten Sie darüber nachdenken, das Flugticket für Herrn Miller ebenfalls zu übernehmen. Das würde ihn zusätzlich dazu motivieren, die Reise anzutreten. Die Buchung sämtlicher Tickets und Übernachtungen würde ich dann vornehmen. Ich habe bereits die Kosten notiert.« Er holte ein Stück gefaltetes Papier aus seiner Manteltasche und schob es Karl über den Tisch. Karl faltete es auseinander, und kurz wurden seine Augen groß. Er hatte mit einer hohen Summe gerechnet, aber diese hier überstieg seine Vorstellungen um einiges. Er würde an seine eisernen Reserven auf seinem Sparbuch gehen müssen. Aber das war ihm Gerdas Glück wert. Ach, was würde sie groß gucken, wenn er in Begleitung von Jason den Waschsalon betrat. Ihr letztes Weihnachten im Oeder Weg würde sie dann niemals wieder vergessen. Und wer wusste schon, wie die Geschichte ausgehen würde. Es gab ja immer auch Wiedersehen, die in späten Ehen endeten. Obwohl ihm dieser Gedanke einen Stich ins Herz versetzte.

»Gut, dann machen wir das so«, sagte er dem Detektiv zu. Er spürte in diesem Augenblick zwar noch immer ein Habtachtgefühl in seinem Inneren, doch der Wunsch, Gerda diese Freude zu bereiten, überwog.

»Fein. Dann leite ich sogleich alles in die Wege«, antwortete Krüger. »Ich weiß, ich lehne mich gerade weit aus dem Fenster: Aber ich verspreche Ihnen, ich werde diesen Mann finden und mit ihm gemeinsam spätestens am vierundzwanzigsten Dezember in Frankfurt am Flughafen ankommen. Darauf können Sie sich verlassen. Es wäre nett, wenn Sie mir die Summe für die Spesen am besten gleich in bar auszahlen könnten. Dann kümmere ich mich sogleich um die Buchung.«

In Karls Ohren klang das vernünftig, und nur wenige Minuten später machten sich die beiden auf den Weg zur unweit der Hauptwache gelegenen Sparkasse. Ach, was würde Gerda große Augen machen. Er freute sich schon jetzt auf ihren Gesichtsausdruck.

21. Kapitel

21. Dezember 2008

Gerda beobachtete mit Argusaugen das Tun von Uwe und Mustafa. Die beiden waren an diesem grauen Winternachmittag mit zwei Kartons bei ihr aufgetaucht und hatten sich sogleich an die Arbeit gemacht. Und das, obwohl heute die Strickdamen anwesend waren. Sie saßen im Kreis um den Radiator und strickten eifrig vor sich hin. Bei einigen ging es darum, letzte Weihnachtsgeschenke fertigzustellen. Angelika versuchte sich aktuell an Stulpen, die sie sich allerdings selbst schenken wollte, denn sie hatte vor, im neuen Jahr mit Jazz-Dance zu beginnen.

»Ganz so anmutig wie die Tante aus *Flashdance* werde ich es vermutlich nicht hinbekommen«, sagte sie gerade. »Aber immerhin ist es Bewegung, die Spaß macht. Ich hab es schon mehrfach mit Joggen probiert, aber das ist einfach nichts für mich. Im Holzhausenpark ist es mir meistens zu voll. Da rennen immer die ganzen Hundebesitzer rum, und man muss gucken, dass man nicht in die Hinterlassenschaften der lieben Haustierchen tritt. Eine Sauerei ist das! Außerdem bin ich immer so schnell außer Puste, dazu das abscheuliche Wetter.« Sie winkte ab und wendete ihre Strickarbeit.

»Mit den Hundehaufen sagst du was«, meldete sich Uwe zu Wort, der sich gerade damit beschäftigte, eine von Gerdas in die Jahre gekommenen Lichterketten aus dem Schaufenster zu pflücken, was gar nicht so einfach war, denn Gerda hatte das gute Stück mit reichlich Tesafilm am Fensterrahmen befestigt. »Erst neulich bin ich wieder in eine dieser Tretminen getreten. Ich bin wirklich ein tierlieber Mensch, aber für diese Unsitte sollten sich die Städte langsam etwas einfallen lassen. So kann das doch auf Dauer nicht bleiben.«

»Da lob ich mir meinen Hansi«, meinte Inge, die aktuell an einer Mütze für ihre beste Freundin Agatha arbeitete, die bereits im Altenheim untergebracht war und wegen ihrer immer schlechter werdenden Augen bedauerlicherweise nicht mehr handarbeiten konnte. »Der sitzt brav in seinem Käfig und zwitschert fröhlich vor sich hin. Hab ich euch eigentlich schon erzählt, dass er sprechen kann? Neulich hat er doch glatt ›Guter Hansi‹ gesagt!«

»Wie nett«, antwortete Marion, die an einem Pullunder arbeitete, der vermutlich niemals fertig werden würde, denn sie hatte sich mal wieder ein arg kompliziertes Strickmuster ausgesucht und machte ständig Fehler. »Es geht doch nichts über eine anständige Eigenliebe. Verflixt, jetzt hab ich eine Masche fallen lassen. Wieso habe ich Trottel nur dieses Projekt begonnen? Bei mir wird das niemals so aussehen wie in dieser elenden Strickzeitung.« Sie schob das auf dem Tisch liegende *Burda*-Heft von sich und nahm sich einen Butterkeks.

»Ach, das wird schon werden«, meinte Inge. »Gib mal her. Ich krieg den Fehler bestimmt ausgebügelt.« Sie legte ihre eigene Strickarbeit zur Seite und nahm Marion den halb fertigen Pullunder aus der Hand. Gerda sah Inge schon das Projekt beenden.

»Wie geht es eigentlich Vanessa?«, fragte die ebenfalls anwesende Birgit, die heute nicht strickte, sondern häkelte. Es sollten Hauspuschen aus Filz werden.

»Ach, das habe ich euch ja noch gar nicht erzählt«, antwortete Gerda. »Sie war heute Morgen kurz hier. An der Stirn hat sie noch ein kleines Pflaster, aber die Wunde verheilt wohl gut. Ansonsten war sie bester Laune. Sie hat sich mit der Versicherung der jungen Frau auf einen Vergleich geeinigt und bekommt eine recht hohe Summe Schmerzensgeld ausbezahlt. Sie und Timo wollen von dem Geld jetzt eine neue Wohnzimmereinrichtung kaufen. Morgen wollen sie mal zu Ikea fahren.«

»Bei dem Laden kauf ich ganz sicher nix«, warf Inge ein. »Möbel, die Namen haben, sind mir suspekt. Spricht man sein Sofa dann mit *Wickborg* an? Oder seinen Stuhl mit *Snille*? Und dann muss man da immer durch die ganze Bude laufen, wenn man was haben will, und dazu diese Abteilung mit dem vielen Ramsch und Plunder, und am Ende wollen sie dir noch Hackbällchen und Zimtschnecken aus der Tiefkühltruhe andrehen. Das sind so Fertigprodukte mit lauter Zusätzen. Ich war da vor einer Weile mal mit meiner Enkeltochter. Die hat zehnmal so viel Ramsch gekauft, als sie eigentlich brauchte. Also für mich ist das nichts. Ich lass mir alles aus dem Katalog schicken. Oder ich bestelle bei meinem Lieblingsshoppingkanal. Da bin ich noch nie reingefallen.«

»Mein Lebtag würd ich so einer Plaudertasche aus dem

Fernsehen nix abkaufen«, meldete sich nun Mustafa zu Wort, der heute eher schweigsam war, denn ihn plagte eine üble Halsentzündung, und er redete wie Bonny Tyler nach fünf durchgesoffenen Nächten. »Diese Labertassen beduppen ihre Kundschaft von vorn bis hinten. Den Kram bekommst du bei mir für bedeutend weniger Geld.« Seine letzten Worte waren kaum noch hörbar.

»Noch Tee?«, fragte Gerda und sah ihn besorgt an. »Ich hab auch Salbei da. Der schmeckt zwar grauslig, aber bös muss bös vertreiben. Das hat meine Mutter immer gesagt, wenn sie mir diesen scheußlichen Lebertran gegeben hat.«

»Kannst mir jetzt die neue Lichterkette geben«, sagte Uwe, der noch immer im Schaufenster stand. »Und ich bräuchte noch Tesafilm, Gerda.«

»Bekommst du«, rief sie und huschte hinter ihren Tresen. Sie wusste nicht, warum, aber die Anwesenheit ihrer Freunde und die damit einhergehende Alltäglichkeit vertrieb ein wenig den Kummer vom Vortag. Der Radiator tat seine Arbeit, im Raum war es angenehm warm, und die alten Stromleitungen zeigten sich bisher von ihrer besten Seite – obwohl einige der Lichterketten an waren und sie noch einmal die Kaffeemaschine in Gang gesetzt hatte. Gerda begann sogar ernsthaft darüber nachzudenken, ob es fürs Erste nicht einfach so weitergehen könnte. Die jungen Leute unter dem Dach kämen bestimmt auch mit einem Radiator und einem Heizlüfter zurecht, und Uwe könnte ihnen ebenfalls so ein Dingsbums für das Warmwasser im Bad einbauen. Und im Sommer brauchten die beiden unterm Dach eh keine Heizung, da wäre eine Klimaanlage besser.

Gerda holte Tesafilm aus ihrer Anrichte und brachte ihn Uwe. Dann schaltete sie den Wasserkocher für Mustafa ein, der sich gerade damit beschäftigte, eine weitere LED-Lichterkette auszupacken, die ihre Türrahmenbeleuchtung ersetzen sollte. Zum Glück war die Kaffeemaschine gerade mit ihrer Arbeit fertig geworden, und um ein Strommalheur zu verhindern, schaltete Gerda sie vorsichtshalber aus. Sie brauchte eine Weile, bis sie den Salbeitee in ihrer Teeschublade gefunden hatte. Flott wanderte ein Beutel in eine der Schneemanntassen, und sie gab Honig dazu, denn der sollte bei einer Erkältung ebenfalls Wunder wirken.

»Heute ist ja auch Wintersonnwende«, meinte nun Birgit. »Ab morgen werden die Tage dann wieder ein bisschen heller.«

»Aber bis man davon was merkt, wird es Januar«, sagte Inge, die es tatsächlich hinbekommen hatte, Marions Strickdesaster zu retten.

Just in diesem Moment öffnete sich die Ladentür, und Vanessa tauchte in Begleitung von Timo auf. Die beiden strahlten über das ganze Gesicht.

Vanessa sah gut erholt aus. Sie trug ihre übliche, eng geschnittene Kleidung und Stiefeletten mit schwindelerregend hohen Absätzen.

Die beiden wurden mit einem großen Hallo begrüßt, und Vanessa wurde geherzt und geknuddelt. Mehrfach wurde sie ermahnt, solch eine Dummheit niemals wieder zu machen. Es war Timo, der dem Ganzen irgendwann Einhalt gebot und um Ruhe bat.

»Wir haben Neuigkeiten. Wir waren eben im Rathaus und haben das Aufgebot bestellt. Wir werden Ende Januar heiraten, und wir wollten dich, liebe Gerda, fragen, ob du auch für uns eine kleine Hochzeitsfeier ausrichten würdest. Selbstverständlich nur, wenn es keine großen Umstände macht.«

Gerdas Augen wurden groß. Mit einem derart raschen Entschluss zur Eheschließung der beiden hatte sie nicht gerechnet. Die jungen Leute lebten doch heute alle in wilder Ehe! Timos Bitte rührte sie, und in ihre Augen traten Tränen. Doch es waren Vanessas nächste Worte, die dafür sorgten, dass sie ihr auch über die Wangen kullerten. Sie trat auf Gerda zu, nahm ihre Hand und meinte: »Wir können dir gar nicht genug dafür danken, dass du uns in deinem Haus wohnen lässt und an unsere kleine Familie glaubst. Für mich bist du die Mama, die ich nie hatte. So empfinde ich das. Danke fürs Dasein und immer zuhören.«

»Ach, Kleines«, brachte Gerda heraus und schniefte.

Vanessa nahm sie in die Arme. Sie duftete vertraut nach Haarspray und Deo und fühlte sich schrecklich knochig an. Der innige Moment sorgte dafür, dass in Gerda die Erinnerung an eine Begebenheit zwischen ihr und ihrer Mutter aufstieg. Damals hätte sie auch weinen können. Doch nicht vor Glück, sondern vor Schmerz.

Dezember 1963

»Ich finde, wir sollten heute den Laden früher schließen und gemeinsam auf den Weihnachtsmarkt gehen«, sagte Roswitha an diesem späten Nachmittag zu Gerda. Sie befanden sich allein im Salon, die Dämmerung war gerade hereingebro-

chen. Es schneite wieder, sanfte, weiche Wattebausche fielen vom Himmel und landeten auf dem weißen, von Split überzogenen Gehweg. »Das Geschäft läuft so gut, da können wir uns das leisten.«

Verdutzt sah Gerda ihre Mutter an. Sie waren bereits seit einigen Jahren nicht mehr gemeinsam auf dem Weihnachtsmarkt gewesen. Früher, als Gerda noch klein gewesen war, waren sie oft über den Markt gebummelt, und Gerda hatte dann eine Runde mit dem Karussell fahren dürfen und eine kleine Packung heiße Maronen bekommen. Mehr war im Geldbeutel ihrer Mutter nicht drin gewesen. Gerda hatte die anderen Kinder beneidet, die Zuckerwatte, gebrannte Mandeln und etwas von dem vielen Spielzeug erhalten hatten, das an so manchem Stand feilgeboten wurde. Ganz besonders hatte es ihr ein Verkäufer von hübschen Spieluhren angetan. In eine der Uhren war sie ganz verliebt gewesen. Es war eine Ballerina in einem funkelnden Glitzerkleid, die sich zur Melodie von Schwanensee *im Kreis drehte. Sie war lange vor ihr stehen geblieben und hatte sie bewundert. So grazil hätte sie sich auch gerne bewegen können, doch sie war so weit von einer Tanzbühne entfernt wie der Mond von der Erde. In der Tanzstunde, zu der alle Frauen in einem gewissen Alter gehen mussten, war sie ihren bedauernswerten Tanzpartnern ständig auf die Füße getreten, und die Schritte für den Walzer oder den Foxtrott hatte sie längst wieder vergessen. Es war einem Wunder gleichgekommen, dass sie damals bei der Hochzeit von Trudi mit Jason so fehlerfrei getanzt hatte. Vermutlich hatte es daran gelegen, dass sie seine Gegenwart so verzauberte, da hatte das mit den Tanzschritten ganz von allein funktioniert. Der Preis für die Ballerina-Spieluhr war natürlich zu hoch gewesen, und sie hatte sich schweren Herzens von ihr verabschieden müssen.*

»Guck nicht so«, erriet Roswitha Gerdas Gedanken. »Ich möchte einfach mal wieder etwas Zeit mit meiner Tochter verbringen. Ihr Mädchen werdet so rasch groß, heiratet und geht aus dem Haus. Da sollte ich die Gunst der Stunde nutzen. Am Ende triffst du schon morgen deinen Traummann, der dich mir schneller wegnehmen wird, als ich bis drei zählen kann.«

Gerda wusste, dass ihre Mutter nichts von ihren Plänen ahnte und ihr Gerede eher mit Dagmar Stüber zu tun hatte, die wenige Wochen nach dem ersten Kennenlernen den Sohn des Autohändlers Glober geheiratet hatte und mit ihm in ein hübsches Häuschen in den Taunus umgezogen war. Ihre Mutter, Berta Stüber, wurde nicht müde zu berichten, wie stolz sie war, dass ihre Tochter in einen solch gut situierten Haushalt eingeheiratet hatte. Doch Roswitha gegenüber hatte sie auch erwähnt, wie sehr ihr das Mädel fehlte. Und das nicht nur deshalb, weil sie ihre Arbeitskraft im Laden – sie und ihr Mann Alfred hatten ein Friseurgeschäft – vermisste. Immerhin war das Mädel noch im Taunus, und jeden zweiten Sonntag kam sie mit ihrem Mann zum Mittagessen.

Zum Mittagessen würde Gerda nicht mehr einfach kommen können. Ihre Mutter würde sie und Jason auch gar nicht im Haus haben wollen, dessen war sie sich sicher. Jason plante ihre Abreise nach Amerika für den Morgen des dreiundzwanzigsten Dezember. Erst gestern Abend hatte er ihr die Flugtickets gezeigt, und Gerdas Herz hatte vor Aufregung schrecklich zu pochen begonnen. Ihr gedruckter Name auf dem offiziellen Stück Papier hatte das Geplante noch greifbarer gemacht.

»So schnell werde ich meinen Traummann bestimmt nicht treffen«, antwortete Gerda und entschuldigte sich beim Herrgott für ihre Lüge.

»Ach, Kindchen, sag das nicht. Du bist so hübsch anzusehen. Es kommt einem Wunder gleich, dass die Männer vor dem Laden noch nicht Schlange stehen.« Roswitha winkte ab.

Die Tür öffnete sich, und eine Kundin trat mit einem Wäschekorb in den Händen ein. Roswitha verscheuchte sie sogleich wieder. »Es tut mir leid«, sagte sie. »Aber wir schließen heute früher wegen einer Familienangelegenheit. Morgen öffnen wir wieder zur gewohnten Zeit.«

Die Kundin ging, und Roswitha schloss hinter ihr ab. Dann wandte sie sich um und meinte mit einem verschmitzten Grinsen auf den Lippen, das Gerda bei ihr schon lange nicht mehr gesehen hatte: »Und jetzt ziehen wir uns rasch warm an und ziehen los. Hach, das wird herrlich werden.« Freudig klatschte sie in die Hände.

Wenig später befanden sich die beiden auf dem Weihnachtsmarkt und schlenderten wie zwei Freundinnen Arm in Arm über den Paulsplatz. Roswitha war bester Laune, und sie bewunderten gemeinsam den vielen hübschen Weihnachts-Nippes, den es an den zahlreichen Ständen gab, an einem von ihnen probierten sie sogar Wollmützen und Schals, Roswitha war albern wie lange nicht. Ein Stück weiter spendierte sie Bratwürste mit Glühwein. Bereits der eine Becher reichte aus, damit Gerda sich ein wenig beschwipst fühlte. Überall um sie herum waren fröhliche Gesichter zu sehen, die hübschen Lichter funkelten, dass es eine Freude war, weihnachtliche Klänge waren an jeder Bude zu hören, und die besondere

Geruchsmischung nach Bratwürstchen und süßen Verführungen, die es in dieser Form nur auf dem Weihnachtsmarkt zu geben schien, hüllte sie ein. Sie betraten den Römerberg, die Häuser der Ostzeile waren noch immer nicht wiederaufgebaut worden. Frankfurt hatte in diesem Teil der Stadt sein jahrhundertealtes Gesicht, die aus unzähligen Fachwerkhäusern bestehende Altstadt, vermutlich für immer verloren. Sie schlenderten auch hier über den Markt und bewunderten Nippes, an einem Stand ließ sich Roswitha sogar zum Kauf eines hübschen Keramikwindlichts hinreißen. Doch dann zog es sie fort von dem bunten und fröhlichen Weihnachtstreiben und hin zum Frankfurter Dom.

»Komm. Lass uns Kerzen anzünden gehen. Wir wünschen uns wie früher etwas, als du noch klein gewesen bist. Das bringt Glück«, sagte Roswitha und zog ihre Tochter mit sich. »Dein Papa hat mir mal erzählt, dass er das als Bub oft mit deinem Großvater gemacht hat. Sie haben nie eine Kirche verlassen, ohne eines der Lichter anzuzünden und einen Wunsch zum Himmel zu schicken.«

In dem mächtigen Gotteshaus empfing sie die beruhigende Atmosphäre, die Kirchenbauten an sich hatten. Der sanfte Geruch von Weihrauch hing im Raum, der Opferstock mit den unzähligen Teelichtern darauf befand sich bereits im Vorraum. Roswitha steuerte darauf zu und kramte sogleich etwas Kleingeld aus ihrer Geldbörse.

Gerda entzündete ihre Opferkerze an einer anderen Kerze und stellte sie zu den vielen bereits vorhandenen Lichtern, jedes von ihnen barg Wünsche und Hoffnungen. Auch sie überlegte, was sie sich wünschen sollte. Dass alles gut ging, dass sie mit Jason glücklich würde. In ihr breitete sich in die-

sem Moment ein besonderes Gefühl aus, das sich verheißungsvoll anfühlte. Schon bald würde sie das vertraute Frankfurt und ihr bisheriges Leben hinter sich lassen und einen Neubeginn an der Seite des Mannes wagen, der sie liebte und der um ihre Hand angehalten hatte. Diese Zukunft war so mächtig und besonders, eigentlich müsste sie noch zehn weitere Kerzen entzünden und darum beten, dass alles in Erfüllung gehen und funktionieren würde. Doch dann wanderte ihr Blick zu ihrer Mama, die andächtig auf die von ihr entzündete Kerze blickte. Was sie sich wohl wünschte? Gerda ahnte es, und ihre gute Stimmung erhielt einen Dämpfer. Für sie begann ein neues Leben, doch sie ließ ihre Mama zurück, den für sie bisher wichtigsten Menschen auf Erden. Sollte sie wirklich so egoistisch sein?

Roswitha Glück blickte auf und lächelte Gerda milde an. »Weißt du«, sagte sie und nahm die Hand ihrer Tochter. »Normalerweise solle man ja seinen Wunsch nicht laut aussprechen, weil er sonst nicht in Erfüllung geht, aber ich glaub, dir kann ich es schon sagen. Es bleibt ja unter uns. Ich wünsche mir, dass du glücklich wirst, dass du dich bald verlieben und mir viele Enkelkinder bescheren wirst, die ich verzärteln und mit denen ich bald auch auf den Weihnachtsmarkt gehen kann. Ich wünsche mir, wieder Teil einer großen Familie sein zu dürfen. Und tu mir den Gefallen und such dir einen netten Frankfurter. Ich könnte es nicht ertragen, dich auch noch zu verlieren.« In Roswithas Augen glitzerten nun Tränen, und Gerda spürte, wie sich in ihrem Hals ein dicker Kloß ausbreitete. Sie nickte und drückte zur Antwort ganz fest die Hand ihrer Mama, da ihr die gelogenen Worte nicht über die Lippen kommen wollten.

Und was wäre, wenn sie bliebe und nicht mit Jason ginge? Wenn sie mit ihm brach, ihrer Mutter wegen? Aber es war doch ihr Leben. Ihre Zukunft. Musste sie denn da nicht auch ein bisschen selbstsüchtig sein?

Die Kirchentür öffnete sich, und ein Windstoß brachte die Opferkerzen zum Flackern. Eine von ihnen erlosch. Es war Gerdas. Sandte Gott ihr ein Zeichen? Oder war es nur Zufall? Sie schluckte, doch der Kloß in ihrem Hals wollte nicht verschwinden. Verdammt noch eins! Wieso verliebte sie sich ausgerechnet in einen Amerikaner? Wieso musste es so kompliziert sein? Wieso konnte sie nicht einfach glücklich sein?

22. Kapitel

22. Dezember 2008

Gerda betrachtete an diesem frühen Abend ihre neuen Lichterketten mit Wohlwollen. Uwe hatte sie genau nach ihren Wünschen platziert, und es sah wirklich hübsch aus. Die meisten Ketten hatten bunte Lichter, weil Gerda es gerne farbenfroh hatte. Nur das neu angebrachte Lichternetz an der Decke – das alte war schon acht Jahre alt und nach Uwes Meinung nicht ausreichend stromsparend gewesen – hatte warmweiße Lämpchen, was auch eine gemütliche Atmosphäre verbreitete. Im Radio dudelte mal wieder *Last Christmas,* und Gerda fühlte sich, wie meist zu dieser Uhrzeit, etwas müde. Der Tag hatte eine Menge Trubel gebracht. Die jungen Leute im Dachgeschoss waren mit dem Einrichten der Wohnung beschäftigt, ständig hatten sie irgendetwas von ihr gewollt, und wenn es nur eine Auskunft gewesen war. Und dann war auch noch am späten Vormittag der Chef von Jan aufgetaucht und hatte den alten Heizkessel im Keller unter die Lupe genommen. Er war ganz begeistert gewesen, eine so alte Ölheizung überhaupt noch zu Gesicht zu bekommen.

»Also, Kessel aus den Dreißigern hab ich zuletzt während meiner Ausbildung gesehen«, hatte er gemeint.

»So ein Relikt könnte man schon fast in ein Museum stellen.«

Gerda hatte seine Aussage mit einem »Grmpf« kommentiert. Er hatte, wie Jan bereits gesagt hatte, erklärt, dass es da nichts mehr zu retten gebe und es am besten sei, auf eine Gastherme umzustellen. Er hatte, ohne dass Gerda nachgefragt hatte, die Summe dafür im Kopf überschlagen, und ihr war schlagartig so schwindelig geworden, dass sie sich auf die Kellertreppe setzen musste. Rasch hatte der Heizungsbauer beschwichtigende Worte gefunden. Er hatte von staatlichen Förderungen und günstigen Krediten geredet, die man von einer Bank für Wiederaufbau bekommen könne. Aber der Mann hatte ja keine Ahnung, wie schlimm es wirklich stand. Gerda hatte noch etwas Geld auf dem Sparbuch für absolute Notfälle, aber diese Notfälle hätten eher kleinere Probleme sein sollen: der Ausfall der alten Kaffeemaschine oder des Fernsehers. Neulich hatte sie eine Zahnkrone gebraucht und bedauerlicherweise eine beträchtliche Summe dazuzahlen müssen. Was an so einem kleinen Teil so teuer war, erschloss sich ihr nicht wirklich. Tagelang hatte sie darüber nachgedacht, sich den Backenzahn einfach ziehen zu lassen. Dann wäre da eben eine Lücke. Doch der Zahnarzt hatte ihr erklärt, dass das gar nicht so einfach sei, was sie schließlich hatte einsehen müssen. Also waren die Rücklagen wieder ein Stück zusammengeschrumpft. Bedauerlicherweise konnte man Zahnkronen nicht für billiges Geld gebraucht bei Mustafa erwerben.

Gerdas Blick wanderte zu ihren drei Rentieren auf Connie Francis. Auch sie hatten irgendeinen Wackler und blieben neuerdings immer hängen und begannen dann zu leiern, und ihre Bewegungen waren nicht mehr im Rhythmus. Eines der Rentiere war gestern sogar nach vornübergekippt. Deshalb hatte Gerda sie für den Moment ausgeschaltet. Vielleicht fingen sie sich wieder, wenn sie für ein Weilchen Pause machten. Obwohl sie ja eigentlich das gesamte Jahr Pause machten. Da konnte man doch erwarten, dass sie die wenigen Wochen der Weihnachtszeit im Jahr einwandfrei ihren Dienst taten.

Ihr Blick wanderte zu dem Tisch neben Udo Jürgens, und in ihr stieg erneut die Besorgnis des Morgens auf, die der trubelige Tag die letzten Stunden betäubt hatte. Karl war heute noch gar nicht erschienen. Es kam schon mal vor, dass er sich verspätete. Dann hatte er vergessen, ihr zu sagen, dass er Besorgungen zu erledigen hatte oder anderweitig beschäftigt war. Aber meist tauchte er später am Vormittag oder am frühen Nachmittag auf und brachte zur Entschuldigung Zimtschnecken mit, weil er wusste, wie gern sie die hatte. Doch heute hatte er das nicht getan. Wo war er nur abgeblieben? War da doch etwas im Busch? Sie erinnerte sich an die Sache mit dem Reisebüro. War seine Antwort auf ihr Nachhaken vielleicht eine Ausflucht gewesen? Andererseits durfte sie nicht so indiskret sein. Karl war ihr keine Rechenschaft schuldig.

»Ich benehme mich schon wie eine eifersüchtige Ehefrau«, schalt sie sich selbst, wandte den Blick vom Tisch ab und richtete ihn stattdessen auf den blauen Linoleumfußboden, dem man mal wieder ansah, dass sie sich mitten in der Straßenmatsch-Jahreszeit befanden.

Gerda beschloss, feucht durchzuwischen. Das würde sie

von ihrer Sorge um Karl ein wenig ablenken. Aber nicht nur davon, sondern auch von den Vorkommnissen aus der Vergangenheit, die ebenfalls zu dieser Stunde, in der Zeit des heraufziehenden winterlichen Dämmerlichts geschehen waren und sich jedes Jahr aufs Neue wie ein düsterer Schatten auf ihr Gemüt legten. Sogar ihre gottverdammte Wut kehrte zurück, obwohl sie eigentlich dachte, sie hätte ihren Frieden mit ihrer Mutter gemacht. Aber hatte sie das jemals wirklich getan? Ihr Herz vermutlich nie. Wie sollte es das auch tun können? Ihre Mutter trug die Schuld daran, dass es zerbrochen war und Gerda mit einem wieder zusammengesetzten Scherbenhaufen weiterleben musste.

Dezember 1963

Gerda hatte in der letzten Nacht kein Auge zugetan und nun größte Mühe, an diesem bitterkalten Morgen im Waschsalon die Augen offen zu halten. Die durchweg weibliche Kundschaft ging derweil schon ihrer Lieblingsbeschäftigung nach, dem Tratschen.

»Bei uns haben sich kurzfristig noch die Schwiegereltern aus Köln zum Fest angekündigt«, sagte gerade eine der Kundinnen, Gerda konnte sich ihren Namen nicht merken. Hieß sie Irmi oder Susi? Immerhin wusste sie, dass die Frau drei Kinder hatte, drei Jungs, was dafür sorgte, dass sie ständig mit reichlich Schmutzwäsche bei ihnen aufschlug, die sie bevorzugt in Trude Herr wusch.

»Ach du je«, sagte eine andere Frau, die sich die Wartezeit auf die fertige Wäsche stets mit ihrem Strickzeug verkürzte.

»Das klingt nach einem anstrengenden Fest. Meine Schwiegereltern wohnen zum Glück in München und haben vor einigen Jahren beschlossen, dass ihnen die Reise nach Frankfurt zu beschwerlich ist. Jetzt muss ich meine Schwiegermutter nur noch während unseres üblichen Sommerurlaubs am Ammersee ertragen.« Sie zog eine Grimasse und wendete ihre Strickarbeit.

Das Gerede über die Schwiegereltern sorgte dafür, dass Gerdas Gedanken zu Jason wanderten. Er hatte bereits viel von seinen Eltern berichtet und ihr versichert, dass sie sie mit offenen Armen in der Familie aufnehmen würden. Doch Gerda war sich nicht so sicher, ob das alles so glattlaufen würde. Besonders ihre mangelnden Englischkenntnisse trieben sie um. Ach, hätte sie doch damals im Unterricht nur besser aufgepasst. Aber ihr Lehrer, ein älterer Mann mit einer fürchterlich schläfrigen Stimme, hatte es einfach nicht geschafft, sie davon zu überzeugen, dass diese Sprachkenntnisse im späteren Leben einmal wichtig sein könnten. So prangte auf ihrem Abschlusszeugnis in Englisch eine 5, und sie hatte inzwischen alles wieder vergessen, was sie überhaupt gelernt hatte. Wie sollte sie sich also mit den Leuten verständigen oder ihrerseits verstehen, was sie von ihr wollten? Gewiss würde Jason nicht immer in ihrer Nähe sein, um für sie zu übersetzten. Neulich hatte sie in einer Buchhandlung bereits vor den Sprachkursen gestanden, doch sie hatte sich nicht getraut, eines der Bücher zu erwerben, aus Sorge, ihre Mama könnte es entdecken. Jason meinte, sie werde, wenn sie erst einmal in Amerika seien, rasch zurechtkommen. Aber das sagte er so leicht. Jason selbst war das reinste Sprachwunder, wie sie inzwischen herausbekommen hatte. Zusätzlich zu seiner Muttersprache sprach er fließend Deutsch, Französisch und Spanisch. Als er ihr das gesagt hatte, war sie sich in seiner Gegenwart arg dumm vorgekommen, und wieder einmal hatten sich Zweifel in ihr geregt. Was wollte dieser elegante und kluge Mann nur von einem dummen Mädchen aus einem Frankfurter Waschsalon?

In diesem Moment betrat Roswitha Glück den Laden mit einem gefüllten Einkaufskorb. Gerda erkannte sogleich an dem Tonfall, in dem sie die Kundschaft begrüßte, dass etwas ganz und gar nicht stimmte. Ihre Miene war mehr als säuerlich. Sie blieb kurz neben Gerda stehen und raunte ihr zu: »In die Wohnung. Sofort!«

Gerda erstarrte innerlich. Sie wusste es! Der Moment war gekommen. Ihre Mutter hatte von Jason erfahren. Wie hatte sie auch nur einen Moment lang annehmen können, es würde nicht geschehen. Frankfurt war ein Dorf. Verdammt noch eins, es war doch nur noch ein Tag bis zum Abflug nach Amerika, bis zu ihrem Start in ein neues Leben an der Seite des Mannes, den sie mehr liebte als alles andere auf dieser Welt. Ihr Herz schlug bis zu ihrem Hals, und sie glaubte, keine Luft mehr zu bekommen. Ihre Mutter verschwand durch die Hintertür, Gerda hörte ihre Schritte im Treppenhaus.

Ihr Blick wanderte zur Ladentür. Sie könnte einfach davonlaufen, zu Jason, und bei ihm in seiner Studentenwohnung Zuflucht suchen. Allerdings durfte sie dort nicht bleiben, denn seine Vermieterin verbat sich jeglichen Damenbesuch. Aber wo sollte sie sonst hin?

Und dann regte sich ein anderes Gefühl in Gerda. Es war Entschlossenheit. Sie musste ihrer Mutter die Stirn bieten. Sie schrieben das Jahr 1963, die Amerikaner waren schon lange

Teil ihres Lebens, und inzwischen gab es viele Liebesbeziehungen zwischen amerikanischen Männern und deutschen Frauen. Noch im Sommer hatten sie gemeinsam auf dem Römerberg gestanden und John F. Kennedy zugejubelt. Vor wenigen Wochen war auch ihre Mutter betroffen gewesen, als sie von seinem gewaltsamen Tod erfuhr. Außerdem hatte ihre Mutter ihr die wahre Liebe gewünscht, sie musste einfach akzeptieren, dass es nun Jason war, den sie liebte. Vielleicht war es ja sogar möglich, dass sie ihr gemeinsames Leben nicht in Amerika, sondern in Frankfurt führten. Dann könnten sie ständig zum Mittagessen kommen, und ihre Mama hätte die Waschsalonbabys, die sie sich wünschte.

Gerda atmete tief durch und erhob sich. Es war an der Zeit, mit ihrer Mutter zu reden.

Als sie in der Wohnung ankam, betrat sie mit gestrafften Schultern die Küche, wo ihre Mutter gerade die Einkaufstasche ausräumte. Sie war außer sich, das konnte Gerda daran erkennen, dass sie die Lebensmittel regelrecht auf die Arbeitsplatte knallte.

»Wieso tust du mir so etwas an?«, fragte Roswitha, und Gerda begann innerlich zu beben. »Ich hab es von Frieda aus der Drogerie. Sie hat dich mehrfach mit diesem Amerikaner aus dem Waschsalon gesehen, und ihr habt euch auch geküsst. Und mir hast du vorgelogen, dass ihr nicht miteinander redet und er immer ein Buch lesen würde. Meine Tochter ist eine gottverdammte Amischlampe!« Sie knallte eine weitere Konservendose auf den Küchentisch. »Das pfeifen die Spatzen von den Dächern. Ja, bist du denn verrückt geworden?« Sie sah ihre Tochter finster an. Wäre es möglich gewesen, mit Blicken zu töten, Gerda wäre sofort umgefallen. Sie spürte, wie

die Entschlossenheit in ihrem Inneren zusammenschrumpfte. Doch dann tat sie doch das, was sie sich vorgenommen hatte. Sie musste ihre Mutter zur Vernunft bringen und ihr klarmachen, dass der Begriff Amischlampe heute nichts mehr galt. Sie wollte ihre Mutter nicht verlieren, sie wollte diesen Streit nicht.

»Ja, ich liebe diesen Amerikaner, wie du ihn nennst. Sein Name ist Jason, und er studiert hier in Frankfurt Wirtschaftswissenschaften. Er kommt aus einer anständigen und wohlhabenden Familie, die in New York wohnt. Und er hat mir einen Heiratsantrag gemacht, und ich habe Ja gesagt. Wir leben nicht mehr im Jahr 1946, mach die Augen auf, Mama. Die Amerikaner sind unserer Freunde. Du selbst hast Kennedy vor nicht allzu langer Zeit zugejubelt.«

Roswitha sah Gerda mit großen Augen an. Sie schien einen Moment zu brauchen, um die Worte ihrer Tochter zu verarbeiten.

»Heiraten«, brachte sie heraus. »Ja, bist du denn verrückt geworden. Wie lange kennst du diesen Mann? Wenige Wochen? Da redet man doch nicht von so etwas. Und wem ich wann aus welchen Gründen auch immer zujuble, ist meine Sache. Ich bin nur beim Römer gewesen, weil alle hingegangen sind und ich neugierig war. Und alle haben da gejubelt, sollte ich es da etwa nicht tun?«

»Und wenn alle von der Brücke springen, dann tust du es auch«, entgegnete Gerda, die kaum glauben konnte, was ihre Mutter da für einen Unsinn redete. »Dir ist doch nur wichtig, was die Leute denken. Wie es mir dabei geht, ist dir vollkommen egal. Aber ich sage dir jetzt was: Ich werde ihn heiraten und mit ihm nach Amerika gehen. Ob es dir gefällt oder nicht. Überlege es dir gut, wie du jetzt reagierst. Du kannst es noch

anders haben. Wenn du einlenkst und Jason akzeptierst, dann werde ich weiterhin deine Tochter sein. Solltest du es nicht tun …« Sie brachte es nicht fertig, den Satz zu beenden, weil sie wusste, wie verletzend er war. Tränen traten in ihre Augen.

»Was dann?«, fragte ihre Mutter und funkelte sie herausfordernd an.

»Dann hast du keine Tochter mehr«, vollendete Gerda ihren Satz nun doch, und die Tränen der Verzweiflung rannen über ihre Wangen. Wie konnte ihre Mutter nur so verdammt stur sein?

»Du wirst niemals mit ihm gehen«, antwortete Roswitha. »Ich entscheide. Du bist nicht volljährig. Ich bin, auch wenn es dir nicht gefällt, deine Mutter, und du hast verdammt noch mal zu tun, was ich sage. Und ich weiß, eines Tages wirst du mir dankbar für das sein, was ich jetzt tue.« Im nächsten Moment machte Roswitha einen Schritt auf Gerda zu. Sie packte sie grob an ihrem Handgelenk und schleifte sie in ihr Zimmer, wo sie sie aufs Bett schleuderte. »Du bleibst hier drin. Hörst du! Dir werde ich die Flausen austreiben!«

Gerda überraschte der grobe Griff ihrer Mutter so sehr, sie fühlte sich plötzlich wie erstarrt. Ihre Mutter zog die Tür hinter sich zu und drehte den Schlüssel im Schloss. Einen Moment lang starrte Gerda auf die Tür, dann kam wieder Leben in sie. Sie stürzte zur Tür und rüttelte verzweifelt an der Klinke.

»Mama, bitte!«, rief sie. »Mama. Das kannst du doch nicht machen. So hör doch zu. Ich bin keine Amischlampe. Versteh doch. Ich liebe ihn.« Tränen der Verzweiflung rannen über ihre Wangen, und sie ließ die Türklinke los und sank auf den Boden. »Ich liebe ihn doch«, wiederholte sie.

Wie sollte sie es jetzt pünktlich zum Flughafen schaffen?

Er würde dort doch auf sie warten. Am Ende würde er ohne sie fliegen und sich seine Liebe zu ihr aus dem Herzen reißen. Das durfte sie niemals zulassen. Oh, wie dumm sie doch gewesen war. Sie hätte fortlaufen sollen, aus dem Laden hinaus in den kalten Wintertag. Doch dafür war es jetzt zu spät.

Es war Vanessa, die sie aus ihren Gedanken riss. Sie stand plötzlich vor Gerda und fragte mit besorgter Miene: »Gerda, ist alles in Ordnung? Du weinst ja.«

Gerda sah die junge Frau erschrocken an und antwortete perplex: »Ja, das ist es. Ich meine, eigentlich …« Sie brach ab, überlegte einen Moment, dann meinte sie: »Ist nicht so wichtig, Kindchen. Ist lange her, weißt du. Lohnt nicht mehr, darüber zu reden.« Sie erhob sich, nahm eine der Weihnachtsservietten zur Hand, putzte sich die Nase und wischte sich die Tränen von den Wangen.

»Wie steht es denn mit der Wohnung? Läuft alles nach Plan? Wart ihr schon bei Ikea?«

Gerda hoffte mit ihren Fragen, Vanessa von ihrem eigenen Kummer abzulenken. Doch es gelang ihr nicht.

»Ich glaube schon, dass es wichtig ist«, sagte Vanessa leise. »Man heult doch nicht einfach nur so, und du schon gar nicht, Gerda. Ich hab dich noch nie weinen sehen.«

»Ach, weißt du«, antwortete Gerda. »Es liegt an diesem Tag. Da bin ich immer ein bisschen sentimental. Heute vor vielen Jahren glaubte ich den Mann zu verlieren, den ich mehr geliebt habe als alles andere auf der Welt. Aber das war gestern, weißt du. Es lohnt nicht mehr, ihn in die Gegenwart zu holen. Aber es ist lieb, dass du fragst.« Wieder stiegen Tränen in Gerdas Augen, und sie tupfte sich mit der Serviette darüber. »Jetzt erzähl: Wart ihr bei Ikea?«

Vanessa schien zu spüren, dass es besser war, nicht weiter nachzuhaken. Sie beantwortete Gerdas Frage mit Ja und begann, von einem wunderschönen Doppelbett mit einem romantisch verschnörkelten Metallgestell zu erzählen und von hübschen Vorhängen und dem perfekten Kuschelsofa, es stimmten sogar die Maße. Und ihr kleiner Goldschatz würde eine hübsche Blumenwanduhr erhalten, und es gab dort zuckersüße Bilderbücher mit Pettersson und Findus, die sie ihm dann vorlesen konnte. Ihre Augen leuchteten, während sie sprach, und Gerda lächelte milde, obwohl ihr nicht nach Lachen zumute war. Sie hatte noch immer das verzweifelte Mädchen vor Augen, das auf dem Boden der winzigen Kammer gesessen, zum Fenster geblickt und sich Gedanken darüber gemacht hatte, wie es seinem kleinen Gefängnis entfliehen könnte, um mit seinem Liebsten für immer den dummen Vorbehalten ihrer Mutter zu entkommen.

23. Kapitel

23. Dezember 2008

Karl saß in seinem alten und abgewetzten Lehnstuhl in seiner Wohnung und starrte auf das grüne Tastentelefon vor sich auf dem Wohnzimmertisch, das normalerweise auf der Kommode im Flur stand, doch das Kabel reichte gerade so bis hierher, und im Sessel war das Warten auf einen Anruf von Krüger bequemer. Doch bedauerlicherweise wollte das dumme Telefon nicht läuten. Da half auch das ganze Anstarren nichts. Die Ungewissheit war es, die ihn die ganze Nacht auf den Beinen gehalten hatte, und nun fühlte er sich müde und ein wenig so, als würde er krank werden. Sein Kopf dröhnte, und sein Magen rebellierte, weil er zu viel von dem abscheulichen Anrührkaffee vom Discounter getrunken hatte, den er eigentlich gar nicht mochte. Anständigen Kaffee bekam er bei Gerda, doch er traute sich nicht, zu ihr zu gehen. Ihn trieb die Sorge um, dass er sich verplappern könnte. Andererseits musste er sich bald bei ihr blicken lassen, sonst machte sie sich vermutlich Gedanken.

Er sackte ein Stück in sich zusammen und stieß einen Seufzer aus. Vielleicht war die Suche nach Jason doch eine Schnapsidee gewesen. Wenn man alt wurde, wurde man sentimental und rührselig und verklärte gern mal die Vergangenheit. Rückblickend färbte sich die Welt rosarot, obwohl sie es nicht gewesen war. Am Ende war es bei Gerda nichts anderes und diese Liebesgeschichte mit ihrem Jason gar nicht so einmalig, wie sie immer sagte. Gerade Frauen neigten doch dazu, in manchen Männern Ritter in goldenen Rüstungen oder Prinzen aus dem Märchen zu sehen, obwohl das nichts mit der Wirklichkeit zu tun hatte. Daran waren vermutlich die Filmwelt schuld oder diese ganzen Schundromane, in denen es immer ein Happy End gab. Gerda las gern die Fortsetzungsgeschichten in den Klatschzeitungen, und die trieften vor Kitsch. Ein einziges Mal hatte er sich dazu hinreißen lassen, eine von ihnen zu lesen, und es hatten ihm die Haare zu Berge gestanden.

Doch nun hatte Karl die Angelegenheit angeleiert, und es gab kein Zurück mehr. Krüger befand sich bestimmt schon in London, vielleicht hatte er Jason auch schon gefunden. Karl hatte viel Geld investiert, es galt zu hoffen, dass es dem Detektiv auch tatsächlich gelang, diesen Amerikaner nach Frankfurt zu bekommen. Karl ließ seinen Blick durch den Raum schweifen und blieb an der Fotografie seiner Eltern hängen, die auf der Kommode stand. Das Bild zeigte die beiden an ihrem Hochzeitstag. Sie sahen glücklich aus, seine Mama war eine hübsche blonde Frau gewesen. Sein Vater war drei Jahre älter als sie, kennengelernt hatten sie sich bei einem Tanztee. Gefallen war Fred Reiter kurz vor Kriegsende irgendwo in Frankreich, den genauen Ort hatten sie nicht mehr ausfindig machen können. Seine Mutter hatte danach nicht mehr geheiratet. Sie hatte immer gesagt, dass sie nur ihren Fred richtig geliebt habe und ihr Herz nur einmal habe verschenken können. Vielleicht war es auch bei Gerda so. Sie hatte ihr Herz diesem Amerikaner geschenkt, und der hatte es für immer mit über den Atlantik genommen.

Oder war so ein Gerede Unsinn? Andere Menschen schafften es doch auch, sich mehrfach zu verlieben. Und was war mit ihm selbst? Er war ein ewiger Junggeselle, ein alter Narr, der es niemals über sich gebracht hatte, der einzigen Frau, für die er tiefe Gefühle empfand, zu sagen, dass sie die Einzige für ihn war. Dass er sich ein Leben ohne sie nicht vorstellen konnte. Und das, seitdem er sie zum ersten Mal gesehen hatte. Tage waren vergangen, aus ihnen waren Wochen, Monate und Jahre geworden, und bis zum heutigen Tag brachte er es einfach nicht fertig, seiner Gerda endlich die Wahrheit zu gestehen.

»Krüger hatte recht mit dem, was er gesagt hat«, sagte er zu sich selbst. »Ich bin ein alter Dummbatz und beschwöre meine eigene Konkurrenz herauf, und am Ende geht sie mit ihm fort, und dann hab ich sie für immer verloren.« Er verstummte und starrte eine Weile auf die hellbeige Auslegeware seines Wohnzimmers, das mit seinen Gelsenkirchener Barockmöbeln und den grau gewordenen Gardinen am Fenster an diesem mal wieder wolkenverhangenen Wintertag düster wirkte. Irgendwann schlug die alte Standuhr dreimal, von draußen drangen die üblichen Verkehrsgeräusche des Oeder Wegs herein, und Karls Blick wanderte zurück zum Telefon. Daneben lag der Zettel, auf dem er Krügers Nummer notiert hatte. Es war natürlich eine von diesen Handynummern, die anzurufen teuer war. Vor allen Dingen auch deshalb, weil sich der Mann in

London befand. Wobei diese neumodischen Telefone auch Vorteile hatten. Mit den Dingern konnte man Nachrichten verschicken, dann könnte er Krüger seine neue Telefonnummer mitteilen und wäre überall erreichbar für ihn. Wie bei Uwe, dem klingelte ja auch ständig die Hosentasche. Aber ob er das mit den Nachrichten könnte? Wie bediente man so ein Gerät überhaupt? So schwer konnte es nicht sein. Bei Uwe und den anderen Leuten sah es nicht so kompliziert aus.

Er blickte noch einmal auf sein altmodisches Tastentelefon. Er konnte doch jetzt nicht bis zum Heiligen Abend hier sitzen bleiben und auf einen Anruf warten. Mit so einem Mobiltelefon wäre er überall erreichbar und könnte schon mal zum Flughafen fahren und dort warten. Entschlossen stand er auf. »Dann kauf ich mir eben so ein neumodisches Ding. Mit dem Computer umzugehen im Amt, das hab ich auch gelernt, schwerer als diese depperten Programme kann das Bedienen von einem Handy auch nicht sein.«

Wenig später stand er in dem Handyladen von Damian Nowak, den dieser im Oeder Weg erst kürzlich von Simon Hansen übernommen hatte, der aus familiären Gründen zurück in irgendein Nest in den Norden hatte ziehen müssen. Damian war ein dunkelhaariger Mittzwanziger mit einem Oberlippenbart, der Karl an die Achtzigerjahre erinnerte. Zu diesen Zeiten war die im Volksmund so genannte Rotzbremse äußerst beliebt gewesen, inzwischen war diese Form des Bartwuchses bei den jungen Leuten jedoch eher ungewöhnlich. Der Laden war vollgestopft mit allerlei Technikkrempel. Damian verkaufte nicht nur Handys, sondern reparierte sie auch. Er stand hinter einem Verkaufstresen und führte gerade ein Telefonat auf Polnisch, als Karl eintrat. Er winkte ihn lächelnd näher und bemühte sich, das Gespräch zu einem Ende zu bringen, was ihm jedoch erst nach einigen Anläufen gelang. Nachdem er aufgelegt hatte, glaubte er sich für sein Tun entschuldigen zu müssen.

»Meine Mutter«, sagte er. »Sie ist äußerst redselig. Aber jetzt bin ich ganz für Sie da. Was kann ich für Sie tun? Sie wohnen in der Straße, oder? Ich sehe Sie häufiger.«

»Ja, ich wohne im Oeder Weg«, antwortete Karl, dem in diesem Moment klar wurde, dass er sich vielleicht besser einen anderen Handyshop gesucht hätte. Etwas weiter von Gerda und ihrem Wirkungskreis entfernt. Was war, wenn ihn jemand beim Betreten des Ladens gesehen hatte und Gerda sogleich von seinem Tun erfahren würde? Er hörte ihre Frage jetzt schon. »Was hast du denn in dem Laden für diesen modernen Plunder gesucht?«

Aber nun war es zu spät, um daran noch etwas zu ändern. Und vielleicht hatte er dieses eine Mal ja Glück und würde ungesehen bleiben. Damian Nowak würde, das wusste er, Gerda nichts von seinem Besuch erzählen, denn der Pole war kein Kunde des Waschsalons und wohnte auch gar nicht im Oeder Weg.

»Ich hätte gern ein Handy«, kam Karl ohne Umschweife auf sein Ansinnen zu sprechen.

»Das ist großartig«, erwiderte Nowak und schenkte ihm ein Lächeln. »Hatten Sie denn schon mal ein Mobiltelefon?«

»Nein, bisher noch nicht. Aber jetzt hätte ich gern eines. Es sollte aber nicht zu kompliziert sein und nicht ganz so klein. Das von Uwe hat so kleine Tasten – wie er die mit seinen Wurstfingern trifft, wird mir für immer ein Rätsel bleiben.«

»Ja, die Tastengröße«, antwortete Nowak. »Das kann für ältere Herrschaften schon zu einem Problem werden. Aber dafür gibt es Lösungen. Ich hätte hier ein spezielles Seniorenhandy im Angebot. Das ist bedeutend einfacher in der Bedienung, und die Tasten sind auch größer.« Er holte einen Karton aus dem Regal hinter sich und legte ihn auf den Tisch. Karl beäugte das Bild auf der Verpackung neugierig. So übel sah das Ding gar nicht aus. Nowak holte das Handy gleich heraus, es war zum Aufklappen und lag gut in der Hand. Doch dann redete der junge Mann plötzlich wie ein Wasserfall. Von Verträgen und Prepaidkarten. Er ratterte Firmen und Tarife herunter, Karl wurde sein Gerede rasch zu viel. Was war das alles nur? Er sollte einen Vertrag unterschreiben, und was zur Hölle war eine Flatrate, und wieso sollte es Freiminuten geben? Die vielen Erklärungen schwirrten ihm nur so durch den Kopf. So hatte er sich diesen Kauf nicht vorgestellt. Er hatte gedacht, dass Nowak nur ein bisschen was erklären musste, und dann würde es einwandfrei funktionieren. So wie sein Telefon daheim. Das hatte der Techniker von der Deutschen Bundespost irgendwann in die Wand gesteckt, und seitdem funktionierte es, und Karl überwies einmal im Monat seine Telefonrechnung, die meist eh nur aus der Grundgebühr bestand. Wen sollte er auch anrufen?

In Karl stieg das Gefühl der Ablehnung auf, und er tat

einen Schritt rückwärts. Er musste verrückt geworden sein zu glauben, dass er so ein Gerät benötigte. Reiter hatte ihm versprochen, dass er mit Jason spätestens am vierundzwanzigsten am Flughafen sein würde. Also musste er ja nur dorthin gehen und auf die beiden warten. Dafür brauchte es kein neumodisches Telefon und keine Nachrichten.

»Ich hab es mir anders überlegt«, sagte er und machte noch einen weiteren Schritt rückwärts. Er hob sogar abwehrend die Hände. »Ich brauch doch kein Handy. Aber danke für Ihre Mühe.« Er entfloh dem Laden regelrecht und atmete erleichtert auf, als er wieder auf dem Gehweg stand. »Dummer alter Mann«, schalt er sich selbst und blickte sich rasch um, ob irgendwo ein bekanntes Gesicht zu sehen war. Zu seinem Glück erkannte er niemanden. Sein Blick wanderte nun die Straße hinunter und blieb an Gerdas Waschsalon hängen. Sollte er zu ihr gehen? Bestimmt begann sie sich schon Sorgen zu machen, wo er abgeblieben war. Doch die Angst, er könnte sich vor lauter Aufregung verplappern, wog schwer. Außerdem würde ihr gewiss auffallen, dass er nervös war. Sie kannte ihn einfach zu gut. Es half nichts. Er musste sie im Ungewissen lassen, denn schließlich hatte er eine Mission. Und da half es auch nichts, wenn er zu Hause wieder sein Telefon anstarrte. Er würde jetzt zum Flughafen fahren, denn er wollte dort sein, wenn Krüger und Jason Miller ankamen.

Entschlossen machte er kehrt und lief zur Haltestelle der Straßenbahn.

24. Kapitel

23. Dezember 2008

Hab ich es nicht gesagt«, kommentierte Angelika den eben vermeldeten Wetterbericht, der mal wieder ein grünes Fest verkündet hatte. »Acht Grad und Nieselregen, wie jedes Jahr zum Fest. Wir werden uns daran gewöhnen müssen, dass ein anständiger Winter mit richtigem Frost und ohne grauen Matsch in der Stadt immer seltener wird.« Sie stieß einen Seufzer aus und verfrachtete ihren Teebeutel auf eine Untertasse. »Aber eigentlich ist es ja auch egal, was für ein Wetter wir haben. Ich kann mir gar nicht vorstellen, wie der Heilige Abend ohne meine Tami sein wird. Obwohl es im letzten Jahr ja schon nicht mehr so harmonisch gewesen ist.«

Nicht mehr so harmonisch war schwer untertrieben, dachte Gerda. Angelikas Mann Johannes war im letzten Jahr kurz vor dem Fest ausgezogen, angeblich, weil er Abstand bräuchte. Tami, Angelikas Tochter hatte an Heiligabend ihren neuen Freund Maurice mitgebracht, und nach der Bescherung und dem gemeinsamen Essen waren die beiden ruckzuck in Tamis Zimmer verschwunden und hatten die ganze Nacht lautstark … Gerda dachte den Gedanken nicht zu Ende. In ihrer Not war Angelika irgendwann aus ihrem direkt neben Tamis Zimmer liegenden Schlafzimmer ausgezogen und hatte die Nacht mit Kopfhörern auf dem Sofa verbracht und sich auf dem alten Ding üble Rückenschmerzen geholt. Am ersten Feiertag war sie bei Gerda im Waschsalon aufgeschlagen und hatte in ihrer Verzweiflung Rotz und Wasser geheult.

»Vielleicht bringt Tami jetzt ja ihren Freund mit zu ihrem Vater«, konnte sich Gerda einen Kommentar in diese Richtung nicht verkneifen.

Angelika sah sie verdutzt an, dann musste sie grinsen.

»Ja, vielleicht. Dann sieht er mal, wie das mit einem Teenager so ist. Mich hat er ja für prüde gehalten, als ich ihm davon erzählt habe. Mal sehen, wie es ihm so geht, wenn seine Tochter im Nebenzimmer … Ach, ich will es gar nicht laut aussprechen.« Sie winkte ab und wechselte endgültig das Thema. »Es ist lieb von dir, dass ich den Heiligen Abend bei euch mitfeiern darf. Und ich bin wirklich keine Belastung?«

»Natürlich nicht«, antwortete Gerda. »Die letzten Jahre hab ich immer nur mit Karl gefeiert, aber dieses Jahr wird es trubelig. Timo und Vanessa haben gefragt, ob wir zusammen feiern, es haben sich einige Damen vom Stricktreff angekündigt, weißt ja, dass Inge und Jutta immer recht einsam sind. Sogar Mustafa überlegt, mal vorbeizuschauen. Obwohl er als Moslem Weihnachten eigentlich gar nicht feiert, aber er hat meinen hausgemachten Kartoffelsalat so gern, und Inge hat versprochen, Zimtschnecken mitzubringen, und die liebt er heiß und innig. Er meinte, mit ihren Schnecken kann kein einziger Bäcker von ganz Frankfurt mithalten.«

»Wo er recht hat«, antwortete Angelika. »Dann wird das

ja in diesem Jahr eine richtige kleine Weihnachtsparty. Das wird sicher nett werden. Wenn du magst, komme ich am Nachmittag schon vorbei und helfe dir bei den Vorbereitungen. Um drei läuft dann auch mein Lieblingsmärchen im Fernsehen. *Drei Haselnüsse für Aschenbrödel*. Das könnten wir gemeinsam gucken.«

»Ja, das könnten wir«, meinte Gerda.

In diesem Moment öffnete sich die Ladentür, und Gerda hob den Blick. Sie hoffte darauf, dass es Karl sein würde, der eintrat, doch es war Uwe, was Gerda verwunderte. Hatte der Elektriker nicht davon gesprochen, dass er dieses Jahr etwas früher in den Weihnachtsurlaub gehen wollte?

»Morsche, zusammen«, grüßte Uwe in die Runde und stellte seine Arbeitstasche ab. »Wie steht es? Steckt ihr auch schon in den Vorbereitungen fürs Fest? Ich kann euch sagen: Bei uns daheim ist mal wieder der Teufel los. Es wird über die Farbe des Christbaumschmucks gestritten, und unsere Lotte will dieses Jahr keine Weihnachtsgans essen, sondern einen Seitanbraten haben, das ist was Veganes. Sie hat uns vorgeworfen, dass wir indirekt Mörder wären, weil wir Fleisch essen. Die haben da in der Schule so eine Dokumentation aus einem Schlachthof gezeigt, seitdem spinnt sie rum. Ich denke darüber nach, mal ein ernstes Wort mit der Lehrerin zu reden. Solche Filme kann man doch den Kindern nicht zeigen, und unsere Gans kommt vom Biohof Galler aus Bad Vilbel. Die war vor ihrem Tod glücklich, das weiß ich bestimmt.«

»Also, ich esse schon seit Jahren keine Gans mehr zu Weihnachten«, meinte Angelika. »Mir ist die zu fett. Letztes Jahr hab ich einen Rehrücken ausprobiert, aber das

Fleisch ist bedauerlicherweise arg zäh geworden. Unser Nachbar, der Klaus-Dieter, hat mich von seinem Rentierbraten kosten lassen. Der war äußerst lecker. Aber solch ein exotisches Fleisch bekommt man nicht überall.«

»Ach du je«, meinte Gerda. »Wie kann man denn Rentier zu Weihnachten essen? Das ist ja, als würde man Rudolf futtern. Also, das könnte ich nicht.«

»Daran hab ich noch gar nicht gedacht«, antwortete Angelika. »Jetzt, wo du es sagst.«

»Aber eigentlich bin ich ja gar nicht wegen des Weihnachtsessens gekommen«, kam Uwe nun auf den eigentlichen Grund für seinen Besuch bei Gerda zu sprechen. »Ich hab da gestern mit einem Kollegen aus dem Westend gesprochen, wegen eines alten Ersatzteils, und ich hab ihm von deinen Problemen mit den alten Leitungen erzählt, Gerda. Und da hat er, sein Name ist Dieter, gemeint, er würde sich das Ganze gern mal mit seinen Lehrlingen ansehen kommen. Die müssten wissen, wie man mit so alten Sachen umgeht. Du hast ja noch so alte Drehsicherungen im Kasten. Die kann er mal überprüfen. Er hat da mehr Ahnung als ich. Vielleicht kann er da was verbessern. Und er meinte, er will erst einmal kein Geld dafür haben. Er hat gesagt, wenn seine Buben bei dir ein bisschen üben dürften, dann wäre ihm das genug. Also so eine Art altes Elektroübungshaus zur Ausbildung. Neubauten sehen sie jeden Tag, das können sie schon. Ich hab ihm gesagt, ich rede gleich mal mit dir. Das hört sich doch gar nicht so übel an. Wenn du Glück hast, bekommst du über diesen Weg die Bude fast umsonst saniert.«

»Elektroübungshaus«, wiederholte Angelika. »Denkst du

denn, das ist sicher? Nicht dass einer der Lehrlinge Gerda noch die Bude abfackelt. Mit Elektrizität ist nicht zu spaßen.«

»Natürlich ist das sicher«, entgegnete Uwe in entrüstetem Tonfall. »Wäre es das nicht, würde ich es Gerda nicht vorschlagen. Und weil Weihnachten ist, spendiere ich ein bisschen was von dem Technikkrempel für dich. Das hab ich dem Dieter zugesagt. Was meinst du, Gerda?«

»Ich weiß gar nicht, was ich sagen soll«, antwortete Gerda gerührt. »Danke dir, Uwe. Du weißt gar nicht, was mir das bedeutet.« Sie umarmte den Elektriker freudig. »Das ist wirklich ein ganz großartiges Weihnachtsgeschenk.«

»Es kommt noch besser«, war plötzlich die Stimme von Jan zu hören. Gerda löste sich aus Uwes Umarmung und sah den jungen Mann verdutzt an. Sie hatte ihn gar nicht eintreten hören.

»Das Problem mit der Heizung bekommen wir auch gelöst«, sagte Jan. »Mein Kollege hat mich auf die Idee gebracht, mal nach gebrauchten Ölheizungen zu gucken, und ich bin fündig geworden. Die Tanks sind ja noch in einem brauchbaren Zustand, nur der Brenner ist kaputt. Und ich hab bei Ebay was Passendes gefunden. Der Verkäufer wollte noch zweihundert Euro dafür haben, aber dafür hätte er das nie verkauft bekommen. Ich hab ihn jetzt auf fünfzig runtergehandelt und könnte das gute Stück noch heute Nachmittag abholen. Wenn wir uns beeilen, kriegen wir die Heizung damit bis morgen Abend repariert. Ein Kumpel von mir würde mir zur Hand gehen. Wenn alles passt, läuft sie mit dem Ersatzteil richtig ordentlich, und ihr habt es wieder warm in der Hütte.«

Gerda konnte kaum glauben, was sie hörte. Die Ausführungen von Uwe und Jan kamen ihr vor wie ein Weihnachtswunder.

Sie war so überwältigt, dass ihr die Worte fehlten, was bei Gerda selten vorkam. Sie sank auf einen der Stühle, und die Tränen der Erleichterung begannen, über ihre Wangen zu laufen. Sogleich wurde sie von Uwe, Angelika und Jan umringt und getröstet.

»Aber Gerda, meine Liebe. Du musst doch nicht weinen. Wir sind doch deine Freunde, und Freunde sind immer füreinander da.«

Angelika reichte Gerda eine der Weihnachtsservietten, und Gerda schnäuzte sich kräftig.

»Kinder, ihr wisst gar nicht, was für eine Freude ihr mir damit macht. Wisst ihr, ich habe echt geglaubt, dass es das jetzt gewesen ist und ich das Haus verkaufen muss. Ach, wie großartig. Das muss ich gleich Karl erzählen, er wird …« Sie kam ins Stocken. »Karl …«, wiederholte sie. »Er ist heute noch gar nicht hier gewesen. Hast du ihn gesehen, Angelika? Das ist doch seltsam, oder?«

»Vielleicht erledigt er ja noch Weihnachtseinkäufe«, mutmaßte Uwe. »Oder er hat noch einen Arzttermin. Hat er nicht neulich was von einer Wurzelbehandlung erzählt? So etwas kann langwierig sein.«

»Das mit den Einkäufen wäre durchaus möglich«, griff Angelika den ersten Vorschlag von Uwe auf. »Letztes Jahr hat er doch auch so etwas Hübsches für dich gehabt. Diesen roten Kaschmirschal, den du bedauerlicherweise nie trägst.«

»Weil er kratzt«, glaubte Gerda sich verteidigen zu müssen. »Ich glaube nicht, dass der aus Kaschmir ist. Aber das mit den Geschenken kann natürlich trotzdem stimmen. Ich sollte mir nicht so viele Gedanken machen.«

»Nein, das solltest du nicht«, antwortete Angelika. »Es wird bestimmt alles gut sein mit unserem Karl, und vielleicht kauft er dir in diesem Jahr ja etwas richtig Hübsches. So etwas wie die Halskette mit dem Herzanhänger, die du trägst. Wo hast du die eigentlich her? Sag bloß, die hat er dir auch geschenkt! Zuzutrauen wäre es ihm. Ich wollte es eigentlich nie sagen, aber ich denke, er hat dich mehr als gern, Gerda. Ist dir mal aufgefallen, wie er dich manchmal anschaut?«

Verdutzt sah Gerda Angelika an. Dass sie so indiskret daherredete, war sie gar nicht von ihr gewohnt. Kurz wanderte ihr Blick zu Uwe und Jan, doch die beiden unterhielten sich inzwischen über andere Dinge, es fiel der Name eines Eintracht-Frankfurt-Spielers.

»Wo denkst du hin?«, wiegelte Gerda Angelikas Anspielung, Karls Gefühlsleben betreffend, sogleich ab. »Karl und ich sind Freunde, nicht mehr und nicht weniger. Und die Kette ist nicht von ihm. Ich hab sie schon lange, weißt du. Sie ist, also ich meine … Sie ist von jemandem, den ich mal geliebt habe. Aber das ist viele Jahre her.« Gerda umfasste den Herzanhänger, und ihre Gedanken wanderten zurück zu dem schlimmsten Weihnachtsfest ihres Lebens, aber auch zu dem Moment, der die Hoffnung auf ein Wiedersehen nährte.

Dezember 1963

Zwischen den Jahren, so nannte man diese Zeit. Weihnachten war vorüber, und Silvester stand bevor. Die Menschen der Stadt würden das Jahr 1964 freudig begrüßen. Gerda nicht. Sie fühlte sich wie betäubt und taperte durch die von düsteren Schatten erfüllten Tage. Ihre Mutter hatte sie erst kurz vor der Bescherung am Heiligen Abend wieder aus ihrem Zimmer gelassen. Sie hatte sich um Versöhnung bemüht, davon geredet, dass Gerda jetzt ja wieder vernünftig werden könne. Sie hatte ihr ein neues Kleid und neue Haarbänder geschenkt, wie üblich waren sie in die Christmette im Dom gegangen. Gerda hatte die fad schmeckenden Weihnachtsrituale über sich ergehen lassen, wie ein Spatz am ersten Feiertag bei Wienerwald in ihrem Essen gepickt, den winterlichen Spaziergang im Holzhausenpark irgendwie ertragen. Jetzt, am siebenundzwanzigsten Dezember, hatte sie der Alltag wieder. Sie saß im Waschsalon und beaufsichtigte missmutig die zahlreich anwesenden Hausfrauen, die, tratschend oder Illustrierte lesend, darauf warteten, dass ihre Wäsche fertig werden würde. Sie glaubte, dass so mancher Blick länger auf ihr ruhte. Ahnte, was die Frauen dachten. Gerda Glück war eine Amischlampe. Gerda hatte Mühe, die Tränen zurückzuhalten. Ihre Gedanken wanderten immer wieder zu Jason, und sie fragte sich, ob er ihre Botschaft erhalten hatte. Es war ihr tatsächlich gelungen, einem Jungen aus der Nachbarschaft eine Nachricht für Jason aus dem Fenster zuzuwerfen. Zusammen mit etwas Geld, damit der Bursche die hilflos hingeworfene Erklärung für ihr Nichtkommen auch tatsächlich überbringen würde. Sie wusste nicht, ob Jason die Nachricht vor seiner Abreise noch erhalten hatte, hoffte jedoch darauf. Daran, dass er nach Amerika geflogen war, hegte sie keinen Zweifel, denn sie wusste, dass sein Großvater krank war. Es würde vermutlich sein letztes Fest sein. »Du wirst ihn mögen«, hatte Jason ihr gesagt. »Er ist immer zu Späßen aufgelegt.« Nun würde sie den Großvater vermutlich nicht mehr kennenlernen, und sie würde nicht mit Jasons Familie Weihnachten in diesem wunderschönen Haus in New England feiern, das ihr Jason so herrlich beschrieben hatte und das sie in ihren Träumen noch immer vor Augen sah. Gerda kämpfte erneut mit den Tränen und versuchte, sie fortzublinzeln. Diese dummen Tratschtanten sollten nicht sehen, wie traurig sie war.

Der Nachmittag verging irgendwie. Der traurige und eiskalte Wintertag versank in der heraufziehenden Dunkelheit, die neue Schneefälle mit sich brachte. Gerda, die hinter der letzten Kundin die Ladentür abschloss, betrachtete traurig, wie die Flocken in die Lichtkegel der Straßenlaternen fielen, und konnte dabei ihre Tränen nicht mehr zurückhalten. Der Schmerz in ihrem Inneren fühlte sich an, als wollte er sie zerreißen. Dann tauchte plötzlich der kleine Junge auf, der ihr immer die Botschaften von Jason gebracht hatte. Er hielt ein in braunes Packpapier gewickeltes Paket in Händen und blieb vor der Ladentür stehen, sodass Gerda rasch wieder aufschloss.

»Das hier soll ich dir geben«, sagte er, drückte Gerda das Paket in die Hände und verschwand wieder.

Gerda blickte ihm verwundert nach, und ihr Herz begann schneller zu schlagen. Rasch schloss sie die Ladentür wieder, setzte sich mit dem Paket auf einen der Stühle neben Elvis und betrachtete es einen Moment ehrfürchtig. Mit zittrigen Händen entfernte sie die Packschnur und öffnete es. Es kam ein samtenes Schmuckkästchen zum Vorschein, auf dem ein

Brief lag, den Gerda sogleich mit zittrigen Fingern öffnete. Sie begann zu lesen, und mit jeder Zeile, wurde dieser düstere Nachmittag ein wenig heller.

Meine liebste Gerda,

mich hat deine Nachricht noch erreicht, und ich habe tatsächlich überlegt, zu dir zu gehen und mit deiner Mutter zu reden. Aber dann habe ich diesen Gedanken wieder verworfen, denn du weißt, was der wahre Grund dafür ist, weshalb ich das Fest mit meiner Familie feiern möchte. Mein Großvater war mir mein Leben lang ein echter Freund, und ich muss nun an seiner Seite sein. Ich hätte das Flugzeug verpasst, und mit Sicherheit hätte es mit deiner Mutter einen großen Streit gegeben, was ich nicht möchte.
Du sollst wissen, dass ich dich trotz ihrer Ablehnung niemals aufgeben werde, dafür liebe ich dich zu sehr. Ich bin nach Amerika zu meiner Familie geflogen, aber ich werde wiederkommen und dich zu mir holen. Das verspreche ich dir. Und bis dahin soll dich diese Kette immer an mich und an unsere gemeinsamen Tage voller Glück erinnern. An Tage voller Lichterglanz und Weihnachtszauber, die ich für immer in meinem Herzen tragen werde.

Ich liebe dich, my Darling.
Dein Jason

PS Auf ganz bald …

Über Gerdas Wangen kullerten nun dicke Tränen, und sie presste seinen Brief fest an sich. Ganz bald, hatte er geschrieben. Er liebte sie, er würde zurückkommen und sie zu sich holen. Sie öffnete die Schmuckschatulle und nahm eine goldene Kette mit einem wunderschönen Herzanhänger heraus. Sie ließ sie durch ihre Finger gleiten und betrachtete sie ehrfürchtig. Niemals zuvor hatte ihr jemand etwas so Wertvolles geschenkt. Am liebsten hätte sie die Kette sogleich um ihren Hals gelegt, doch das ging natürlich nicht. Aber bald würde sie sie tragen können. Diese Kette und seinen Ring am Finger. Sie brauchte nur Geduld …

25. Kapitel

23. Dezember 2008

Ich muss verrückt geworden sein, dass ich mir das antue«, murmelte Gerda, als sie den vollkommen überfüllten Kaufhof betrat. Im Erdgeschoss schlug ihr der übliche Parfümgeruch entgegen, und sie lief im Pulk der letzten Geschenkejäger mit, die wie alle Jahre kurz vor dem Fest auf die Idee kamen, noch rasch ein Geschenk für ihre Liebsten zu erwerben. Es war eine spontane Idee gewesen, die Gerda an diesem frühen Abend dazu verleitet hatte, sich noch einmal ins Getümmel zu stürzen. Die jungen Leute waren so engagiert und halfen ihr so wunderbar, da war es das Mindeste, sie mit einer kleinen Aufmerksamkeit zum Fest zu überraschen. Natürlich bekam auch Uwe etwas und Karl, der zu Gerdas Bedauern auch den restlichen Tag über im Waschsalon nicht aufgetaucht war. Sie hatte vorhin kurz darüber nachgedacht, zu ihm zu gehen, um zu gucken, ob alles in Ordnung wäre. Doch dann hatte sie den Gedanken wieder verworfen. Vanessa hatte bestimmt recht mit dem, was sie gesagt hatte. Karl stromerte vermutlich ebenso wie sie auf der Suche nach letzten Geschenken durch die Stadt. Oder er trieb sich auf dem Friedhof herum, um nach dem Grab seiner Eltern zu gucken. Kurz vor dem Fest entzündete er ihnen immer das Grablicht, damit sie es etwas festlich hatten. Gerda konnte dem nur wenig abgewinnen. Sie besuchte das Grab ihrer Mutter, die sie hatte einäschern lassen, nur selten. Ab und an ging sie hin und entfernte das Unkraut, im Sommer hatte sie günstige Geranien darauf gepflanzt, die jetzt vermutlich abscheulich aussahen. Aber im Januar lief der Mietvertrag mit dem Friedhof ohnehin aus, und Gerda hatte ihn nicht verlängert. Ihre Mutter war nun einmal gestorben, und von diesem Totenkult hielt sie nicht viel. Da verdienten doch nur die ganzen Gärtner und die Gemeinde dran.

Gerda blieb vor den Rolltreppen stehen und ließ ihren Blick über die Infotafel schweifen, auf der stand, was es in welchem Stockwerk zu kaufen gab. Sie könnte für Timo und Vanessa etwas aus der Haushaltswarenabteilung erwerben. Vielleicht einen Toaster oder ein Handrührgerät. Sollten diese Geräte zu teuer sein, würde es auch eine neue Bratpfanne oder Geschirrtücher tun. Geschirrtücher konnte man immer brauchen. Wenn sie Glück hatte, gab es die auch im günstigen Doppelpack. Aber was würde dieser Jan mögen? Sie kannte den jungen Mann kaum. Da blieb wohl nur eine süße Aufmerksamkeit. Über Schokolade freute sich doch jeder. Pralinen gab es im Untergeschoss. Uwe hätte sich wohl am meisten über eine große Portion Mettbrötchen gefreut. Vielleicht eine CD. Sie wusste, dass er ein großer Freund von ACDC war. Früher hatte er sogar lange Haare gehabt, aber seine Rockerzeiten gehörten schon länger der Vergangenheit an, und jetzt trug er Halbglatze und schütteres ergrautes Haar. Und dann war da noch Karl. Für ihn hatte sie zwar die selbst gestrickte

Mütze, aber die war ihr nicht so gut gelungen. Inge hatte zwar gemeint, dass sie schon gehen würde, aber Gerda hatte an ihrem Blick gesehen, dass sie ihr Werk schrecklich fand. Sie könnte ihm eine Mütze kaufen, dazu vielleicht ein neues kariertes Flanellhemd. Das, was er immer trug, sah schon arg schäbig aus. Allerdings kannte sich Gerda mit Herrengrößen nicht aus. Dann wohl doch lieber eine Mütze. Da konnte sie nicht viel falsch machen. Sie hatten beide einen ähnlich dicken Kopf. Was ihr passte, passte Karl auch.

»Ja, ist es denn die Möglichkeit«, wurde Gerda plötzlich von der Seite angesprochen. »Gerda Glück. Meine Güte: Dich hab ich ja ewig nicht gesehen. Wie geht es dir denn?«

Gerda seufzte innerlich. Auf diese Begegnung hätte sie wahrlich verzichten können. Vor ihr stand Käthe Sturm. Dass die alte Dame überhaupt noch lebte, kam einem Wunder gleich. Wie alt mochte sie sein? Fast hundert? So sah sie jedenfalls aus. Käthe stützte sich auf einen Stock, und ihr Gesicht war von Falten übersät. Käthe war Ende der Siebzigerjahre zum ersten Mal bei ihnen im Salon aufgeschlagen und hatte sich sofort blendend mit Roswitha verstanden. Gerda hatte die Frau aus irgendeinem unerfindlichen Grund nie sonderlich gemocht, hatte ihr aber dennoch hoch angerechnet, dass sie auch in den für sie schwierigen Zeiten von Roswitha Glücks Krankheit stets für sie da gewesen war. Kurz nachdem Roswitha verstorben war, war Käthe aus dem Oeder Weg verschwunden. Gerda hatte über die üblichen Tratschwege erfahren, dass sie neu geheiratet hatte.

»Grüß dich, Käthe«, antwortete Gerda und bemühte

sich um ein Lächeln. »Schlechten Leuten geht es immer gut«, antwortete sie mit einem dieser Standardsprüche, die man zu Leuten sagte, mit denen man eigentlich nicht über persönliche Dinge sprechen und die man am liebsten so schnell wie möglich wieder loswerden wollte.

Doch Käthe überhörte die Zwischentöne.

»Wohnst du noch im Oeder Weg?«

»Natürlich. Und den Waschsalon gibt es auch noch«, erwiderte Gerda. »Ich hab sogar feste Stammkundschaft.« Zur Bekräftigung dieser Aussage streckte sie das Kinn nach vorn.

»Hm«, antwortete Käthe, und ihre Miene veränderte sich plötzlich, was Gerda irritierte. In ihrem Blick lag Mitleid.

»Ich hätte dir gewünscht, dass das damals anders für dich ausgegangen wäre. Und deine Mutter übrigens auch. Sie hat es mir gesagt.«

Gerda sah Käthe verdutzt an. Sie wusste sofort, dass die Rede von Jason war. Und plötzlich kam die Erinnerung an eine wirklich düstere Zeit zurück. An das Weihnachtsfest 1979. Das letzte Fest ihrer Mama.

Dezember 1979

»Ich glaube, das wird heute nichts mit dem Wienerwald«, sagte Roswitha mit matter Stimme zu Gerda. Sie saß, ein geblümtes Tuch auf dem Kopf, in ihrem Krankenbett und sah wie ein Gespenst aus. Sie war abgemagert, leichenblass, ihre Augen lagen in tiefen Höhlen. Der Krebs hatte von der

entschlossenen Frau, die den Widrigkeiten des Lebens stets getrotzt hatte, nicht mehr viel übrig gelassen. Die Ärzte hatten ihnen schon vor zwei Wochen gesagt, dass es keine Hilfe mehr gab. Anfangs hatte Gerda darüber nachgedacht, ihre Mutter nach Hause zu holen und sie dort bis zum Ende zu pflegen. Doch so ganz allein hatte sie sich diese Aufgabe dann doch nicht zugetraut, und so war Roswitha in dieses kleine Hospiz in Sachsenhausen verbracht worden. Ein freundliches Haus, eine alte Villa, umgeben von einem hübschen Garten, in dem in diesem Jahr bedauerlicherweise kein Schnee lag. Wobei Roswitha von der weißen Pracht sowieso nie sonderlich viel gehalten hatte. Gerda hatte, damit sie es etwas hübsch hatten, ein kleines Bäumchen aufgestellt und es mit Strohsternen und roten Äpfelchen geschmückt. Die Damen vom Hospiz planten eine kleine Weihnachtsfeier für ihre Patienten, und die Köchin hatte sich Mühe gegeben und Gans mit Klößen und Rotkraut gezaubert. Gerda wusste, dass ihre Mutter von der Köstlichkeit kaum etwas essen würde. Die letzten Tage war es immer schwerer geworden, sie davon zu überzeugen, überhaupt etwas zu sich zu nehmen.

»Ich mochte es bei Wienerwald sowieso nie«, antwortete Gerda. »Wir hätten besser zu Hause kochen sollen.«

»Warum hast du nie etwas gesagt?«, fragte ihre Mutter.

»Ist doch jetzt egal«, antwortete Gerda. »Es ist Vergangenheit. Mach dir keine Gedanken. Es waren ja immer nur wir beide.« Sie tätschelte ihrer Mutter die Schulter, erhob sich, trat ans Fenster und blickte in den Garten, der draußen im Dunkeln lag. Durch die kahlen Bäume konnte man auf die schmale Straße blicken, dort sorgte eine Straßenlaterne für etwas Helligkeit. Den ganzen Tag über hatte es genieselt, und

der Himmel war wolkenverhangen gewesen. Gerdas Hand wanderte gedankenverloren zu ihrem Hals, sie holte das Herzkettchen unter ihrem Rollkragenpullover hervor. Wie jedes Jahr an diesem Tag hatte sie es angelegt, und ihre Gedanken waren bei Jason. All die Jahre hatte sie gehofft, dass er wiederkommen würde. Die ersten Wochen nach ihrem verpassten Treffen am Flughafen hatte jedes Mal, wenn die Glocke der Ladentür ertönte, ihr Herz höhergeschlagen. Doch er war nie gekommen. Nicht in jenem Jahr, auch danach nicht. Es kam kein Brief mehr, keine Nachricht. Ihr dummes Herz hielt trotzdem noch an dem Gedanken fest, dass er zurückkehren würde. Er hatte es ihr doch versprochen.

»Du denkst an ihn, nicht wahr?«, fragte Roswitha und riss ihre Tochter aus den trüben Gedanken.

Gerda wandte sich um und sah ihre Mutter verwundert an.

»Ja, wie jedes Jahr um diese Zeit«, antwortete sie wahrheitsgemäß. »Aber eigentlich denke ich immer an ihn. Ich wünsche mir so sehr, er würde endlich wiederkommen. Er hat es mir versprochen, weißt du.« In Gerdas Augen stiegen Tränen, und sie blinzelte. Doch sie konnte nicht verhindern, dass eine von ihnen über ihre Wange lief. Hektisch wischte sie sie fort.

»Ich weiß«, antwortete Roswitha. »Ich hab vor Jahren heimlich den Brief gelesen, den er dir hat zukommen lassen – und es tut mir leid. Ich war dumm und verblendet damals. Ich hätte dich niemals einsperren dürfen. Das weiß ich jetzt. Ich hab das Glück meiner Tochter zerstört. Ich weiß, meine Entschuldigung kommt spät, und vielleicht denkst du: Im Angesicht des Todes bittet sie jetzt um Absolution. Vielleicht mag es ein wenig so sein. Nenn mich selbstsüchtig. Ich hab mir all die Jahre gewünscht, dass er nicht mehr wiederkommt. Denn

er hätte dich mir weggenommen. Und ich hatte doch nur noch dich.« Sie streckte ihre Hand aus, und Gerda ergriff sie. Nun weinten sie beide. Um das, was gewesen war, das, was hätte sein können, und auch deshalb, weil dieser Moment so besonders war. Die Mauer, die über die Jahre zwischen ihnen gewachsen war, bröckelte. Gerda wusste nicht, ob die Mauer jemals ganz einstürzen würde. Sie wusste nicht, ob sie es schaffen würde, ihrer Mutter jemals zu verzeihen. Und gegen diese Zweifel half auch der im Raum stehende Tod nicht.

»Hier steckst du, Oma«, riss eine weibliche Stimme Gerda aus ihren Gedanken, und sie hob den Blick. Eine blonde Frau mit Pferdeschwanz in einem teuer aussehenden Mantel war zu ihnen getreten, und ihr Blick ruhte nun auf Gerda. »Kennst du die Frau?«, fragte sie.

»Flüchtig von früher«, antwortete Käthe. »Wir haben uns zufällig getroffen.«

»Also wird das kein längerer Plausch«, sagte die junge Frau und schenkte Gerda ein verbindliches Lächeln. »Wir müssen schließlich noch weiter und bei Ester die Gans für morgen abholen.«

»Gut, dass du daran denkst, Liebes«, antwortete Käthe und tätschelte der Blondine den Arm. »Bei all dem Trubel hätte ich das beinahe vergessen. Na, da hätten wir aber alt ausgesehen, so ohne Weihnachtsbraten.« Sie wandte sich an Gerda: »Wie du siehst, hab ich gut zu tun. Aber es war nett, dich mal wieder zu treffen, Gerda. Ich wünsche dir ein schönes Fest. Vielleicht sieht man sich ja irgendwann mal wieder. Es wäre nett.«

Die beiden gingen, und Gerda fühlte sich plötzlich wie

erschlagen. Die Lust am Weihnachtseinkauf war ihr gründlich vergangen, sie wollte nur noch fort von hier und sich verkriechen. Dann gab es eben keine Aufmerksamkeiten für die jungen Leute. Geschirrtücher konnte sie ihnen irgendwann später schenken, und für den Jan hatte sie noch eine Packung Pralinen daheim. Da war Schnaps drin, deswegen mochte sie die nicht. Sie musste bloß gucken, ob sie schon abgelaufen waren. Und wegen der Mütze für Karl könnte ihr bestimmt auch Inge aushelfen.

Gerda verließ den Kaufhof und lief durch die von weihnachtlichen Lichtern erhellte Stadt zurück nach Hause. Auf eine Fahrt in der stickigen Straßenbahn voller Schnupfennasen hatte sie keine Lust.

Als sie im Oeder Weg ankam, blieb sie vor dem türkischen Gemüseladen stehen und richtete den Blick auf Karls darüberliegende Fenster. Sie lagen im Dunkeln.

»Wo steckst du nur?«, fragte sie leise, und plötzlich fühlte sie sich schrecklich verloren. Sie hätte Karl jetzt gern um sich gehabt, einfach so, weil es schön war, ihn in ihrer Nähe zu haben. Und außerdem gab es heute Abend doch *Der kleine Lord* im Fernsehen, und den guckten sie immer gemeinsam. Das konnte er doch nicht vergessen haben. Und von den tollen Neuigkeiten, den Waschsalon betreffend, wusste er auch noch nicht. Sie blieb eine Weile vor dem Gemüseladen stehen in der Hoffnung, dass er doch noch kommen würde. Doch Karl tat ihr den Gefallen nicht, und da ihr kalt war, ging sie nun doch nach Hause.

Als sie an ihrem von den Lichterketten hell erleuchteten Waschsalon ankam, sorgte der Anblick dafür, dass sie wehmütig wurde. All die Jahre, ein gefühlt ganzes Leben hatte sie darauf gehofft, dass Jason zurückkommen würde. Sie hatte immer mehr Lichter aufgehängt, weil sie wusste, wie sehr er sie mochte. Wie dumm sie doch gewesen war. Ihr Herz hatte sie ihr Leben lang an einen Mann gehängt, der nur wenige Wochen Teil ihres Lebens gewesen war. Der vermutlich längst irgendwo ein perfektes eigenes Leben lebte, mit Enkelkindern und einer perfekten Ehefrau in dem hübschen Haus in diesem New England, von dem Gerda noch immer nicht viel wusste.

»Das muss ein Ende haben«, sagte sie plötzlich zu sich selbst. Entschlossen sperrte sie die Ladentür auf und begann, sämtliche Stecker der Lichterketten zu ziehen, riss sie von den Wänden, löste die Tesafilme, schleuderte sie samt der Deko voller Wut auf einen Haufen.

Es dauerte eine ganze Weile, bis sie sich wieder beruhigt hatte und auf das angerichtete Durcheinander blickte. Lichterketten, schunkelnde Rentiere, Weihnachtstischdecken, sogar Scherben der Weihnachtsbecher lagen auf dem Linoleumfußboden, und Gerda begann zu weinen.

»All die Jahre. Ich bin so verdammt dumm gewesen. Ich hätte ein Leben haben können.« Sie verstummte, und Tränen der Verzweiflung liefen über ihre Wangen. »Stattdessen bin ich hiergeblieben, um zwischen Waschmaschinen und Tratschweibern zu versauern. Wie dumm kann man sein?« Ihre Tränen tropften auf die Tischdecke und hinterließen zwischen den Schneemännern und kitschigen Engeln feuchte Flecken. Irgendwann hob sie den Blick und sah sich um in ihrem Waschsalon. Sie musterte die Waschmaschinen, die im fahlen Licht der Neonbeleuchtung standen und aus einer längst vergessenen Zeit stammten. »Was will ich hier eigentlich noch? Wieso tu ich mir das an? Es ist doch lange vorbei.« Sie sank auf einen der alten Kaffeehausstühle und betrachtete die einzige noch funktionierende Waschmaschine. Elvis. Irgendwann klopfte sie auf seinen Deckel und meinte: »Na, alter Junge. Wir haben lange durchgehalten. Aber ich glaub, nun ist es auch für uns an der Zeit zu gehen. Der Traum von einem Wiedersehen ist doch schon lange ausgeträumt.« Sie umfing mit ihren Händen das Herzkettchen an ihrem Hals, riss daran und ließ es zu Boden fallen.

26. Kapitel

24. Dezember 2008

Karl hatte immer gedacht, der Frankfurter Flughafen sei rund um die Uhr ein Ort voller Trubel und Lebendigkeit. Aber dem war nicht so, wie er jetzt feststellen musste. Es war vier Uhr morgens, und er saß beinahe vollkommen allein im Ankunftsbereich auf einer dieser unbequemen Wartebänke und starrte auf den blank polierten Fußboden vor sich. Es roch nach Putzmittel, nicht weit von ihm entfernt beschäftigten sich zwei Mitarbeiterinnen mit Reinigungsarbeiten, sie redeten in irgendeiner osteuropäischen Sprache miteinander. Neben Karl auf der Bank lag eine Bäckertüte, in der sich der Rest eines Wurstbrötchens befand, das er sich vor einer gefühlten Ewigkeit an einem der Stände zusammen mit einem Coffee to go gekauft hatte. Der Begriff »Kaffee zum Mitnehmen« war den Leuten von heute anscheinend nicht mehr schick genug. Karl war vorhin kurz eingenickt. Sein Kinn war auf seine Brust herabgesunken, und er hatte wirre Träume von Gerda gehabt. Sie waren gemeinsam in New York, um direkt vor Ort zu bewundern, wie der Baum am Rockefeller Center eingeschaltet wurde. Doch dann war Gerda plötzlich verschwunden, und er hatte sie panisch überall gesucht.

Es war ein junger Wachmann gewesen, der dafür gesorgt hatte, dass er aufschreckte. Der Mann hatte ihn besorgt gefragt, ob alles in Ordnung sei. Zu dem Zeitpunkt waren noch Flugzeuge gelandet, der letzte Flieger aus London war um kurz nach Mitternacht angekommen. Danach war es still geworden, denn in Frankfurt galt ein Nachtflugverbot. Karl war trotzdem nicht nach Hause gegangen und einfach an Ort und Stelle sitzen geblieben, denn die erste Maschine aus London würde bereits wieder um halb sechs ankommen, und am Ende würde er daheim fest einschlafen und sie deshalb verpassen. Auch Probleme mit den öffentlichen Verkehrsmitteln waren nicht auszuschließen. Neuerdings kam es ständig vor, dass die U- oder S-Bahnen aus irgendwelchen technischen Gründen nicht fuhren. Er hätte mit dem Taxi fahren können, aber das war eine teure Angelegenheit. Da blieb er lieber gleich, wo er war. Sicher war sicher. Es wäre ein Albtraum, wenn er die Ankunft von Krüger und Jason verpassen würde.

Sein Blick wanderte zu der Imbissbude. Bedauerlicherweise war noch immer der Rollladen unten. Aber lange konnte es nicht mehr dauern, bis sie wieder öffnete, und dann würde er sich einen Kaffee holen, und vielleicht gab es ja auch ein süßes Gebäck. Auf gute Zimtschnecken wagte er nicht zu hoffen, aber ein Schokocroissant wäre ebenfalls eine feine Sache. Er richtete seinen Blick wieder auf die Anzeigentafel und stellte zu seinem Entsetzen fest, dass sich etwas verändert hatte. Das Wort »annulliert« stand nun hinter sämtlichen Flugzeugen, die aus London kommen sollten. Alarmiert weiteten sich seine Augen. Was war geschehen? Er stand auf und blickte sich suchend um. Weit und breit war niemand zu sehen, den er fragen könnte. Was sollte er jetzt machen? Abwarten? Vielleicht änderte sich die Anzeige ja wieder. Nach reiflicher Überlegung beschloss er, seinen Warteplatz zu verlassen. Er würde sich auf die Suche nach einer Informationsstelle machen. Irgendwo auf diesem Flughafen musste es doch jemanden geben, der ihm Auskunft geben konnte, warum plötzlich kein Flugzeug aus London mehr ankam. Er schlurfte durch das weitläufige Terminal und fand im Abflugbereich einen Schalter, der geöffnet war und zur Lufthansa gehörte. Eine junge und hübsch anzusehende Frau mit einem grellroten Lippenstift wünschte ihm freundlich lächelnd einen Guten Morgen. »Was kann ich für Sie zu so früher Stunde tun?«, fragte sie.

Karl erkundigte sich, warum bei allen aus London kommenden Flugzeugen plötzlich »annulliert« stand.

»Ja, das ist eine unschöne Angelegenheit«, antwortete die Frau mit ernster Miene. »In London hat sich das Bodenpersonal des Flughafens Heathrow zu einem Streik entschlossen, weshalb von dort heute vermutlich kein Flugzeug mehr abheben wird.«

»Ein Streik. Aber wir haben Weihnachten. Das können die doch nicht machen«, entgegnete Karl entsetzt.

»Können sie anscheinend doch«, antwortete die Frau und zuckte mit den Schultern. »Aber in der Stadt gibt es ja noch weitere Flughäfen, die nicht von dem Streik betroffen sind. Allerdings könnte eine Umbuchung des Fluges schwer werden, denn wie Sie sich denken können, sind die Maschinen zum Fest meist ausgebucht. Ich nehme an, Sie warten auf Angehörige. Vielleicht klappt ja noch eine Umbuchung, oder sie können noch ein Zugticket ergattern und schaffen es durch den Eurotunnel aufs Festland. Vielleicht erreichen Sie sie ja irgendwie, und ihre Angehörigen können Ihnen mitteilen, ob sie eine Transportmöglichkeit gefunden haben.«

»Ja, ich warte auf jemanden«, antwortete Karl und ließ niedergeschlagen seine Schultern sinken. »Haben Sie vielen Dank für die Auskunft. Frohes Fest für Sie.«

Er entfernte sich von dem Schalter und hörte die Worte der Frau nur noch entfernt. »Ihnen auch ein frohes Fest.«

Was sollte jetzt werden? Er hatte keine Ahnung, von welchem Flughafen in London die beiden abfliegen würden. Die Stadt musste ja riesig sein, wenn sie da mehrere hatten. Sein Blick wanderte zur Anzeigentafel, und ihn verließ die Hoffnung. Seit so vielen Stunden hatte er hier ausgeharrt, und nun passierte so etwas. Das konnte doch nicht sein. Er ließ sich müde und erschöpft erneut auf eine der Wartebänke fallen und starrte eine ganze Weile lang auf den Fußboden vor sich. Irgendwann wurden ihm die Lider schwer und sanken nach unten. Doch just in dem Moment, als er kurz weggedöst war, wurde er angesprochen und zuckte erschrocken zusammen, denn die Person kannte seinen Namen.

»Karl. Was tust du denn hier um diese Zeit. Du willst doch nicht etwa wegfliegen, oder?«

Karl sah in das Gesicht von Thorsten.

»Thorsten«, nannte er verdutzt den Namen des jungen Mannes. »Was machst du hier?«

»Ich will zu meiner Familie nach Norwegen fliegen. Sie leben schon einige Jahre in der Nähe von Oslo. Feiertage. Du weißt schon. Und du so? Wohin soll es denn gehen?«

»Nirgendwohin«, antwortete Karl, den es in diesem Moment erleichterte, ein bekanntes Gesicht zu sehen. Und dann war es auch noch Thorsten. Der einzige Mensch in Frankfurt, der von seinen Plänen, Jason zu suchen, wusste.

»Ich warte auf diesen Amerikaner. Wir hatten doch darüber geredet. Ich hab da diesen Privatdetektiv engagiert. Manfred Krüger ist sein Name. Er hat mir zugesagt, heute mit Jason aus London anzukommen.«

»Aus London«, entgegnete Thorsten, und seine Miene wurde skeptisch. »Er hat den Mann dort aufgestöbert? Das ging aber schnell.«

»Ja, das hat mich auch gewundert. Aber er ist echt patent. Er hat ihn über die Unterlagen der Universität ausfindig gemacht. Ich weiß nur bedauerlicherweise nicht, mit welchem Flugzeug sie landen. Und jetzt haben die auch noch alles annulliert, weil an dem einen Flughafen in London gestreikt wird. Das muss man sich mal vorstellen! So etwas macht man doch nicht an Weihnachten.«

»Er hat dir nicht gesagt, mit welchem Flugzeug er ankommen wird?«, hakte Thorsten verwundert nach, der sich nun neben Karl gesetzt hatte. In seinem Blick lag ein seltsamer Ausdruck. »Wie lief das denn genau ab? Er ist in deinem Auftrag nach London geflogen, um Jason hierherzubringen, oder?«

»Ja, so war das. Also, ich glaub jedenfalls, dass Krüger nach London geflogen ist. Genau sagen kann ich es nicht. Er hat mir gesagt, dass er fliegen und Jason auf diesem Kongress treffen wird. Und er hat mir fest versprochen, dass er mit ihm gemeinsam spätestens heute hier ankommen wird.« Noch während Karl die Worte aussprach, wurde er sich klar darüber, was das für ein Unsinn und wie dumm er gewesen war. Er erinnerte sich an den seltsamen Eindruck, den Krüger an jenem Tag hinterlassen hatte. Auch dieses Reisebüro war ihm damals seltsam vorgekommen.

»Verstehe«, antwortete Thorsten. »Hast du ihm vorab Geld gegeben?«

»Ja, das hab ich«, antwortete Karl zerknirscht. Ihm dämmerte nun, dass er vermutlich auf einen Betrüger reingefallen war. »Bargeld, eine beträchtliche Summe. Großer Gott. Was bin ich nur für ein Hornochse gewesen. Der Mistkerl hat mich reingelegt.« Karl dachte an die Berichte aus *Aktenzeichen XY*, das er gern guckte. Da wunderte er sich immer darüber, wie naiv manche alten Leute waren. Und nun war er auch so ein Trottel.

»Davon gehe ich aus«, antwortete Thorsten. »Du solltest wegen Betrugs zur Polizei gehen. Gibt es irgendwelche Beweise? Unterlagen, irgendetwas Schriftliches, vielleicht einen Vertrag?«

Karl schüttelte den Kopf. Er fühlte sich unendlich dumm. Wie hatte er nur so blauäugig agieren können! Der unbedingte Wille, Gerda glücklich zu sehen, war stärker gewesen als alles andere. Das hatte er jetzt davon.

»Ich könnte Nachforschungen anstellen«, bot Thorsten an. »Wie war der Name des Kerls noch mal? Vielleicht gibt es ja noch andere, die auf ihn reingefallen sind.«

»Ach, mach dir keine Mühe«, erwiderte Karl niedergeschlagen. »Am Ende stimmte von dem nicht einmal der Name. Da hab ich dann wohl Lehrgeld bezahlt. Ich glaub, ich geh heim. Ich sitz schon viel zu lange an diesem dummen Flughafen rum. Frohe Weihnachten für dich.«

Er stand auf und folgte den Schildern, die ihn zur S-Bahn führten.

Eine Weile darauf kam er im Oeder Weg an und wollte eigentlich nur noch nach Hause und sich verkriechen. Er schämte sich noch immer. Die ganze Fahrt über hatte er sich gefragt, wie er so deppert hatte sein können. Gerade er, der doch im Finanzamt so manchen Betrüger erwischt hatte. Er hätte doch ein Gespür für solche Machenschaften haben müssen. Er hätte es auch gehabt, das wusste er. Doch er hatte einfach nicht wahrhaben wollen, dass etwas nicht seine Richtigkeit hatte. Die Vorstellung, Gerda glücklich zu sehen, hatte seinen Blick getrübt. Liebe macht blind. An dem Spruch war wohl wirklich etwas dran. Oder: Liebe macht blöd, das konnte er sich jetzt aussuchen.

Es war noch immer dunkel und regnete leicht. Karl schlurfte den Gehweg hinunter, und sein Weg führte ihn instinktiv nicht nach Hause, sondern zum Waschsalon. Wieso auch immer, denn zu dieser frühen Stunde würde Gerda sich dort bestimmt nicht aufhalten. Er hatte den Salon noch nicht erreicht, da fiel ihm schon auf, dass etwas anders war. Gerdas unzählige Lichterketten waren aus. Aber das konnte doch gar nicht sein. Sie stellte sie niemals aus und ließ sie in der Adventszeit sogar über Nacht brennen. War etwa schon wieder die Sicherung rausgesprungen?

Er trat näher, guckte durch die Schaufenster ins Innere und erkannte, dass hier etwas ganz und gar nicht stimmte. Im fahlen Licht der Straßenlaternen konnte er nicht alles erkennen, aber es herrschte eine üble Unordnung, und auf dem Boden lagen Lichterketten und seltsamerweise die drei Rentiere. Er fackelte nicht lange und holte seinen Schlüssel für den Waschsalon hervor, den er für Notfälle immer bei sich trug. Er öffnete die Tür, schaltete das unpersönliche Deckenlicht an, und sogleich hörte er ein Stöhnen. Es war tatsächlich Gerda, die neben Elvis auf einem der Stühle saß und ihn aus kleinen Augen anblinzelte.

»Gerda, was tust du hier?«, fragte er. »Was ist geschehen? Wieso herrscht hier eine solche Unordnung?«

»Karl. Du bist es. Du bist endlich hier«, brachte Gerda heraus. »Wo warst du denn? Ich hab mir Sorgen gemacht.«

»Ist nicht wichtig«, antwortete er. »Hier und dort, weißt du. Jetzt bin ich da, und nun ist alles gut.« Er ging vor ihr in die Hocke, nahm ihre Hand und stellte erneut seine Frage: »Was ist passiert?«

»Ich hab es begriffen«, antwortete Gerda. »Jason wird nicht mehr wiederkommen, und da helfen auch die ganzen Lichterketten nichts. Ich war so dumm. All die Jahre …« Sie kam ins Stocken, und plötzlich schimmerten Tränen in ihren Augen.

»Schhh …«, sagte er, rückte noch ein Stück näher an sie heran und begann, ihr tröstend übers Haar zu streichen. »Manchmal sind wir doch alle ein bisschen dumm.«

»Aber ich nicht nur ein bisschen«, antwortete Gerda, und nun kullerten dicke Tränen über ihre Wangen. »Ich bin richtig blöd.«

»Nein, das bin ich«, antwortete er, hielt sie an den Schultern fest und sah ihr fest in die Augen. Jetzt musste er es endlich sagen. Nach all den Jahren war der Moment der Wahrheit gekommen.

»Weil ich Trottel dir in all den Jahren nie gesagt habe, dass ich dich liebe, Gerda Glück. Ich liebe dich seit dem ersten Augenblick, in dem ich dich gesehen hab. Aber ich war mein halbes Leben lang zu feige, um es dir zu sagen.«

Gerdas Augen wurden groß. Einen Moment lang schwiegen beide. Seine Worte lagen schwer im Raum, und sein Herz schlug heftig in seiner Brust. Würde er sie nun verlieren?

»Und ich war blind«, war es Gerda, die die Stille irgendwann durchbrach. »Ich war so vernarrt in diesen einen Menschen aus der Vergangenheit, dass ich dich nie wirklich gesehen habe. Derweil lieb ich dich doch auch. Du bist immer da, mein bester Freund, ich mach mir Sorgen um dich, wenn du nicht wie gewohnt kommst. Du hörst mir zu, du guckst mit mir *Drei Haselnüsse für Aschenbrödel*, hebst mich auf, wenn ich hingefallen bin, bringst mich zum Lachen, du bist einfach nur da. Immer für mich da. Verzeih mir«, sagte sie. »Oh Gott, verzeih mir.«

Da nahm Karl seine Gerda endlich so in die Arme, wie er es schon vor vielen Jahren hätte tun sollen. Er drückte sie fest an sich und atmete tief ihren vertrauten Geruch ein, diese seltsame Mischung aus Kamille-Shampoo, Drogerieparfüm, Mottenkugeln und Kaffee. Als sich ihre Lippen fanden, fühlte sich der Kuss seltsamerweise nicht neu oder gar fremd an, sondern lange vertraut.

27. Kapitel

24. Dezember 2008

Nun sind sie alle wieder dort, wo sie hingehören«, sagte Karl und kletterte aus dem Schaufenster, wo er eben die letzten Lichter wieder mit Tesafilm befestigt hatte.

»Und du denkst wirklich, dass es richtig ist, sie alle wieder aufzuhängen?«, fragte Gerda mit zweifelndem Blick. »Ich hab sie doch nur wegen Jason aufgehängt, weil er die Lichter gernhatte.«

»Das magst du dir eingeredet haben«, antwortete Karl. »Aber das glaub ich nicht. Du selbst liebst die Lichter doch auch. Alle tun es, mich eingeschlossen. Dein Waschsalon ohne die Lichter ist in der Weihnachtszeit nicht vorstellbar. Sie gehören zu dir, so wie du hierhergehörst, und neuerdings gehörst du auch zu mir. Also, ich meine, wir beide gehören zusammen.« Er lächelte schüchtern und spürte ein eigentümliches Kribbeln in seinem Inneren, von dem er gar nicht gewusst hatte, dass er es empfinden konnte. Gerda senkte errötend den Blick, und einen Moment lang schien sie nicht so recht zu wissen, wo sie mit ihren Händen hinsollte. Am Ende landeten sie in den Taschen ihrer Kittelschürze, wobei sie in der rechten doch tatsächlich fünfzig Cent fand, wie sie freudig feststellte.

Nachdem sie sich nach ihrem ersten Kuss irgendwann wieder vom Fußboden aufgerafft hatten, war die Stimmung zwischen ihnen verändert gewesen. Wie sollten sie mit dieser neuen Situation umgehen? Wer waren sie jetzt? Ein Paar, konnten sie dann noch Freunde sein? Eine Weile hatten sie einander gegenübergestanden, und beide hatten nicht recht gewusst, was sie tun oder sagen sollten. Karl war irgendwann derjenige gewesen, der das Zepter in die Hand genommen und damit begonnen hatte, die Unordnung zu beseitigen. Gemeinsam hatten sie sämtliche Lichterketten wieder vom Fußboden aufgehoben und entwirrt. Gerda hatte die Weihnachtstischdecken zurück auf die Waschmaschinen gelegt, auch die drei Rentiere kehrten auf ihren Stammplatz auf Connie Francis zurück. Irgendwann hatte Gerda das Radio eingeschaltet, die Kaffeemaschine angeschmissen, und Karl war losgezogen und hatte beim Bäcker ihre geliebten Zimtschnecken geholt. Und nun, im Licht der Lichterketten schien alles so, als wäre nichts passiert, als hätte es Gerdas Wutanfall und Karls unsinnigen Ausflug zum Flughafen nie gegeben. Doch der warmweiße Schein trog, wie Gerda schlagartig bewusst wurde, als ihr Blick auf das Kettchen mit dem Herzanhänger fiel, das halb unter Rock Hudson gerutscht war. Sie holte es heraus und betrachtete es wehmütig. Es war gerissen, ein Staubfussel hing daran, den sie entfernte.

»Trotzdem frage ich mich, weshalb er nie etwas von sich hat hören lassen«, sagte sie plötzlich. »Wieso nur hat er mich im Unklaren gelassen?«

»Wir werden es nie erfahren«, antwortete Karl und zuckte mit den Schultern. »Es kann unendlich viele Gründe dafür gegeben haben.« Er überlegte kurz, ob er Gerda von seiner dummen Suche nach Jason erzählen sollte. Davon, wie sehr er sich zum Narren für sie gemacht hatte. Er beschloss, es ihr zu sagen, denn sie hatte seine Ehrlichkeit verdient.

»Ich hab nach ihm gesucht«, begann er. »Also, ich hab eher nach ihm suchen lassen. Von so einem Privatdetektiv. Den hat Thorsten für mich im Internet gefunden.«

Verdutzt sah Gerda ihn an und ließ das Kettchen sinken. »Du hast was?«, hakte sie nach.

»Ich dachte, ich such ihn für dich, und dann seht ihr euch wirklich wieder. Ich wollte, dass du glücklich bist und dein größter Traum in Erfüllung geht. Aber ich bin ein rechter Dummkopf gewesen. Dieser Detektiv war ein Betrüger, und er hat mir nur das Geld aus der Tasche gezogen.«

»Du hast nach Jason suchen lassen. Für mich«, murmelte Gerda. Während Karl geredet hatte, waren ihre Augen immer größer geworden.

»Ja, das hab ich. Weißt ja jetzt, warum, mein Mädchen.« Sein Herz schlug bis zum Hals, und er guckte sie unsicher an. »Aber ich hätte dir natürlich nur davon erzählt, wenn es gut ausgegangen wäre. Obwohl ich es dir ja jetzt auch erzählt hab, obwohl es blöd ausgegangen ist. Ich mein halt, also, wenn ich was Schlimmes erfahren hätte, also, du weißt schon … Es kann ja alles Mögliche passiert sein, gerade in unserem Alter …« Er kam ins Stocken. Die Tatsache, dass Jason längst gestorben sein könnte, wollte er dann doch nicht aussprechen. »Aber so weit kam es gar nicht. Vermutlich hat dieser dumme Detektiv mich von Anfang an belogen. Ich sag dir: Der hat mir einen dicken Bären aufgebunden, und ich hab dem geglaubt. Eine Tagung in London, so ein Schmarrn.« Er winkte ab.

Gerda wollte Antwort geben, doch sie kam nicht mehr dazu, denn just in diesem Moment öffnete sich die Ladentür, und Timo erschien, der doch prompt einen echten Weihnachtsbaum in einem Netz unter dem Arm hatte und ihn voller Stolz vor Gerda und Karl abstellte.

»Morsche, ihr beiden. Ich hab den Baum geholt. Eine echte Nordmanntanne, wie es sich gehört. Zwei Meter hoch, gerade gewachsen, ein echter Prachtbaum. Und Rabatt gab es auch, der Händler ist ein Kumpel von mir. Jetzt müssen wir ihn nur noch aufstellen und schmücken. Ich nehme an, Ständer und Schmuck sind vorhanden? Ich soll Grüße von Vanessa und Angelika ausrichten. Die beiden kümmern sich bereits um das Weihnachtsessen und werkeln in Angelikas Küche.«

»Weihnachtsessen?«, wiederholte Gerda und guckte den Baum irritiert an. »Welches Essen? Ich dachte, es gibt Würstel mit Kartoffelsalat und Zimtschnecken wie immer.«

»Also, Angelika hat gemeint, dass das gar kein anständiges Weihnachtsessen wäre. Ihrer Meinung nach muss es gefüllte Gans geben. Dazu Klöße und Rotkraut.«

»Und was soll der Baum?«, fragte Karl, der sich durch den Aktionismus der jungen Leute ebenfalls ein wenig überfordert fühlte. »Wir haben doch schon Bäume hier.« Er deutete auf den Plastikbaum in der Ecke. »Und im Schaufenster steht auch einer.«

»Ja, so Plastikdinger. Die haben aber nix mit einem anständigen Baum zu tun. Mein Großvater, er war Förster, würde sich im Grab umdrehen. Er hat früher sogar seinen eigenen Weihnachtsbaumverkauf im Wald bei Königstein gehabt. Als sein Enkel kann ich unmöglich ohne einen echten Baum feiern.«

Im nächsten Moment öffnete sich erneut die Tür, und Uwe erschien in Begleitung eines Mannes und eines jungen Burschen, der augenscheinlich noch grün hinter den Ohren war.

»Morsche, zusammen«, grüßte er in die Runde. »Ich weiß, heute ist Heiligabend, aber Dieter hat eben angerufen und gemeint, er hätte Zeit, ein Kunde hat ihm für den Morgen abgesagt. Da hab ich gedacht, schieben wir die erste Begutachtung nicht auf die lange Bank. Soll ja alles bald wieder anständig laufen, nicht wahr? Also, das wäre dann Dieter Grabowski, nach mir einer der besten Elektriker im gesamten Rhein-Main-Gebiet. Und der junge Mann hier ist der Friedrich, zweites Lehrjahr, stellt sich nicht dumm an, versprochen. Wenn es nichts ausmacht, würden wir zuerst in den Keller gehen und dort mal nach dem Rechten gucken. Sollten kurz die Lichter ausgehen, tut es uns leid.«

Er wartete eine Antwort von Gerda gar nicht erst ab und bedeutete seinen beiden Begleitern ihm zu folgen.

»Hab ich was verpasst?«, fragte Karl und blickte dem Handwerkertrupp verwundert nach.

»Ich erkläre es dir später«, antwortete Gerda und schenkte Timo ein charmantes Lächeln. »Jetzt müssen wir erst mal den Baum versorgen. Kugeln finden sich im Keller. Allerdings könnte es mit einer passenden Lichterkette schwer werden. Sämtliche Neuanschaffungen dieser Art sind im Raum verteilt, und die alten Stromfresser hat Uwe neulich entsorgt.«

»Ach, da findet sich bestimmt was bei Mustafa. Ich lauf rasch rüber zu ihm. Ihr könnt ja derweil schon mal den Baum aufstellen. Einen Ständer habt ihr?«

»Schon. Aber in dem steht der Plastikbaum«, antwortete Gerda und deutete zum Schaufenster.

»Ach, dann hat Mustafa bestimmt noch einen«, meinte Timo. »Ich beeil mich.« Er bat Karl, den Baum zu halten, und verließ flotten Schrittes den Laden.

Die Tür hatte sich noch nicht richtig hinter ihm geschlossen, da erschien Jutta mit einer Plätzchendose aus Porzellan auf der Bildfläche.

»Guten Morgen, zusammen«, grüßte sie fröhlich und betrachtete sogleich den Weihnachtsbaum. »Oh, ein echter. Wie hübsch. Obwohl mir die Dinger ja zu viel Dreck machen. Da lob ich mir doch mein pinkes Aufklappbäumchen, das lässt garantiert keine Nadel fallen.«

Gerda gab ein »Grmpf« von sich. Sie liebte alles, was mit Weihnachtskitsch zu tun hatte, aber bei pinken Aufklappbäumchen hörte der Spaß auf. »Ich wollte nur rasch Plätzchen vorbeibringen und euch ein frohes Fest wünschen. Stellt euch vor: Mein Sohn hat mich eingeladen, die Feiertage mit ihm und seiner Familie zu verbringen. Ist das nicht reizend? Vielleicht wird es ja doch noch was mit mir und meiner Schwiegertochter. Jetzt, wo mein Enkelchen da ist.«

»Vielleicht«, antwortete Gerda, die sich auf die Zunge biss. Die Einladung war bestimmt der allgemeinen Rührseligkeit zu Weihnachten geschuldet. Bestimmt würde es nicht lange dauern, bis Jutta wieder auf der Bildfläche erschien, um sich auszuheulen. Aber vielleicht lag sie auch falsch, und es würde gut ausgehen und kam zu einer Versöhnung. Gerda wünschte es ihr.

Jutta hatte den Laden gerade verlassen, da tauchte Marion auf, die einen mitgenommenen Eindruck machte. Ihr sonst immer hübsch zurechtgemachtes Haar war zerzaust, und sie trug auch kein Make-up wie sonst. Außerdem waren ihre Hosenbeine feucht. Aber es regnete doch gar nicht. Draußen war es nur kalt und grau.

»Hallo, ihr beiden«, grüßte sie etwas außer Atem. »Stellt euch vor: Wir haben einen Wasserschaden in der Wohnung. Und das ausgerechnet zu Weihnachten. Der Klempner war schon da, jetzt spritzt es wenigstens nicht mehr aus der Wand, aber Weihnachten feiern können wir vergessen. Ich wollte fragen, ob Justus und ich spontan zu euch kommen könnten? Aber nur, wenn es keine Umstände macht. Ihr feiert doch im Laden, oder? Angelika hat gesagt, sie macht Gänsebraten. Also ich könnte einen Putenbraten und Semmelklöße und heiße Maronen beisteuern. Ist alles schon vorbereitet und müsste nur vollendet werden. Ich dürfte doch deine Küche benutzen, Gerda?«

»Aber sicher doch«, antwortete Gerda etwas überrumpelt. »Ein Wasserschaden zu Weihnachten, wie abscheulich.«

»Ach, danke dir. Das wird bestimmt nett werden. Ich bring dann später gleich alles vorbei.«

Sie war kaum weg, da kamen Uwe und Mustafa zurück.

»Morsche, ihr beiden«, grüßte der Ramschhändler. »Ich hab gehört, hier bestünde Bedarf an einer Lichterkette. Man will es ja gar nicht glauben.« Er grinste. »Ständer hätte ich auch noch einen. Aber was Anständiges, schwere Ware aus massivem Gusseisen. Nicht so ein modernes Ding aus Plastik mit diesen Drähten. Da stehen die Bäume immer schepp.« Er stellte einen Metallständer auf den Boden, der tatsächlich äußerst robust aussah. »Was ich noch fragen wollte, Gerda. Könnt ich heute Abend meine Tochter Fatma und ihren Sohn mitbringen? Die beiden sind bei uns gestrandet, weil ihr Mann in die Türkei fliegen musste, sein Großvater liegt im Sterben, und Fatma wollte mit dem Kleinen, er ist ja erst sechs Wochen alt, die Flugreise nicht antreten. Der Kleine ist auch ein ganz liebes Baby. Wir wollen keine Umstände machen. Meine Elif würde auch extra Baklava mitbringen. Das ist jetzt nicht weihnachtlich, aber sie macht es ausgezeichnet, und süß geht doch immer.«

»Ihr könnt gern kommen«, antwortete Gerda und tauschte einen kurzen Blick mit Karl, der sich ein Grinsen nicht verkneifen konnte. Jetzt artete es in eine regelrechte Weihnachtsparty aus. Vorbei schien es mit den ruhigeren Weihnachtsabenden zu sein, die sie gemeinsam mit *Drei Haselnüsse für Aschenbrödel* vor dem Fernseher verbracht hatten. Aber das war ja nicht unbedingt schlecht. Es fühlte sich richtig an. All die Menschen um sie herum waren mehr als nur Freunde und Bekannte. Sie waren ihre Familie, und mit der Familie feierte man schließlich Weihnachten.

Einige Stunden später herrschte bunter Trubel in Gerdas Waschsalon. Der von Timo erworbene Weihnachtsbaum war zwar nicht ganz so perfekt, wie er gemeint hatte: Er war arg krumm gewachsen, und an einer Seite waren sämtliche Zweige abgebrochen, was ihn etwas eigentümlich aussehen ließ. Aber was sollte es schon. Sie hatten ihn mit so viel Schmuck zugehängt, dass von den Zweigen sowieso nicht mehr viel zu sehen war, außerdem stand er mit der schlechten Seite ganz nah an Elvis, dem heute eine Waschpause vergönnt war. Zu Gerdas Freude hatte sich dieser Dieter tatsächlich als ein Großmeister seines Faches herausgestellt. Er hatte, weil er einen solchen Spaß daran hatte, ihre alten Waschmaschinen unter die Lupe genommen und gemeint, dass er die eine oder andere vielleicht sogar wieder zum Laufen bekommen könnte. Er kannte da eine gute Adresse für alte Ersatzteile. Ach, was wäre das wunderbar, wenn Elvis wieder etwas Unterstützung bekommen könnte. Für Udo Jürgens stand es im Moment am besten. Bei dem war wohl nur irgendeine alte Sicherung durchgebrannt.

Zu Angelikas Bedauern war ihre Gans im Ofen verbrannt, und die Klöße waren aus irgendeinem unerfindlichen Grund im Wasser zerfallen, wie sie zerknirscht erklärt hatte. Das von ihr mitgebrachte Rotkraut hatte Gerda probiert, doch es war ungenießbar. Angelika musste das Salzfass reingefallen sein. Marions Putenbraten war bedauerlicherweise etwas zäh geworden. Es fühlte sich an, als würde man auf Schuhsohle herumkauen. Die Menge reichte auch nicht für alle. Somit hatten sie flott Pizza bestellt, in einer Stadt wie Frankfurt ging das sogar an Heiligabend, was Gerda verwunderte. Dazu gab es Zimtschnecken, Weihnachtskekse und eine unfassbar leckere Lebkuchencreme von Inge als Nachspeise. Es herrschte eine ausgelassene Stimmung, denn Vanessa war auf die Idee gekommen, eine Eierlikörbowle herzustellen, von der sie selbst aufgrund ihrer Schwangerschaft, die man ihr noch immer nicht ansah, bedauerlicherweise nichts trinken durfte. Gerda hatte ihre Weihnachts-CD aufgelegt, und aktuell tanzte die Festgesellschaft zu *All I want for Christmas is you* fröhlich durch den Raum. Dem kleinen Enkelchen von Mustafa schien der weihnachtliche Trubel nichts auszumachen. Der zuckersüße Junge schlief selig in seinem Maxi-Cosi. Inge hatte ihn vorhin mit einer ihrer selbst gestrickten Decken liebevoll zugedeckt und der etwas schüchtern wirkenden Mutter erklärt, dass sie sie als Geschenk behalten dürfte.

Gerda, die einen leichten Schwips hatte, saß am Tisch neben Udo Jürgens und betrachtete die jungen Leute mit einem seligen Blick. Manche kannte sie gar nicht. Sie gehörten irgendwie zu Vanessa und Timo, so nahm sie jedenfalls an. Aber das war egal. Hauptsache, sie konnten sich benehmen. Sie hatte sich für das Fest extra herausgeputzt und einen dunkelblauen Wollrock und einen Pullover mit Zopfmuster angezogen, den ihr Inge vor Jahren einmal geschenkt hatte. Sogar etwas Lippenstift und Rouge hatte sie zur Feier des Tages aufgelegt. Bedauerlicherweise war ihr Parfüm aus der Drogerie leer gewesen, immerhin hatten sich noch ein paar Spritzer Kölnisch Wasser gefunden. Neben Gerda saß Karl, der ihre Hand hielt und sie verliebt ansah. Ihr Karl, der all die Jahre um sie gewesen war, stets an diesem Tisch gesessen hatte, ihr bester Freund, niemand auf der Welt kannte sie besser als er. Er liebte sie, und sie liebte ihn, darüber war sie sich in den letzten Stunden klar geworden. Sie sah ihn von der Seite an. Er trug ein kariertes Hemd und eine braune Stoffhose.

Auf seinem grauen, aber noch immer vollen Haar lag die blaue Strickmütze, die sie ihm geschenkt hatte und die ihm perfekt passte, weil sie einen ähnlich dicken Kopf hatten. Er wandte den Kopf, fing ihren Blick auf und hielt ihn fest. Da wurde es ihr ganz warm ums Herz, und ein Lächeln umspielte ihre Lippen. Es war verrückt, sie war doch eine alte Kuh, und trotzdem fühlte sie sich in diesem Moment wieder wie ein verliebtes junges Mädchen. Ihren Freunden hatten sie noch nichts von der Veränderung erzählt. Auch wenn Gerda und Karl sich schon so lange kannten, fühlten sich ihr Gefühle füreinander nun so neu und zerbrechlich an, sie wollten sie noch für ein Weilchen nur füreinander haben. Irgendwann würden die anderen es sowieso erfahren. Im Oeder Weg ließen sich Dinge niemals lange geheim halten, dessen war sich Gerda bewusst. Und plötzlich kam das Lied *Have yourself a merry little Christmas*, nicht von Frank Sinatra, sondern es sang irgendein anderer Sänger, den Gerda nicht kannte, aber das war im Moment nicht wichtig. Das Lied stimmte sie heute auch gar nicht mehr wehmütig, wie es sonst der Fall war. Es fühlte sich herrlich wärmend an, als würde die Melodie ihre Seele streicheln.

Karl nahm nun all seinen Mut zusammen und forderte Gerda zum Tanz auf. Sie nahm seine Aufforderung an, und er war ihr, ganz Gentleman, beim Aufstehen behilflich. Karl legte die Arme um sie, und sie schmiegte sich eng an ihn. So tanzten die beiden gemeinsam in Glücks Waschsalon im warmweißen Licht der unzähligen LED-Lämpchen eng umschlungen in ihr gemeinsames Glück.

Nachwort

Manche Protagonisten sind irgendwann einfach da. So war es mit Gerda Glück und ihrem Waschsalon. Es kommt mir vor, als hätte sich Gerda mir regelrecht aufgedrängt, ihre Geschichte zu erzählen. Für mich wird sie und ihr mit Lichterketten vollgestopfter Waschsalon im Frankfurter Nordend immer einen ganz besonderen Platz im Herzen haben, und ich wünschte, ich könnte auch ab und an einfach zu ihr gehen, in Elvis meine Wäsche waschen und einen der wunderbaren Schoko-Cookies essen. Gerda Glücks Waschsalon ist so viel mehr als ein Ort zum Wäschewaschen – ein Treffpunkt, ein Zuhause, eine warmherzige Insel inmitten der hektischen Großstadt.

Mein besonderer Dank geht an meine Agentin Franka Zastrow. Ich weiß noch genau, wie ich ihr zum ersten Mal von Gerda erzählt habe, und sie hat sie sofort wie ich ins Herz geschlossen. Ebenso meine Lektorin Diana Keller, der ich dafür danke, dass ich Gerdas Geschichte erzählen durfte.